有爱的青春陪伴者

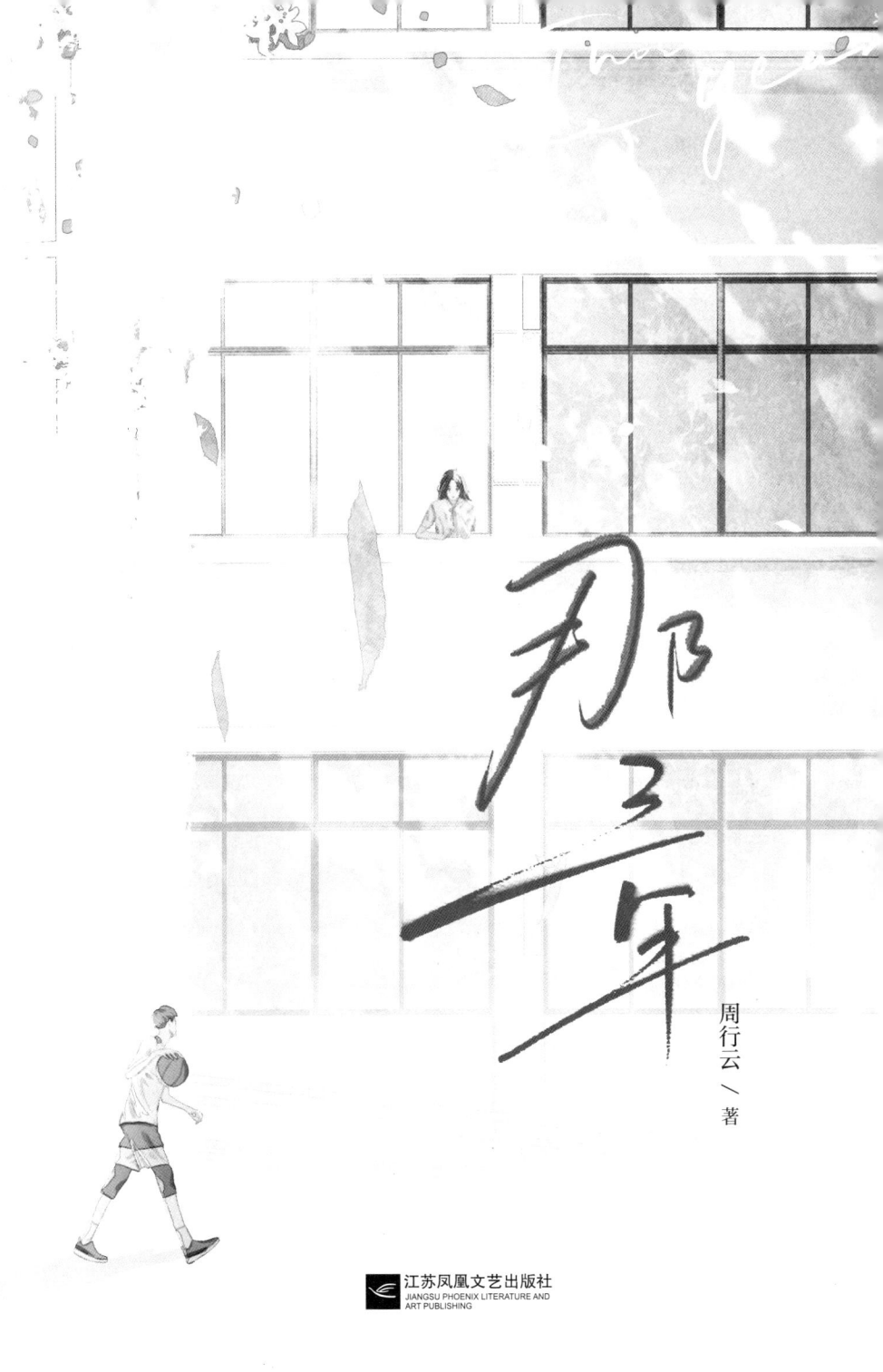

那年

周行云 \ 著

江苏凤凰文艺出版社
JIANGSU PHOENIX LITERATURE AND
ART PUBLISHING

图书在版编目（CIP）数据

那三年 / 周行云著. -- 南京 : 江苏凤凰文艺出版社, 2024.10. -- ISBN 978-7-5594-8947-0
Ⅰ. I247.5
中国国家版本馆CIP数据核字第20243T62V8号

那三年

周行云 著

责任编辑	王昕宁
特约编辑	蒋彩霞
责任校对	言 一
出版发行	江苏凤凰文艺出版社
	南京市中央路165号，邮编：210009
网　　址	http://www.jswenyi.com
印　　刷	天津睿和印艺科技有限公司
开　　本	880mm×1230mm 1/32
印　　张	9
字　　数	266千字
版　　次	2024年10月第1版
印　　次	2024年10月第1次印刷
书　　号	ISBN 978-7-5594-8947-0
定　　价	42.80元

江苏凤凰文艺版图书凡印刷、装订错误，可向出版社调换，联系电话025-83280257

目 录
contents

001 / 楔子

013 / 第一章
周晏生

034 / 第二章
两个世界的人

063 / 第三章
生日快乐

093 / 第四章
算朋友吧

117 / 第五章
秦湘，你就这么怕我

143 / 第六章
遮阳伞

目 录

163 / 第七章
她要自由

194 / 第八章
周晏生,你别怕

216 / 第九章
千山万水的近,近在咫尺的远

231 / 第十章
她看不清自己的未来了

252 / 第十一章
生命的终点不是死亡,而是遗忘

265 / 番外一
她走后的那十年

273 / 番外二
晚晚,我来看你了

楔子

N A S A N N I A N

秦湘是被护士站没完没了的铃声吵醒的。

"嘀——嘀——"

医院弥漫着消毒水的味道,静谧中透着几分窒息。护士站的铃声接二连三地响起,让人只是听着便心生无数躁意。

和秦湘同一间病房的女孩,也处于癌症晚期,唯一不同的是,那女孩是胃癌晚期,年仅十八岁。

年轻的躯体原本有着无限未来,却被困在窄小四方的病房内,压抑又无奈。

秦湘的意识还未完全清醒,又听到一阵撕心裂肺的哭号声传来。她轻轻蹙眉,大概是产生了共情,眼角滑下一滴无人看到的泪珠。

秦湘撑着身子坐起来，才发现哭号着走进病房的是隔壁床女孩的母亲。从对方的哭喊声中，秦湘渐渐明白到底发生了什么事，才会对这个母亲产生如此毁灭性的打击。

那个女孩今年高三，确诊胃癌之后一直坚持治疗，但病情恶化得太快了，多名医学专家会诊都对此无能为力。

今天本该是那女孩的第四次化疗，但女孩心态没抗住，她昨晚偷服了安眠药，就此结束了生命。

一个本是风华正茂的女孩落得如此下场。

一位护士走了进来："这位家属，病房内还有其他病人，希望您节哀顺变。"

事已至此，本是无力回天。

这位护士讲的话也没什么不对。

但这个母亲刚刚痛失爱女，这种话像是密密麻麻的针刺进她心里，她顿时甩开护士递过来的纸巾："节什么哀，我女儿是死在医院的，你们医院要负全责！"

她深吸一口气，声线趋于平静："昨晚的值班医生是谁？我倒要看看你们这群白衣天使是怎么值的班！"

年轻护士刚进入实习期，没经历过这种事，一时慌了手脚："这位家属，我刚刚的话——"

"你刚刚说了什么话？我要见你们医院领导！"

刚刚还说要见值班医生，现在话锋一转直接改找医院领导了。

眼前这一幕太过于荒谬，年轻护士的衣领被中年妇女死死拽着，头发散落下来，显得狼狈不堪。

秦湘看不下去了，靠着床头，清了清嗓子："辛甜妈妈，辛甜发生了这种事大家都很惋惜，她平常那么积极向上的一个人，谁也没想到她会……"

后面的话不言而喻。

"我还没说你呢，你倒是自己找上门了！"辛甜妈妈左手拽着护士，身子却面对着秦湘，"平常我家辛甜都是姐姐姐姐地叫你，她那么喜欢你，你为什么就不能拦着点她!"

这话让人听着便觉好笑,秦湘当即就冷了脸:"我不是你请的护工,也没有义务帮你照看你女儿。"

辛甜妈妈还想说些什么,就被赶来的辛甜爸爸拽走了。

辛甜爸爸脸上带着歉意的笑:"真的是对不起,打扰你休息了,她也是情绪上头了不管不顾的。"

中年男人似乎是从医院附近的工地上赶过来的,身上还套着施工队的橙色马甲,衣摆上沾满尘土。

秦湘看了中年男人几眼,压下喉中涌上来的腥甜,扯了个笑:"没事,我理解。"

辛甜一家三口也不容易,辛甜妈妈为了照顾辛甜,从老家辞职来到平芜,在医院餐厅里做后勤,辛甜爸爸也一样,在医院附近的施工队找了个临时差事。

辛甜爸爸眼底还冒着水光,强忍着喉中的哽咽,和秦湘道了歉之后,又和年轻护士道歉,最后迅速收拾好行李出了病房。

秦湘目睹了病房从喧嚣到寂静的整个过程。

窒息又无力。

她受够了。

阮甄刚进医院就听到这个消息,连忙上了住院部的十三楼,生怕秦湘因此出了什么意外。

一进门,阮甄就看到秦湘正捧着电脑不停地敲键盘。

阮甄蹙眉,急忙走过去,把保温桶放到床头柜上,直接一掌合上笔记本电脑。

"说了多少次了,不许碰电脑,主任怎么教育你的!亏你自己还是个医学生呢!"

阮甄顺手把电脑抢过来,放到床尾,又端过保温桶放在秦湘面前。

"那个辛甜妈妈没怎么样你吧?我来的时候都听说了,她内心接受不了,对你和护士撒气。没吃亏吧?"

秦湘眨眨眼:"没吃亏,我又不像小时候那样了。"

阮甄垂下眼,沉默着拧开保温桶,面上无比平静。

也怪她以前疏忽了对秦湘的关心,高中那年出的那场大事至今都令她心生后怕。

秦湘无所谓地耸肩,注意力回到保温桶上:"妈,这次不会还是什么难以下咽的汤吧?"

秦湘轻哂,双手交叠放到脑后:"再次申明,您闺女我无辣不欢,再让我吃苦了吧唧的汤药或者清淡的白米粥,我可不干啊。"

阮甄白了她一眼:"就你贫,有点自知之明吧。"

秦湘打开玻璃盖子,果然,一股浓重的苦涩气息扑鼻而来。

她捏着鼻子准备下床,一副夸张的模样:"不行了,我受不了了,先去吐一会儿。"

阮甄倒也习惯她这副样子,但又无可奈何。

自从秦湘复发后病情加重,阮甄每天都换汤不换药地来医院送饭。别说秦湘受不了这味,就连她自己也无法忍受。

秦湘察觉到自己喉间涌上一股腥甜之后,便立马找了闻不惯汤药的理由去了厕所,走之前还不忘拿起一旁的手机。

她进了厕所,直接反锁门。

刚一转身,喉间那股冲劲儿就迸发出来,几乎是一瞬间,水池里多了一摊血渍。

鲜红的血和水池的白配在一起,多了几分诡异。

秦湘心里无比清楚,最多五个月,她就会和隔壁床的那个女孩一样,在大好年华撒手人寰。

她今年二十岁,大学还没毕业,如果没有这个突如其来的胰腺癌,她会按部就班地上学、毕业、考研,踏上自己毕生追求的学医之路。

但现在,她只能每天困在四四方方的病房内,吃药、化疗、放疗。

她受够了。

真的受够了。

身上传来一声振动，秦湘心神一动，掏出手机，手背胡乱地抹掉嘴角的血渍。

手机屏幕上，是一条推送广告：叮！六月到，大西北环线已为您双手奉上！［双手合十］！大胆请假，立等出发！

配图是一张渺无人烟的荒漠，远处有红山，黄土，烈阳，长河落日，大漠孤烟。

贫瘠，但看得人心口一缩。

秦湘的目光停留在那张照片上，恍惚间，耳边那个低沉又抓人的嗓音再一次出现了。

"别想了。

"要不要陪我去拉萨？"

不知为何，那人的面孔最近频繁地出现在她的脑海里、梦里。

秦湘轻轻晃了晃头，试图把脑海里的执念给摇出去。她摁灭手机，双手无力地撑在洗手台上，撩起眼皮望向镜子里的人。

洗手间的灯格外亮白，照得她不禁微眯双眼。

皮肤因为疾病变得发黄，但可能因为她以前太白了，此刻蜡黄的脸倒是和常人无异。

鹅蛋脸，精致小巧的下巴，秀鼻高挺，但整张脸给人的感觉就是太瘦了。

是那种骇人的美。

因着咯血，毫无血色的薄唇此刻也沾染了意味深长的红。

她抬手打开水龙头，涓涓细流的水涌下来，她稳住心神，双手凑过去，就着发凉的水洗了洗嘴角。

秦湘有个小毛病，她专心做一件事的时候，脑子里总是冒出其他想法。

正如现在。

她正慢条斯理、看起来一丝不苟地清洗着嘴角，但思绪早已飘得远远的。

以往二十年，她一直循规蹈矩地生活，没做过一件坏事。相反，她在众人眼中更像是个小菩萨。

但,噩耗缠身。

她已经进入人生最后的几个月。

胰腺癌晚期。

她自己也很清楚,主任说的五个月是算长的了。

她是学医的,很清楚自己的身体现在到底是什么烂样儿。

撑死三个月。

"晚晚,怎么还不出来?饭都要凉透了!"

阮甄觉得不对劲,走到卫生间门口,边敲门边问。

门很快被打开,看到女儿完好无损地出来,她才松了口气,语气嗔怪:"再不出来我都以为你掉厕所里了。"

"晚晚"是秦湘的小名,小时候秦湘嫌"湘湘"这个名字读起来像头小猪的名字,就嚷嚷着不让大家这么叫她。

她就给自己起了个小名。

秦湘啧啧道:"哪有,就是您做的那个汤药太难闻了,我这次是真被恶心到了。"

阮甄气得直笑:"你这孩子,怎么说话呢,快过来喝完。"

阮甄走回病床边,倒了一碗汤,递给秦湘。

秦湘捧着碗直叹气,见阮甄扬起手臂,急忙一口气干完。

她嘴角漏出一滴黄褐色药液,阮甄看到后,把抽纸递给她,小声喃喃:"你嘴漏啊,多大的人了。"

秦湘装没听见,擦干净后,把纸团成一团扔进垃圾桶,身子后仰,躺了回去。

阮甄边收拾桌子边絮叨:"晚晚,要不咱们还是搬回单人病房吧。"

收拾完桌子,阮甄倾身把装上的加湿器打开,随后,雾状水汽缓缓升起。

秦湘翻了个身,和阮甄对视:"为什么?我挺喜欢在多人病房里,这样挺热闹的。"

她不想每天一睁开眼连个说话的人都没有。

阮甄叹了口气，目光转向一旁，语气里多了些心疼："热闹什么？你是想再看一遍今天上午发生的那一幕？"

秦湘愣怔，有些茫然："什么？"

她顺着母亲的视线看过去，才后知后觉这话什么意思。

她嘴角勾起一抹嘲讽的弧度："这层楼每天不都这样吗？"

她都习惯了。

病房内因为她的这句话陷入一片死寂，不知过了多久，她才重新开口："妈，我听您的，转去单人病房。"

阮甄闻言，抬头吃惊地看着她。

秦湘闭眼，忍着腹痛慢慢舒出一口浊气："但您也得答应我一件事。"

阮甄在她答应后脸上露出浅笑："好，什么事？"

秦湘语调淡凉，像是心意已决："我想出院。"

阮甄的脸上带着不可思议，她以为自己听岔了："什么？"

秦湘语气平静地重复了一遍："我想出院。我问过主任了，下一次的化疗就在月底，最后一次化疗做完之后我想出院。"

"你开什么玩笑？"阮甄站起身，胸膛被气得起伏不定，她吼出的声音都在发喘，"你当这是过家家呢？你自己也算半个医生，应该清楚自己现在什么情况。出院？我看你是不想活了！"

阮甄深呼吸："出院不可能，你给我好好地待在医院里！"

阮甄吼完这句话就出了病房。

六月的天怪得很，本来天朗气清的，此刻却突然下起了雨，毫无征兆。

淅淅沥沥的小雨把秦湘拽回神，她慢慢低头，不知道自己这个决定是否正确。

但她没时间了，再不去的话，是要等上了黄泉路再后悔吗？

次日一早，阮甄又一次提着保温桶上了平芜中心医院住院部的十三楼。

医院每天都在上演生离死别，所以昨天的那些事不算什么，也没有成为人们饭后津津乐道的八卦。

阮甄推开病房的门，她昨天说的话有些重，但也无可奈何。

可谁料——

病房内空空如也，连行李箱都没了，只有床上叠得整齐的被子。

阮甄愣住了，没了力气，手上的保温桶重重地摔向地面，洒出来的米粉还冒着热气，呛鼻的辣味惹人眼红。

她今天做了秦湘最爱吃的炒米粉，一是想道歉，二是想让她解解馋。

可谁知，病房里早就没了人影。

门口一位推着推车的护士恰好路过，闻到刺鼻的辣味，护士皱了皱眉，顺着半掩着的房门走进去一看："这位家属，病人现在这个时候不能吃有刺激性的食物。"

阮甄回神，扭过身子，她慌了，急得快要哭出来："我女儿呢？我女儿人去哪儿了？"

那位护士也被吓了一跳，往前走了几步，看到整洁的床铺，眉心直跳："您给她打个电话，她有可能只是出了病房。"她说完推开卫生间的门，里面也是空无一人。

阮甄打电话的间隙，目光移向卫生间里，看到原本摆放的洗漱工具也消失得无影无踪。

这下，她彻底慌了神。

好在电话接通了，阮甄的声音里都带了哭腔："晚晚！你去哪儿了？你在医院吗？妈妈去找你！"

此时的秦湘早已坐上去往西北的火车，火车内的环境嘈杂，她拿着手机走在两节车厢的连接处接的电话。

她听到母亲的声音，心里悬着的石头落了地："妈，我没在医院，您——"

"你去哪儿了？"阮甄再也忍不住地放声大哭。

这一幕渐渐与昨天早上重合。

那位服药的高中生的母亲也是这样哭号。

中年妇女瘫坐在地上放声大哭，不顾形象地对着电话那边大喊。

"你去哪儿了？晚晚，快回来……妈妈担心死了！"

秦湘按了按太阳穴的位置，她没想到母亲居然反应这么大，只是觉得很吵："妈，我现在在火车上，您先别急，听我说完。"

电话那头的哭号声整整持续了五分钟，秦湘等母亲心情平稳了才慢慢开口："我五个小时后到西宁，我这次想洒脱几天，其实我老早就想去西北看看了，但您不让。"

说着说着，她语调就带了几分哽咽："我听您的，等我回去就搬进单人病房，我也不出院了，就一直待在医院里。

"行吗？"

挂断电话后，秦湘躺回自己买的卧铺上，双手枕在脑后，盯着上方的隔板，回忆一瞬冲上脑海。

——"记住我，不准忘。"

——"你赢了，我认输。"

——"小菩萨，拉我上岸吧。"

记忆里的那个人永远一身黑衣，似乎要与梦里无边无际的漆黑融为一体。

是她想了很久的少年。

火车的广播恰巧响起：

"各位旅客，您好！欢迎乘坐本次列车，今天是2021年6月6日，星期六，服务在您身边的是客运三班工作人员……"

五个小时后，秦湘下了火车，出站后又返回售票大厅内，随便找了台自助售票的机器，买了张西宁到拉萨的火车票。

她没有去西北，而是直接去了拉萨。

拉萨。

四周高山耸立，艳阳高照，万物充满生机，生灵和信仰不断。抬头看，天空仿佛触手可摸，云海浪迹在天界与山巅之间，干净纯白。

陈燃戴着墨镜，走过来："该上去了吧，都等了几年了，还不死心？"

没听到身旁人的回答，陈燃也不生气，自从离开平芜之后，原本冷漠的人更加话少了。

以前和某人在一起时，周晏生虽然同样冷，但好歹有点人气。现在，他身上那丁点烟火气也仿若随着某人的离开销声匿迹了。

造化弄人。

学生时代天之骄子的周晏生此刻为了一个不被人重视的约定年年六月来拉萨。

为什么不被人重视？

因为做出约定的人一次也未曾出现过。

周晏生垂下眼睑，身上的黑色冲锋衣拉链未拉，敞着怀任由初夏的风簌簌地吹动衣摆，一头板寸干净利落，贴着青皮，衬得整个人桀骜不驯。

"吸氧都堵不上你那嘴？"周晏生斜睨了他一眼，毫不留情地讽刺他。

陈燃悻悻闭上嘴，提起步子走到周晏生身旁，望了一圈周围，感叹道："今年貌似人少了。"

两人徒步一百来米走到小山丘的顶端，和山脚的安静不同，山顶热闹非凡，十几米远的地方围着不少人。

陈燃多看了两眼，看到救护车的警报灯还在闪烁，便明白估计又有人因为严重高反导致休克了。

几乎每个人心中都有一个拉萨梦，都说拉萨是世界最后一方净土，它的至真至纯和神秘，吸引无数人前往。

陈燃见过很多为了游拉萨差点搭上自己小命的人，大多数人抱着说走就走的想法，可是从平原到高原，哪是那么容易的事。

他喜好热闹，上前几步打听出事情原委，一回头，哪还有周晏生的身影。

行。

又把他丢下是吧。

山顶。

纵然是六月，四周也依旧冷，凉飕飕的风呼呼地刮着。

放眼望去，七彩经幡随风飞扬，承载着无数心愿。

周晏生垂下眼睑，眸中情绪无法窥探，长指屈起相互摩擦，隆达纸传来的粗糙手感令他回神。

周遭并不安静,但此刻,他的脑海里只剩下那个温柔坚定的声音:"那说好了,年年六月。"

虽然不到两年,但她估计早忘了他这号人是谁了吧。

毕竟那不是他一个人的月亮,也不是只度他一个人的小菩萨。

他心烦意乱地压下疯狂滋生的黑暗想法,像以往一样,张开手臂一扬——

不出半秒,漫天的隆达随风远去,直至遥不可及的远方。

我在此系上经幡,撒下隆达。

愿你平安。

我的小菩萨。

熟练地做完一切,周晏生双手插兜,步子不急不缓地下了山。

果然,陈燃还在原地等着他。

"行了?"陈燃余光瞥到他的身影,大跨步走过来,"兄弟,不是我说,这都第几次了,秦湘要是想来的话,早就来了。"

周晏生听到这个名字,手指微动。

"要我说,人家估计早忘了你了。她和我们不是一路人,阳关大道等着人家走——"

陈燃还在周晏生耳边絮絮叨叨。突然,旁边的人停了步子,陈燃莫名其妙:"走啊。"

周晏生瞥他一眼,摁灭手机屏,也不知听进去了没。

陈燃这次彻底噤了声。

真是服了,怎么上去一趟像是变了个人。

还是说他又说了不该说的了?

想到这儿,陈燃立马换了个话题,刚好救护车驶过,载着一阵风。

"你猜救护车上是什么人?"陈燃也知道这话引不起周晏生的注意,自顾自地讲,"居然是个胰腺癌晚期的病人,真是开眼了啊,据说是从医院偷跑出来的。"

—011—

他啧啧道:"这年头,拉萨的吸引力这么大了吗?"

周晏生没空理他,找到一处空旷地界,正低头摆弄相机。

陈燃看了眼他调好的相机,蹙眉,小声喃喃道:"也是巧了,那人居然也是平芜的。"

陈燃看到,"平芜"两个字成功地把年轻男人的注意力转移。

周晏生看了他一眼,状作应和道:"确实挺巧。"

得,还是一如既往的闷。

意识弥留之际,秦湘虽然视觉暂时消失,但听觉依然存在,甚至是比往常更清晰了。

她……是快要死了吗?

毕竟一个人死后,最后消失的便是听觉。

可是在这陌生的地方,她为什么听到了熟悉的嗓音。

"你好,一沓隆达。"

是你吗?

周晏生。

下一秒,耳边的声音彻底消散。

第一章

/

周宴生

NASANNIAN

时间回到最初。

2016 年 9 月,开学季。

平芜市。

奥运会刚结束不久,气温依旧居高不下,蝉鸣声遍地都是。那年盛夏,女排的夺冠惹得无数国人热泪呐喊,中国队满载而归。

那一年,注定是特殊的一年。

平中开学那天热闹非凡,拥挤的校园里人头攒动,到处充斥着家长的叮咛和学生的应答。

秦湘浑身热得厉害,进了学校就先去小卖部买了瓶冰水。她结完账往外走,实在是受不了暴晒的阳光,攥着水瓶抵在脑门上,试图驱赶燥热。

兜里的手机在振动,但她手心上都是水渍,也不急着接电话,反而先拿出兜里的抽纸,抽出一张擦了擦。

纸巾的香气太浓,闻得她头晕。

小卖部附近乱糟糟的,树荫下都是乘凉的学生,隐隐约约还能听到若有若无的对话声。

"陪我去食堂嘛,刚才路过的时候,看到里面有个巨帅的小哥哥,陪我去嘛!"

"有多帅?"

"给你说了你也不懂,反正就是超帅,是以前没见过的极品。"女生的语气逐渐夸张,胳膊在空中挥着,"和平芜的精神小伙不一样!"

"行了,待会儿陪你去还不行?"

女孩这才满足,渐渐安静下来。

秦湘回过神,兜里的手机还在振个不停,她猜到是谁打来的,慢吞吞地接起电话。

果然——

"哇啊啊!湘湘,你没骗我啊!真来平中了?"王曼雯的大嗓门顺着听筒传过来。

秦湘有先见之明地移开耳朵。

电话那头还在继续:"我的天,暑假听你讲的时候我还以为是逗我玩呢,没想到你居然真的来了!"

秦湘清了清嗓,语调软绵绵的:"真没骗你,我刚看了眼分班表,我在二班,你呢?"

王曼雯叹了口气:"我?十三班的,我成绩这么差,怎么能和你一个班。我打听过了,你那个班是实验班,很厉害。"

秦湘皱眉,王曼雯的语气听起来怪怪的,带了点阴阳怪气的味道,不过她没太在意,只以为对方因为没和自己分在一个班有了小情绪。

毕竟她们初中三年都在同一个班。

"对了,平中你也知道,和一中根本没法比。"王曼雯的话第一次让秦湘有了不舒服的感觉,"学校墙上的二维码你别瞎扫,好多是垃圾广告,知道吗?"

秦湘着急办饭卡,随口应答:"嗯。"

挂断电话后,她又回了小卖部:"那个,您知道食堂在哪儿吗?就是办饭卡的那个食堂。"

小卖部的老板见这学生眉清目秀的,就多看了两眼:"公厕旁边。"

秦湘没想到食堂居然和公厕挨着。

秦湘道过谢之后便出了小卖部,自然没有听到老板的碎碎念:"真是活久见,这姑娘就算是短发都能这么秀丽。"

那年平芜处于一个尴尬的位置,比小县城大,又干不过正儿八经的地级市。

秦湘知道公厕的位置,她蹙眉,站在公厕门口眺望,果然看到了旁边一个平层的大房子。

平芜人都说能去一中就不要来平中,她现在算是知道为什么这么讲了。

因为平中实在太破了。

放眼望去,平中连正经的操场都没有,唯一的一块空地被一群杂草包围,颇有股荒凉的气氛。

她在心里叹口气,默念这是她自己的决定,怪不得别人。

脚下坑坑洼洼,她深一脚浅一脚的,终于顺利站在食堂门口,可能是因为新生忙着在教学楼转悠,偌大的食堂就站着两个人。

她也就不着急了。

秦湘环视四周,心里稍稍有了些平衡,平中的食堂还算大,墙上贴着很多小广告,此时的她已经把王曼雯的话抛到脑后。

她顺着墙根往里走,在一处驻足,盯着墙上的小广告看了几眼。

小广告上写着:加我好友,几百本小说供你观看。

那年,小地方的思想落后,版权意识几乎可以说毫不存在。

秦湘也不知道她是抱着怎样的心态扫的二维码,只是回过神的时候已经来不及了。

这才想起来王曼雯提前告诉自己的那些话。

她今天出门拿的是之前的老旧手机，虽然也是触屏的，但界面卡顿，画面中央一个圆圈不停地打转。

她怕手机里出现什么吓人的画面，急忙按着手机侧面的关机键。

恰好此时，界面加载出来。

原本按的关机键不知为何成了音量加键。

空荡荡的食堂边缘，不知名的声音慢慢传来，音量也越来越大。

秦湘愣在原地。

什么鬼？

两秒过后，她尖叫着扔了手机。

"啪嗒"一声，手机倒扣在地面上。

那种奇奇怪怪的声音还在继续。

秦湘瞪大双眼，目光扭向一边。

此时此刻，她想弃车保帅。

原本食堂里仅有的两个学生朝着她的方向走来，脚步声砸进她心里，听得她不禁屏住呼吸，装作若无其事地往身后挪了挪。

脚步声越来越近了。

秦湘本是背对那两人，好奇心作祟，偷偷去看。

目光却由此顿住。

走在前面的男生顶着寸头，额前搭着碎发。双眼皮，眉骨形状完美，鼻梁硬挺，下颌线紧削。个子很高，目测一米八五以上，穿着简单，一身黑。

浑身上下透着冷颜的气焰。

又冷又帅。

秦湘没来得及把目光放在他身后那人身上。

因为她看到——

男生捡起地上的手机，垂眼看了一下，嘴角扯了个笑，而后抬起眉眼，目光扫过来。

那一刻，秦湘呼吸滞住。

他的眼神毫无温度，冷到骨子里。

一眼过后，秦湘生平第一次感受到压迫感。

他身后的人走上前，一手勾上男生的肩，倾身看了看，点评道："天啊，有脏东西！"

秦湘失语。

那男生还算贴心，把手机递过来的时候，帮她退出了界面。

秦湘刚想开口，就被男生身后的人抢先一步："同学，食堂除了工作人员就我们三个，你不会要说手机不是你的吧？"

他的话让秦湘不知道该怎么回答。

她涨红着脸，支支吾吾说不出话，视线低垂，也不敢抬头看他们。

捡起手机的男生一脸不耐烦，直接把手机扔到她怀里。她只好颤颤巍巍地接过，小声说："谢谢。"

她的道谢细如蚊蚋，男生根本没听到。

"稀奇，居然还有这么容易害羞的女生呢？

"晏生，我真搞不懂，这三流学校哪儿好了，你非得选它。"

原来他的名字叫晏生，只是……不知道姓什么。

后面的交谈声渐渐消散，与其说是聊天，大部分都是另一个男生在不停地讲话。

那个叫作"晏生"的男生话很少。

秦湘回神，对着空气眨眨眼，心里涌起的那点涟漪虽然渺小，但久久不散。

令人无法忽视。

她很快办完饭卡，走出食堂。

这时，突然刮过一阵风，夏天的风理应满是燥热，但这股风却透着几丝凉意。

秦湘没在意，心里只觉得可能明天要下雨。她看了眼时间，匆忙跑进教学楼。

那天，风吹树梢，银杏叶落在地上。

命运的齿轮开始滑动。

高一（2）班在顶楼，秦湘好不容易爬上五楼，走到教室门口，看到木门中间贴着一张分班表。

教室里排着长队，同学们在交一些杂七杂八的费用，她只好自觉站在了队伍末尾。

因着是在教学楼，她不方便掏出手机，就百无聊赖地看起了分班表。

很快，她便找到了自己的名字，在女生那一列的最下方。旁边那一列是男生的名字，她看过去，在看见第一个男生名字时眼神滞住。

原因无他，深红色的纸张上印着三个白色楷体字：

周晏生。

那一刻，秦湘觉得吵闹的楼道静了，纷扰消失。

只剩女孩强有力的心跳声。

"怦怦怦……"

脑海里几乎一瞬间便出现了一个人。

那个几分钟前在食堂碰到的被同伴叫作"晏生"的男生。

"同学？"

秦湘回神，原来轮到她了，她抱歉地笑笑，按黑板上写的内容缴费。

志愿者是个学姐，此时看到秦湘，目光里划过短暂的惊艳，她清清嗓：

"名字？"

秦湘把钱递过去："秦湘。"

"你就是那个考一中差了一分的秦湘？"学姐有些激动，"那为什么没去一中啊？"

这话一出，惹得教室外的学生抻着脖子往里看。

那年，平芜有两个高中，一个是平芜一中，省重点高中。

另外一个便是平芜中学，普通高中。

而那年刚好一中分数线再创新高，硬生生地提高到 590 分。

秦湘知道很多家长都想方设法想将孩子送去省重点高中。

学姐见秦湘没搭话，抱歉地说："不好意思啊，我就是太激动了。"

秦湘摇摇头，拿了收据单，出了教室，下楼。

也不怪那个学姐情绪激动，平中这两年的升学率着实太低，很多平芜的家长想尽办法，拼了命地让孩子上一中。

这就导致平中近几年招进来的新生，中考成绩都是两三百分。

乍一下来了一个五百多分的学生，自然会在学校引起轰动。

秦湘到了一楼，打算先去找王曼雯，刚走到高一（13）班的门口，就听到王曼雯那独有的社会口音：

"插队能去后面吗？讲什么没用的？"

秦湘蹙眉，眼前的景象跌进眼底。

她的好朋友王曼雯此时脸上的表情是她从未见过的可怖。

王曼雯前方站着一个女孩，也不知道是不是误排在了她的前面，总之王曼雯正赶那个女生去她后面重新排队。

而那个女生满脸不安，看起来并不像是会插队的学生。

眼看着那女生要被王曼雯拽倒，秦湘刚想开口制止王曼雯的行为，身后就快速传来一道男声。

她听着有些耳熟。

"啧，这么明目张胆地欺负人吗？"

话里话外带着挥散不去的嘲讽。

教室里的混乱因为这句话堪堪停止。秦湘扭过头去，对上那副冷到极点的双眸后，脚步顿住，要说的话也在舌尖滚了一圈咽回去。

门口站着两个男生，一前一后，后面那个大概就是——

周晏生。

陈燃眼底有着散不开的厌恶，他回头看了一眼周晏生，看到男生本就面无表情的脸上又多了几分冷。

他收起一副看好戏的姿态，后退一步，右肩碰了碰周晏生："走吧？该去教室报到了。"

"嗯。"

周晏生只和秦湘对视了一眼便移开视线,头也不回地朝着楼梯的方向走去。

拥挤嘈杂的走廊传来讽刺意味十足的一句话:

"开学第一天就能欺负人,啧啧,平中也是厉害。"

秦湘回神,心尖颤动,她垂在身侧的手攥住衣摆,紧了紧。

"湘湘,我真没欺负她,是她这个人先插队的。"王曼雯紧张地大喊。

秦湘看了王曼雯一眼,不想在开学第一天成为笑话,没吭声直接走了。

秦湘回了自己班教室,随便找了个靠窗的座位,坐下后没几分钟就走来一个女生。

"这儿没人吧?"

秦湘点头,友好地笑笑:"没有。"

那个女生也算自来熟,自顾自地坐下,把书包放好后就开始和秦湘打招呼:"我叫马欣欣,初中在实验中学上的。"

秦湘:"我叫秦湘,五中的。"

之后,马欣欣便像个开了闸的水阀,不停地问秦湘一些问题,导致秦湘有些招架不住了。

她们的位置偏后,是倒数第二排,最后一排空着,没人落座。

坐在她们前方的也是两个女生,那两人和马欣欣一样,吐沫飞溅,声音里带着抑制不住的惊喜。

"刚刚我去办饭卡的时候,你猜猜发生了什么?"

"快说快说。"

秦湘听到"办饭卡"三个字,注意力移到了前面。

女生声音虽小,但那样子也吸引了旁边不少人:"看见了两个极品。"

"什么极品?能不能别卖关子了?"

"就是啊。"

女生翻了个白眼,继续道:"两个男生,巨帅!"

"我不信。"

女生冷哼:"等你见到就知道了。"

上课铃恰好在此时打响,一位年轻男老师走上讲台,他看了看乱哄哄的教室,拍了拍手,示意大家安静下来。

班里兴奋的讨论声渐渐小了。

"我是你们的班主任,曹彬。"他转过身,利落地在黑板上写下两个大大的草书。

底下不乏一些胆大的男生开口:"老师的字还挺飘逸,跟长相差不多。"这话引得哄堂大笑。

曹彬也不生气,眼神都没给他半个,开始讲开学这两天的事。

老师在讲台上讲着,马欣欣同时在底下给秦湘讲着。

班里环境不太好,后墙的墙皮掉了几块,落在水泥地上。吊顶的风扇"吱呀吱呀"地迅速转着,作用好像还没有外面的自然风大。

突然——

"报告!"

后门传进一声吊儿郎当的喊声,把班里很多同学的注意力吸引了过去。

秦湘和马欣欣也看过去。

两个男生站在后门门口,身高腿长的。

"我的天!这两人确定是咱们平中的吗?不会走错学校了吧?"马欣欣夸张地开口。

班里不是只有她这样想,很多人看到后门站着的两个利落的身影后,眼睛都直了。

曹彬蹙眉,扶了扶眼镜,又摆摆手:"快进来,开学第一天都能迟到。"

陈燃吊儿郎当地应答,和周晏生一同进了教室。

现在只有靠窗最后那排是空着的,两人也没犹豫,直接落座。

马欣欣发现周围有很多道羡慕的视线扫射过来,她勾勾嘴角,表面淡定,但紧握中性笔而泛白的指节出卖了她此刻压抑不住的狂喜。

天!后桌是两个绝世大帅哥,任谁都没法淡定吧!

秦湘也不例外，当她看到周晏生径直坐到自己身后的时候，后背直接僵住了，原本凉下来的身子突然起了一股燥热。

尤其是后背，一滴滴汗珠顺着脊梁骨滑落。

曹彬发现班里大部分人的视线还停留在靠窗的角落，笑着摇摇头，继续讲下去："行了，都擦擦下巴上的口水。"

开学第一天比较悠闲，上午一直在自我介绍，下午学校给全体新生开了个欢迎会。

让秦湘意外的是，平中连个像样的礼堂都没有，只是让他们搬着凳子到食堂开的。

秦湘顿时有些后悔没去一中了。

平中高一高二的学生没有晚自习，住宿的人也很少，大部分的住宿生是高三的，毕竟他们要上晚自习。

来平中的第一天就在兵荒马乱中度过了。

傍晚六点，放学时间。

秦湘和马欣欣道别后便回了家，马欣欣性格外向，和她刚好互补，两人很合得来。

日落被打碎，远处的云一层又一层，裹着粉和橙，遥遥一眼，巨日前方掠过几只落雁，美不胜收。

秦湘踩着傍晚最后一丝光亮登上老旧小区的楼梯，还没到三楼，隔音不好的房门内便传来阮甄的叫喊。

隐隐约约听得不甚真切。

秦湘清楚这是弟弟又犯错了，她叹了口气，插上钥匙开门进屋。

屋里因为她的到来陷入一片安静，阮甄止住嘴里没骂完的话，最后放下一句："等我一会儿再收拾你。"

阮甄迎上来，给归家的女儿拿出拖鞋，笑着开口，一副慈母的样子："晚晚，第一天上学怎么样？"

"挺好的。"

秦湘换了拖鞋，看了眼立在客厅里的秦诚，后者回瞪她，她被气笑，摇摇头回了自己的房间。

卧室内，窗户对面是竣工没多久的新楼盘，处处透着奢华。

和这边的老破小反差强烈。

她换了一身睡衣，出了卧室，走到餐厅，给自己倒了杯水，随口问道："爸呢？"

阮甄在厨房做饭，她这话是在问秦诚。

秦诚捧着手机，玩游戏玩得不亦乐乎，半个眼神都没分给她。

秦湘放下水杯，走过去，一把抢过手机："爸呢？"

"秦湘！你干吗？"男孩的语气根本不像是在对自己姐姐讲话。

秦湘也不气，把手机放在身后，又问了他一遍："爸呢？"

秦诚像泄气的皮球："加班，今晚不回来了。"

秦湘这才把手机还给他，她坐到男孩旁边，看到男孩防贼的表情不由得一笑："今天又闯什么祸了？"

秦诚比她小五岁，小学五年级，叛逆得很。

"你管我！"

秦湘蹙眉："你怎么说话呢？"

秦诚立马投降，他挠挠头："我们班有个同学嘴太碎，我没忍住，揍了他一顿。"他越说越急，"后来我才知道，老班居然还把咱妈给叫去学校了。"

秦湘面无表情地看了他一眼。

秦诚这下忍不住了："我又怎么了，你以为谁都跟你似的啊？你有劲吗你！"

"秦诚！"

阮甄关了抽油烟机就听到这话，她走到客厅，揪着秦诚的耳朵："怎么和你姐说话呢？我看你那张嘴比张武的还欠！"

秦诚不服道："我说得不对吗？你看看她，整天垮着张脸，像谁欠她钱似的！"

阮甄拍了他后背一掌："给我闭嘴！"

秦湘默不作声地回了卧室，紧闭的门也挡不住客厅里的争吵。

她最后也没吃晚饭，今晚也没心情看书，洗了个澡便躺回床上。

白天的事历历在目，王曼雯的嚣张跋扈是她没想到的。

记得初一时，王曼雯还是个任人欺负的温暾女生，那时候大家都不喜欢和王曼雯一起玩，是她主动和王曼雯一起玩的。

可现在……

她翻了个身，不去想那么多。

次日，平中正式开始军训，为期八天，最后一天会有会演，验收军训成果。

军训的那几天，秦湘一直和马欣欣待在一起，偶尔看到王曼雯，两人也是毫无交流，关系渐渐疏远。

而……周晏生和陈燃根本没参加军训。

军训会演那天，秦湘作为学生代表上台发言，她这才知道，自己的中考成绩在平中排第一。

而且，她超了第二名将近一百分。

可见，平中的招生标准很低。

"我是高一（2）班的秦湘……"

女孩温软坚定的嗓音传遍校园的每一处角落，底下认真听的没几个。

陈燃拿肩碰了碰身旁的人，见他看过来，下巴顺势朝台上扬了扬："看不出来啊，咱们班的秦同学这么牛啊。"

周晏生懒懒地掀起眼皮，只看一眼便移开目光，继续低头看手机。

他薄唇微启："哦。"

陈燃摩挲着下巴："就是看着也太乖了，显得我们有点不务正业了。"

周晏生闻言，滑动手机屏幕的手指顿了顿，随后收起手机，漫不经心地抬头，目光看向台上已讲到尾声的女孩。

阳光下，女生皮肤白皙，剪着齐到下巴的短发，利落秀美，又甜又飒。

说出来的话也是铿锵有力的。

"希望大家拥有一个有目标的三年。"

妥妥的一朵纯洁无瑕的白山茶。

陈燃侧头，冲着周晏生挑眉："你是不是也这么觉得？"

周晏生收回目光，没搭话。

军训结束后，便正式开始上课，秦湘英语成绩拔尖，被任命为班级的英语课代表。

周五晚上，秦湘被英语老师叫到办公室数卷子，等数完卷子出了校门，天都黑了。

四周很静，莫名诡异。

她背着书包走在路上，忽然听到不远处的小树林里传来几道男女夹杂的笑声，仔细听还能听到阵阵抽泣声。

秦湘心头一紧，脚步直接停住，没敢继续往前。

她知道平中附近的治安不好，但没想到能乱成这个样子。

今天马欣欣刚在班里讲了八卦，其中就有平中旁边的小树林事件。

小树林里的动静似乎越来越大了。

秦湘瞪大眼，心脏好似被紧紧捏住，她呼吸暂停，脑袋嗡嗡的。

因为她听到了一个特别熟悉的声音，只不过那道声音很模糊，听得不甚真切，况且之前也没发现王曼雯和社会上的闲散人员有过交集，所以她下意识以为自己听错了。

或者说她心底潜意识让自己觉得那不是王曼雯的声音。

秦湘还没听清不远处的人聚在一起讲的话，周围便安静了下来。

此刻，小树林都静了，有人看不下去，试探道："要不就算了，事闹大了也不好收场。"

有人附和道："是啊。"

晚风簌簌地吹，脚踩在半截树枝上发出窸窣的声响。

秦湘站在不远处，听完对话，一股凉意蹿遍全身，她后背一僵，是真的没想到刚刚那个若隐若现又格外模糊的声音真的是王曼雯。

她颤颤巍巍地掏出手机，准备打电话报警。

突然，手机被人从后面抢走。

夜深人静，一股恐惧涌上心头。

秦湘猛地扭头看，撞上那双深邃的眼睛后，松了一口气。

还好……不是小树林里那群人。

秦湘压下心中的不安，声音低到不行："把手机还我。"

却不料，男生直接把她手机的电池卸了下来。

秦湘不明白他的动作，瞪大双眼，声音都在发颤："你干什么？"

周晏生嘴角扯了个笑："想干什么？打电话报警？"

秦湘还没来得及开口，就听到他讽刺的嗓音："蠢货，信不信你现在报警，明天被那群混混盯上的人可能就是你。"

秦湘愣在原地，她刚刚没想那么多，脑子一热，想都没想就直接拨了电话，但……

"那就当没看见吗？我做不到。"

周晏生懒得和她废话，直接掠过她，朝着前面走，经过小树林的时候，他步调依旧不急不缓，像是对那场闹剧没有任何兴趣。

可有人不这么想。

"哎，那边那个，大晚上不回家干吗呢？"

周晏生刚好站在一盏路灯下，他停下步子，冷着脸回头，目光冷若冰霜，像是对眼前的这幅场景提不起兴趣一样："有事？"态度十分嚣张。

一男生看不惯他这踩上天的作态，偏头啐了一口："服了，这么牛啊？"

其中一个混混看到那张脸，心里莫名一阵后怕。他蹙眉，走上前踹了那男生一脚："你说什么呢？说话能不能斯文点。"

那男生顿时没了嚣张气焰，点头哈腰："是是是，哥说得是。"

这模样引来一众嘲笑。

周晏生表情淡漠如常，眉眼清俊，单手插兜，直接走了。

"这男的谁啊？怎么这么装啊？"那男生指着周晏生的背影谩骂，结果又被踹了一脚。

秦湘呼出一口气，时间很晚了，她给自己鼓足勇气也走了过去，刚刚周晏生都能平安通过，她也能。

刚刚那男生看到她忍不住低骂一声："我真是服了，今天怎么这么多吃饱了撑的！"

他扭过身子，冲着秦湘嚷嚷："你！给我过来！"

王曼雯这时也看了过去，只一眼她便认出了秦湘。

秦湘步子忍不住加快，旁边的小树林里传来窸窸窣窣的声响，她压下狂跳的心，跑了起来。

身后传来一声低骂："服了！你跑什么？"

秦湘没回头，大步往前跑。

突然，手臂被人拽住，她内心的恐慌到达顶峰，下一秒就要尖叫着喊出来，但——

嘴被人捂住，掐断了还未出口的叫喊。

"闭嘴。"这道声音透着不耐烦。

秦湘对上那双没有温度的黑瞳，愣在原地，连反抗都忘了。

周晏生被她看得内心烦躁，蹙眉道："闭眼。"

此时的秦湘像个机器人，任他摆布，听话地闭上眼。

没一分钟，身边传来那个男生的叫喊："哥们儿，你干吗呢？"

周晏生啧啧道："有点眼力见儿没？刚刚你追的人是我的朋友。"

那男生愣怔，很快反应过来，恼火道："你谁啊！"

周晏生蹙眉，不动声色地把女孩推到身后，薄唇微启："竖起你那狗耳朵，听好。"

他一字一顿地吐出："周晏生。"

那男生跑远了，倒不是因为"周晏生"这个名字，而是因为他身上那股不好惹的气场。

等那男生走后，周晏生回头看了一眼正瑟瑟发抖的秦湘，他也不知道脑子里哪根筋搭错了，居然多管闲事。

他目光戏谑，嘲讽道："这就怕了？"

秦湘人生第一次见到这样的事，她垂着的手攥紧，指甲划进肉里的刺痛让她回神。

她抬头，双眼澄澈："是。"

周晏生被她的反应弄得心烦意乱："怕了就早点回——"

"我会报警的。"

女孩温软而坚定的话划破静谧的深夜。

周晏生不知是要骂她蠢，还是夸她善良。

他猛地呼出一口气，一双漆黑锐利的眼微眯着。

"不怕报复，你就试试。"

那晚……秦湘最终还是打了电话。

周一。

双休日刚刚过去，班里一盘散沙，大家都打着盹儿。

早自习过后，马欣欣和秦湘一起走进食堂。

刚一进去，秦湘便被眼前这幅情景吓了一跳。

马欣欣瞪大双眼，一副不可置信的模样："不是吧，这些人是没吃过饭吗？"

食堂里乱哄哄的，每个窗口前都人挤人，都不用自己走，全是被挤着往前。

好不容易买到早饭，两人站在食堂的角落，边吃边聊。

马欣欣喝了一口粥，说："晚晚，我后悔了，早知道不管想什么办法也得去一中读书。"

秦湘看了她一眼："为什么？"

马欣欣语气夸张："你说呢？平中简直不是人待的地儿，一想到还要在这儿待三年，我就烦。"

秦湘被她整乐了："不至于。"

食堂门口传来一阵骚动，马欣欣察觉到八卦的气息，急忙看过去。

两个穿着蓝白校服的男生走进了食堂。

是周晏生和陈燃。

有人生来便是主角,这话刚好适合周晏生。

开学不到一个月,周晏生这个名字便传遍了平中的各个角落,平中的学生都知道这届新生里有个特别的人。

而大家每天都看到陈燃和周晏生混在一起,连带着陈燃也变得出名。

不过周晏生倒是低调得很,平时只和陈燃一同出现在大众视野,神秘感十足。

这类男生在校园里最受女生欢迎。

马欣欣凑过来,忍不住跟秦湘八卦,把自己知道的全说了出来:"怪不得周晏生那么低调呢。"

秦湘顺势问:"为什么?"

"据说有几个高三的艺术生经常提前打听好他在哪儿待着,然后堵住人家要联系方式。周晏生嫌烦,能不在学校待着,就出学校躲着。"

秦湘若有所思,怪不得这几天班里前后门经常出现几个外班的女生,原来是高三的艺术生。

马欣欣叹了口气:"大佬就是大佬,出生就在罗马。"

秦湘心尖一颤,尽量把自己的声音放平缓:"为什么这么说?"

马欣欣顶着一副"你不行"的表情,咽下最后一口早饭:"据说周晏生和陈燃家在大都市,京市。他们俩好像比咱们大两岁,而且两人的家里都非常有钱。"

马欣欣一讲八卦就永远那么激动:"尤其是周晏生。他太神了,有人说他初中休学两年,别人都安分上学的时候,人家无拘无束地在拉萨玩了两年,就——"

不远处传来几声压抑的尖叫,两人看过去。

只见陈燃旁边站着一个女生,正旁若无人地和他聊天。

马欣欣简直快疯了,她不停地摇晃秦湘的手臂:"晚晚,陈燃那个样子也太帅了吧!"

秦湘被她晃得头晕，急忙按住她："淡定。"

秦湘对这种男生无感。

马欣欣这才控制住自己，嘿嘿一笑："不好意思，我太激动了……"

秦湘见她这副样子，摇头笑笑，刚抬眼准备扔垃圾，目光接触到什么，也怔住了。

挺拔的少年把蓝白校服穿出了不一样的味道，单薄料峭，利落十足。

周晏生正排队买早餐，看到陈燃正跟人聊得起劲，低头一笑，没忍住骂了他一句："注意点影响。"

陈燃轻笑一声，说了句什么，引得女生瞪了他一眼。

听到周晏生的调侃，陈燃咂咂嘴，拍了拍女生的肩膀。

女生冲他使了个眼色，笑了笑便跑远了。

陈燃抬手，把胳膊搭在周晏生身上："学姐人挺不错，约我放学一起滑旱冰呢，你要不要一起？"

周晏生："没兴趣。"

秦湘刚好和他们离得近，这组对话传进她的耳朵里，她听完后，心脏被紧紧捏住又松开，像是重获新生。

她敛下眼帘，收起刚刚心酸的情绪，心里拱起一阵后怕。

还好……周晏生和陈燃不一样。

周五那晚的场景不断地在她脑海中徘徊，消散不去。

她清晰地记得男生那低哑到深处的嗓音——

"刚刚你追的人是我的朋友。"

这话格外令她上瘾。

午自习。

秦湘背完单词，准备趴在桌上小憩一会儿，刚闭眼没几分钟，身后就传来一阵声响，吵得人不得安宁。

她迷迷糊糊地睁开眼，往后看去。

她顿时蒙了。

男生双手交叉，抻住白色短袖下摆，一个屈肘，往上一脱，不小心带起了里面的内搭无袖上衣，露出排列有序的腹肌，还透着水光，线条流畅，一滴水珠顺着肋骨往下滑，隐入裤腰内。

周晏生察觉到她的目光，正套短袖的动作顿住，居高临下地斜睨她一眼，瞥到女生脸上的茫然，他勾唇一笑，利落地套上黑色短袖。

"还没看够？"

秦湘回神，支支吾吾说不出话，脸涨得通红："你……"

周晏生有些不耐烦："有话快说。"

秦湘握紧拳头，鼓足勇气："我不是故意看到的。"

周晏生愣住，反应过来后挑眉，扬扬下巴："嗯。"

他说完就准备往教室外面走，秦湘也不知道自己是不是没睡醒，小声喊住他："周晏生！"

周晏生驻足，回头看她："有事？"

秦湘涨红着脸，一副大脑缺氧的样子："你是要去老师办公室吗？"

周晏生听到这话后蹙起眉头，目光有些冷淡："嗯。"

秦湘也不知道自己哪根筋搭错了，竟然张口就说："老师现在不在。"

周晏生好似听到了什么笑话一样，漫不经心地坐回自己的位置上，撩起眼皮睨她，笑意未达眼底。

随后，他懒散地张口："我自己有数，管好你自己。"说完，他也不管秦湘什么表情，直接起身，从桌上拿起钱包走出教室。

留下面红耳赤的秦湘。

她看着周晏生消失的背影，突然想起马欣欣给她说的一些关于周晏生的八卦。

——"这位大佬根本不是平芜人，人家一个京城太子哥来平芜上学就像是微服私访一样。听说他妈是某个影后，他爸是经常上财经新闻的投资圈大佬。一家人都不简单。"

午自习结束的那个课间，秦湘刚睡醒就被曹彬叫到办公室。

办公室里站着好些个人,王曼雯也在其中。

还有几个校领导,背着手站在那儿一脸不苟言笑。

阵仗有些大。

曹彬直接发问:"秦湘,你上周五晚上是不是很晚才出校门,学校门口的小树林里发生了一起恶劣事件,老师叫你过来就是想问问你是不是看到什么了?"

曹彬指了指,秦湘这才看到一旁的沙发上坐着一个女生,有些眼熟,她多看了几眼,才想起这就是那晚被那群混混欺负的女生。

"老师——"王曼雯喊道。

"你闭嘴!"王曼雯刚开口就被曹彬打断。

王曼雯扯了个笑,双眼死死地盯着秦湘。

秦湘注意到她的视线,看过去,对上她那毒蛇般的眼神,心颤了颤。

同时,周晏生的话在脑子里回响。

——"不怕报复,你就试试。"

她试想着一些事情,内心的那点防线忍不住动摇了。

就在这时,旁边传来几声抽泣,兴许是哭声让秦湘共情了,她一时之间忘了那声警告。

秦湘攥紧双拳,再睁眼,眼神澄澈:"老师,那晚我确实——"

办公室的门突然被推开,屋内的人都看过去。

秦湘的话没说完,下意识地扭头,就看到一男生逆着光走进办公室。

她心神一动,刚要开口,就被那男生冷淡的眼神震慑住。

周晏生一手插兜,没个正行,吊儿郎当地开口:"老师,我周五晚上也看到了,你怎么不问我?"

曹彬双目睁大,没想到还有他。

周晏生后背倚着墙,抬眼扫视一圈室内,慢悠悠地开口:"那晚我走得晚,确实看到了一些画面。"

他故意卖关子,惹得年级主任也看不下去了:"有话快说!"

周晏生偏头,哼笑一声,扬扬下巴:"有群小混混确实在欺负我们学校的学生，想把小姑娘的钱抢走，当时她也和那伙人一起。"

他口中的"她"自然指的是王曼雯。

他说完这话，便站在一旁，好像已经猜到接下来要发生的场景一样。

第二章

/

两个世界的人

NASANNIAN

果然,这话一出,原本平静的办公室瞬间乱成一团。

家长的叫喊声,女孩的抽泣声,还有王曼雯死不悔改的漫骂声。

但秦湘却觉得世界突然安静了。

纷扰不再,只剩眼前人。

她抬手,用袖口偷偷抹掉额头上冒出的冷汗,视线垂在地面上,眨了眨略显酸涩的双眼。

原来……周晏生不是冷漠的旁观者啊。

此时的办公室乱成一团,门也敞开着,门口蹲着很多看好戏的学生。

曹彬心烦意乱,走到办公室门口,刚要关门,瞥到秦湘的身影,便直接冲她招招手示意她先回教室。

秦湘以为周晏生也会和自己一同回教室，结果下午第一节课的上课铃打响之后，男生的座位仍空无一人。

教室里，化学老师点了几个人去讲台上写方程式，有的人写不出来，第一排的同学给他们报着答案，班里有些不太平。

秦湘扫了一眼周围，发现老师不知道什么时候离开了教室，教室里闹哄哄的。马欣欣好像已经习惯了平中的上课环境，她正低头用手机不知在和谁聊天。

秦湘叹了口气，低头认真写自己的方程式。

那天整个下午，周晏生的位置上都是空着的。

放学的时候，秦湘叫住陈燃，指了指身后的空位："那个……他怎么下午没来上课啊？"

陈燃刚站起身，听到她的问话，不甚在意地道："那自然是有比上课更重要的事了。"

秦湘潜意识里以为是因为中午办公室的事，忧心忡忡地收拾好书包，提前和马欣欣告别，率先一步出了学校。

但她不知道等待她的究竟是什么。

傍晚六点。

秦湘刚出校门就觉得有些不对劲。

三五个站在街边的社会青年正直勾勾地盯着校门口。

发现秦湘后，他们便跟在她后面。

秦湘彻底傻眼，数不清的恐惧爬上心头。

远处停着几辆类似摩托的车子，车子旁站着几个社会青年，流里流气的，正懒散地靠着车低头玩手机，一看就是附近的小混混。

还有几个女生正盯着她，看到她的面容后，表情多了些嫉妒。

秦湘愣在原地，不敢动弹一下，忽然有人上前扯着她往前走，她没站稳，直接跌坐到地上。

这举动不知道怎么惹到那几个女生，有人上前，蹲在她身边，皱眉问："连路都不会走？"

秦湘紧抿着唇线，不受控地发出一声闷哼。

羞辱感在那时盖过恐惧。

娇弱的闷哼吸引了一旁的几个混混，有人走上前，笑着开口："我说，你们能不能对人家女生温柔点，这女生可是平中第一呢。"

"女学霸？"

"李京，你这是什么语气？"

被叫作李京的男生搓了搓手，随口说："意思就是，我没怎么见过女学霸呢。"

他的声音里夹杂着阴阳怪气的调调，听得人很不舒服。

秦湘猛地抬头，眼里全是惊恐。

她看了眼周围，人流密集的地方离这儿有些距离，出声呼救可能没什么用，而且……这群人有交通工具，逃跑的胜算也不大。

"学霸也不该多管闲事，乱讲话啊。"

秦湘本就冰冷的心此刻再一次雪上加霜。

她做错了什么，只是看到有人被欺负后打了电话，这样便有罪吗？

他们无休止地哄笑个不停，仿佛就是要慢慢地、一点一点地把秦湘的心态搞到崩塌，让她慢慢等着接下来的场景。

因为他们知道，这样才能让秦湘心底的恐惧到达顶峰。

昨晚刚结束一场秋雨，地上混着泥土气息和酸臭味。

秦湘忍不住干呕。

"呃，她不会要吐了吧？"一个化着烟熏妆的女生说道，"我可得离远点。"

"放心，脏不到你身上去。"

烟熏妆女生蹙眉，想说什么，瞥到一旁走过来的高大身影后，瞬间没了声。

"哟，江弈来了？"一个寸头上前，递给刚走来的身影一根烟。

江弈"嗯"了一声，目光触到什么，动作一顿，笑了："这人是谁啊？怎么坐地上？不嫌脏？"

"说的什么话。"那女生轻笑，走近，"听说她就是那天报警的人。"

江弈挑眉，蹲下身，捏住秦湘的脸。

秦湘的下巴被他捏着，像砧板上的鱼，任人宰割。

"挺有能耐啊？"江弈说。

"可不是嘛，连弈哥你都敢惹。"有人接话。

他们的话令人作呕，秦湘觉得这些人荒谬至极。

疯子。

一群疯子。

耳边的声音还在继续。

"啧，我们该怎么惩罚一下这位爱管闲事的小同学呢？"

"要我说，就揍一顿。"

秦湘不受控制地发起抖来。

每次电影里出现这种情节，作恶的人都不会得逞，反而会受到严惩。

差点被欺负的人往往都会被从天而降的英雄救走。

可现实不是电影。

秦湘闭眼，内心不断挣扎，唯一的手机落在家中。

绝望，无助，窒息，恐惧……

头顶传来窸窸窣窣的声音，她睁眼，面前又站了一个陌生人。

"老狗，你可真是不懂怜香惜玉，不过这样也好。"

被称作"老狗"的男生，剃着寸头，面容可怖，正站在她面前。

秦湘看着他，身子往后躲，想跑但真的没力气了。

秦湘不停地往后挪，腿已经软到失去知觉。

他们没在意秦湘的动作，只当那是无谓的挣扎。

老狗内心无端起了火，往前走了几步："你能不能别往后跑了！"

只是他的手还未碰到秦湘，远处便传来了警笛声，刺耳又持久，绵延不断地响着。

警笛声穿透建筑物传来，饶是没见到警车，也令在场的人心惊胆战。

老狗猛地抬头："又是哪个狗东西报警了？"

倏忽，一包零食砸过来，准确无误地砸在老狗的后脑勺上，包装袋的封口敞开，细细碎碎的瓜子皮悉数落进他的后背，狼狈到不行。

与此同时，一道嚣张狂妄的女声传来——

"你爹。"

所有人看过去，一棵矮树旁，站立着两人。

一男一女，十分刺眼。

男生身穿一件无袖黑色老头衫，手臂上的肌肉线条流畅，浑身散发着生人勿近的气焰。

他懒散地抬眼，乌黑的双眸里，没有任何感情波动，疏离而冷淡。

话是他身旁的女生说的。

女生美得张扬，长发随意绾成一个低马尾，五官精致，上身搭着一件咖色衬衫，紧身牛仔裤把她的腿型修饰得细长。

秦湘也看过去，来不及欣赏女生的美貌，下意识地发出求救信号："求求你……救救我。"

这是求生的本能。

南栀看到这一幕，忍不住红了眼眶："一群畜生，欺负一个小姑娘。"

她刚提步，手腕就被人拉住，回头，声音抑制不住在发抖："松开。"

周晏生还没开口，警车便到了，穿着浅蓝色制服的警察迅速上前，紧接着便是一场兵荒马乱。

之后，现场所有人被带到派出所。

小而拥挤的派出所里，争吵声持续不断。

"谁让她多管闲事的？她如果不找我们的不痛快，我们才不会找她。"

"我们什么都没做，是她自己摔倒的。"

"你说我们欺负人？别开玩笑了好吗？"

秦湘坐在一旁，没有出声，浑身被气得发抖。

他们……怎么可以说这种话。

南栀忍无可忍，拍桌而起："够了！"

南栀偏头，忽然冷笑一声，冲着警察说："警察叔叔，您不管管吗？"

民警直接把一群人分开审讯，屋内这才慢慢安静下来。

南栀坐到秦湘身旁，从包里拿出湿巾，撕开包装，动作轻柔地为她擦拭脸、脖子和双手。

室内一片静谧，过分压抑。

片刻后，一阵隐忍的抽泣声传来。

秦湘喃喃道："我……真的做错了吗？我那天晚上不能报警吗？"

周晏生站在一旁，听到女孩微弱的自我挣扎与否定，蹙起眉头。

南栀听到这话，心里的愤怒更甚，忍不住低骂了一声。

"你没错，错的是他们，你很勇敢。"

秦湘再也忍不住了。

被语言围攻的时候她没哭，被恶意辱骂的时候她也没哭，可现在，她忍不住了。

人有时挺怪的，被欺负的时候，神经细胞在告诉大脑要忍着别哭。

可一旦被安慰，泪腺就好似失控一般，最后泣不成声。那些忍住不哭的眼泪，轻而易举地被安慰打败。

秦湘的哭声起初是隐忍又克制，后来因为南栀一声又一声轻柔的安抚，渐渐放大。

那群作恶的人，一出来便看到这样一幅场景。

他们仍在胡言乱语。

"你有什么好哭的？"

"明明是你自己摔倒的。"

"你多管闲事还有理了？"

一位民警发出一声暴喝："都给我闭嘴！"

屋内这才安静下来。

这时，一道缓慢又低沉的声音响起："你们，狗叫什么？"

镜头被拉远，众人的目光看向声源地。

周晏生单手插兜，抬眼看过去，双眼皮褶皱压得极深，气质阴狠冷厉。看那群人的眼神好似在看一群上不了台面的垃圾。

他扯了个笑："我倒是第一次听说，受害者有罪。"

江弈站在人群最后，看清男生的面容后，目光里多了几丝复杂。

眼前的人他听说过，是平中的风云人物。

事情的结果就是，该叫家长的叫家长，该教育的教育。

当天夜里下了最后一场秋雨。

秋风透着凉，一个临时搭建的棚子里架着烧烤摊。即便是雨夜，客人依旧多，四周都是划拳声。

南栀正在给秦湘上药，两个女孩子的举动惹来了几道不怀好意的目光。

周晏生注意到，一个冰冷的眼神扫过去，众人立马撇开视线。

"晕，你们吃烧烤竟然不叫我？"陈燃收了伞，拉了把椅子坐过来，目光一触及周晏生的发型，顿时一阵惊呼，"我的天，你这发型真够亮眼的。"

他笑得胸腔发抖："品位还挺独特。"

周晏生把玩着玻璃杯，抬眼睨了他一眼："说够了没？"

陈燃收起那副玩世不恭的姿态，自顾自地倒了杯饮料："还不让人说了。"

南栀看了过来，骂了一句陈燃："你懂什么？周老板再捯饬捯饬都能进军娱乐圈了。"

陈燃哼笑，拿脚踢了踢身旁的人："怎么突然收拾自己了？"

周晏生没作声，眼睑低垂，长腿大剌剌地敞着。

南栀白了陈燃一眼："我之前看到一个男明星做的新发型还挺帅，就随口一说，让周老板也弄个，谁承想，他还真去了。"

陈燃听到这话，双手鼓掌，笑道："为谁做头发啊？"

南栀随手拿起塑料瓶扔向他："别乱讲。"

陈燃耸肩，满不在乎："行，大小姐。"

对话声传进秦湘耳朵里，她心里麻麻的，又酸又胀，总之很不好受。

南栀倒了杯温水放在秦湘面前,温声道:"同学,喝点热水。"

陈燃这才把注意力分到秦湘身上,他有些惊讶:"秦湘?"

南栀抬眼:"你们认识?"

陈燃点头:"一个班的。"

南栀"哦"了声,继续对秦湘开口,语气温柔:"以后如果有人再欺负你,你就报这两人的名字。"

她抬手指了指陈燃和周晏生。

秦湘悠悠抬眼,视线跟随南栀手指的方向看去,就对上一双没什么情绪的黑瞳。

她内心翻涌着数不清的情绪,但在此刻都被掩饰得很好。

她睫毛颤动,眼底的水波荡漾:"谢谢你……"

南栀摆手:"没事。"她蹙眉看向对面的两个男生,"你俩,不表个态?"

陈燃被她蛮横的样子气笑:"行,表个态。"

他偏头,笑得吊儿郎当,说话也不正经:"兄弟,某人让你表态呢。"

南栀忍无可忍,抓起手边的东西,也不管是什么,就甩向陈燃:"你小子要死啊!"

这时,一直闷不作声的周晏生突然抬头,侧脸线条凌厉分明,笑容带着匪气,悠悠地道:"以后有事报我的名。"

晚风吹过,男生额前的碎发扬起。

他没去管陈燃的玩笑话,顺势接话。

与此同时,秦湘也不可置信地看过去,惊喜来得太突然,令她一时招架不住,整个人愣在原地。

甜盖过苦,她好似忘了周晏生接话的原因,只觉一束烟花炸裂在脑海里,噼里啪啦。

天空低沉,乌云翻滚,雨声爆裂。

但周围好像都掉进了慢镜头里。

陈燃的震惊程度不比秦湘少,他唇边的笑容渐渐消失:"周——"

南栀打断陈燃的话,双手敷衍地拍了几下:"牛啊,周老板就是最厉害的。"

周晏生没再开口。

这个话题就这么揭过去。

吃饭的全程，南栀都在顾虑着秦湘的感受，不停地给她夹菜、倒水，热情得不行。

陈燃忍不住嘲笑道："母爱泛滥了你？"

南栀瞪了他一眼。

秦湘盯着南栀的侧脸，一时有些恍惚："我……自己来就好。"

南栀这才注意到自己可能热情过了头，笑道："还没和你自我介绍，我叫南栀，高三的，咱们一个学校。"

秦湘闻言，突然想到之前班里的八卦时常带着这个名字。

她点头："我叫秦湘。"

南栀揉了一把秦湘的脸："知道，以后在学校没事就来找我玩。"

秦湘点头："好。"

秦湘拿起水杯刚要喝水，耳边就传来一道促狭的声音："周老板，你脖子上是什么？"

秦湘跟着看过去，发现周晏生脖子上戴了一条银色项链，然后便听到陈燃的调侃声："南栀送的？"

陈燃意味深长地拉长语调："哦——还挺好看。"

周晏生看了一眼南栀，踹了他一脚，笑骂道："滚，吃你的饭吧。"

秦湘发现，周晏生虽然叫陈燃滚，却没反驳，分明是默认了。周晏生眉眼明显放松，脸上还挂着慵懒又漫不经心的笑。

一个声音浮出水面：他不生气，反而很享受这样的调侃。

这个认知惹得秦湘握着筷子的手忍不住发力，指节泛白，唇线紧绷，呼吸有些急促。她用指甲摩挲着木筷，暗暗提醒自己：

不管周晏生和谁玩得好，都和自己没关系。

秦湘面色如常，心里却像有一万根银针密密麻麻地扎在上面，透不过气。

那晚，三人把秦湘送回家，秦湘也没有和家人讲今天发生的事，只是说自己身体不舒服,最后请了几天假。

新的一周。

周一早上有升旗仪式,秦湘不到七点便到了学校。

早上气温低,秦湘坐在教室里,接了杯热水暖着身子,然后开始认真背单词。

请假的那几天,她把自己憋在家里,每天除了一日三餐就是拿着课本自学,很少外出。

时间慢慢流淌,教室里渐渐坐满了人。

升旗仪式结束后,秦湘和马欣欣去食堂吃早饭,马欣欣告诉她王曼雯被学校劝退了。

秦湘一时间没有说话。作为朋友,她竟然一直不知道王曼雯和一群混混混在一起,起初是难以置信,以为王曼雯是有苦衷的,但见识到那群人的恶劣后,她觉得不管怎么样,王曼雯该为自己的行为负责。

两人吃完早饭回了教室。

课间,秦湘去上厕所。

隔间外面的对话声传来。

"视频看了吗?"一个女生压低声音问,声线里的激动却抑制不住。

"什么啊?"

"你不知道吗?周晏生把我们学校外面的那群混混教训了一顿。"女生快速说道。

"天啦!吹牛吧你,那群人可不是好惹的。"打死她也不信。

同伴不信自己的话,那个女生直接把手机拿出来,播放视频。

"我的天,周晏生……太牛了。"同伴被惊得语无伦次。

信息量有些大,秦湘躲在隔间里没出声,她眉头紧皱,对话重新在脑子里过了一遍。

周晏生把校外的那群混混教训了一顿?

哪群混混?

为什么要教训他们？

怎么教训的？

太乱了……一个一个的疑问把秦湘脑子炸得混乱。

视频里的声音窸窸窣窣地传了出来，声波绕过隔间门，传进秦湘的耳朵里。

——"我还就不信了，这么多人打不过一个人？都给我一起上！"

这个声音不是周晏生的。

但……

——"行啊，一起来，蠢货。"

这道男声狂妄嚣张到不可一世。

秦湘能听出来是周晏生在嘲讽那群人。

视频还在继续，但秦湘听不下去了，里面的声响让她联想到了那天晚上的事，那种绝望和窒息，她这辈子都忘不了。

好在，上课铃声打断了这一切，及时喊停。

两个女生把手机静了音，跑回了教室。

秦湘从隔间出来，双手撑在洗手台上，抬眼看着镜中的自己。

女孩脸色苍白，嘴唇几乎不见血色。

五分钟后。

"报告。"五楼一间教室前门传来女生的嗓音。

年轻女教师看了一眼，招手示意她进来。

"自由扩散是指物质通过简单的扩散作用……"韩梅站在讲台上，嘴里不停地讲着生物课本上的知识点。

秦湘坐回自己位置上时，看了一眼后面空着的位置，又想到刚刚在厕所里听到的对话，一时有些担心。

韩梅研究生刚毕业就来了平中教书，担任生物课教师。

这位年轻老师颇得班里学生欢心，所以在她的课上，认真学的比捣乱的学生多。

"报告。"一道懒洋洋的声音在后门响起。

众人看过去，目光从疑惑演变到不可置信。

周晏生似乎没察觉到那些放在他身上的目光，若无其事地回到座位上。

随后便是一阵桌椅摩擦地面的声响。

秦湘歪着脖子往后看，对上那双黑瞳，心尖一颤，故作淡定地开口："你怎么迟到了？"

周晏生愣了一秒，随即发出一声极淡的嗤笑："刚刚有事去了。"

秦湘点点头，慢吞吞地把头转回去。

下了课，秦湘拿着水杯想去接水，却被一双骨节分明的手按住。

她不明所以，还没看清是谁，鼻尖便涌入一阵幽淡的薄荷香。

周晏生站在她身侧，居高临下地睨她，薄唇微启，下达命令似的通知她："放学一起走。"

秦湘耳根发烫，被他的眼神弄得无暇顾及其他："……啊？"

周晏生"啧"了声："放学一起走，没听明白？"

秦湘以为自己惹得他不耐烦了，忙道："好，我知道了。"

愣是连原因都没问。

周晏生被她逗乐，微微弯腰，视线与她齐平："这么听话？"

秦湘愣神，立刻移开视线，不敢和他对视。

秦湘的反应有些超乎周晏生的预料，他蹙眉，低沉的声音从唇边溢出："怕我？"

秦湘还是不敢看他，但嗫嚅地说："没有。"

"这不是显而易见嘛，就你那张凶神恶煞的脸，谁看了不害怕？"陈燃略显夸张的调侃声从两人身后传来。

陈燃走到跟前，把手搭在周晏生肩上，阴阳怪气地说："大哥，不是我说，你在学校的样子还不够吓人吗？"

秦湘闻言，略显慌乱地摆手："不是的，不……吓人。"

女生的反应把陈燃逗得笑个不停，他拍拍周晏生的后背："看到没，吓得人家都语无伦次了。"

秦湘叫苦不迭，说什么都是错的，索性不再开口。

而周晏生黑着一张脸，别提多臭了，他目光冷淡地看了一眼陈燃，没什么情绪地说："离我远点。"

陈燃耸肩，满脸的不在意。

放学后，秦湘收拾书包的动作慢了些，一回头，哪还有周晏生的人影，她在心里叹了口气。

人家可能开玩笑的一句话，她竟然当真了。

秦湘刚背好书包朝着后门走，就被人叫住了。

"秦湘。"

她回头，看到坐在座位上玩手机的陈燃递来一个眼神。

秦湘有点蒙："怎么了？"

陈燃拉上校服拉链，站起身："不是放学一起走？"

秦湘蹙眉，不理解地问："我看周晏生走了，以为……"

陈燃听到这儿，笑着打断她的话："你说他啊，他先去找南栀了。"

他先去找南栀了。

几个简单的字，连在一起，却变得很复杂。

陈燃解释道："南栀没住宿，以前我们放学基本上都是一起走。今天南栀知道你来学校了，就让我们给你带话，说放学一起走。"

也是，周晏生这么一个眼高于顶的人，凭什么放学和她一起走。

现在她明白了，原来是因为南栀。

秦湘不知接什么话，内心感激南栀的细心，小声道："嗯。"

陈燃走了过来："走吧，去找他们。"

秦湘默默点头："好。"

平中很破，破到教学楼只有两栋，学生教室占了一栋，另外一栋是校领导的办公室，以及一些多媒体教室。

五楼有些特殊，东边是高三生，西边是高一实验班的学生。

所以相较于其他楼层，五楼还算安静。

秦湘跟在陈燃后面，看着眼前的场景，才反应过来，南栀所在的班级也在五楼。

就是这么巧。

人来人往的封闭走廊，脚下是未贴瓷砖的水泥地，墙体刚刷了一遍，显得干净空旷。

几米外，一个挺拔的少年懒懒地倚着窗台，漫不经心地同高三学长谈笑风生，因为身高，肩部微微屈着，但也不卑不亢。

少年没穿校服，黑色外套松垮，拉链没拉，一阵穿堂风拂过，让秦湘看清了他里面是一件黑色紧身T恤。

令她心跳如雷。

秦湘垂下眼皮，将眸中的情绪一藏再藏，直至无人可见的深处。

"周晏生。"

秦湘听出那是南栀的声音。

南栀从教室里出来，走到周晏生旁边："稀奇啊，今天怎么这么早？"

周晏生缓缓笑了，声音略微嘶哑："怎么，你还不愿意？"

南栀鼻腔中发出"哼"的一声，没接他的话。

两人旁若无人的互动惹得周围人低声起哄："南栀，这是谁啊？跟你站在一起还挺养眼。"

两人外貌出类拔萃，一个明媚张扬，一个放浪形骸，都是那种扔进人群中一眼就能注意到的存在，站在一起难免会遭人调侃。

秦湘意识到这点之后，不动声色地将心底那些情绪藏得更深。她感觉舌尖好像抵着黄连，苦到要命。

陈燃看到这一幕，也跟着瞎起哄："怎么着，用不用我给你们俩拍照留念啊？"

这话引起一阵哄笑声。

周晏生后背挺直，指了指不远处的楼梯："别废话，麻溜滚。"

南栀被逗得笑个不停。

周晏生垂眼看着，嘴角缓缓勾起一抹无人察觉的弧度，依旧是那副漫不经心的样子，却不知在不经意间惹了多少女生的注意。

可下一秒，他觉出几分怪异，回头一看，却没有对上任何一道视线。

他收回目光，方才那点被人盯着看的感觉这才消失。

秦湘偏头看着煞白的墙面。

还好……她反应快，差一点就被发现了。

穿堂风偏偏又起了，有点冷。

吹得她快待不下去了。

"秦湘？"南栀率先发现秦湘。

南栀弯唇，走到秦湘身旁，姿态亲昵地挽住秦湘的手臂，笑着问："在等我？"

秦湘偏头，脸上酒窝浮现，她点点头，双手还拽着书包肩带："嗯。"

乖得不像话，就连南栀都看呆了两秒。

这时，几道男声响起，夹杂着起哄玩闹的意味：

"南栀，这小学妹是谁啊？不介绍介绍？"

"你别说，学妹长得真不赖，今年新生真是藏龙卧虎。"

秦湘那年是短发，类似于一刀切，明明是辣妹的发型，偏偏多了些刘海，便少了几丝叛逆，多了些乖巧。

纯情又动人。

她的美和南栀这种明媚大方不同，是内敛又安静的，但也能让人看一眼便记住，是女生看了也喜欢的长相。

只是这种长相却和周晏生不搭。

秦湘没有经历过这种场景，在一众人中显得有些局促。她不知道说些什么，嘴巴微张着，指节不断摩擦手下的布料。

周晏生注意到她的这个细节，淡淡地瞥了那几人一眼，语调没什么情绪："差不多得了。"

他在帮秦湘解围。

众人见状，调笑着换了个话题。

秦湘松了口气，小心翼翼地抬眼向那边望去，恰好对上周晏生投过来的视线，她心头一跳，刚要说些什么，人家已经把眼神放在南梔身上了。

秦湘垂下眼睑，五指攥紧，在心里不断告诫自己：周晏生和你没关系，别再自作多情了。他帮你解围……大概是因为骨子里良好的教养。

几人一起出了校门，走着走着，秦湘发觉队伍明显扩大。

周晏生人格魅力大，人缘也好，就这么一会儿，走在路上已经不知道第几个人来和他打招呼了。

"周晏生。"

路边又传来一道男声。

秦湘下意识地偏头看过去。

只见一家便利店前站着几个男生，肥瘦高矮都有，参差不齐，吊儿郎当的，一看就不是什么好人。

秦湘看清站在最前面那人是谁后，后背一僵，脚步不由自主地倒退两步，她攥紧拳，手心里沁着冷汗。

为首的那人是江弈。

一瞬间，那些不好的记忆都涌了上来。

周晏生脚步顿住，懒懒地看过去，看清来人是谁后，目光瞬间变得幽冷："有事？"

江弈看着他那跩上天的作态，心里微微不爽："你——"

这时，陈燃打断他，面上神情不太友好，冷声道："哪儿凉快哪儿待着去。"

"你谁啊？"江弈的跟班看不下去了。

周晏生闻言，挑眉，摁灭手机屏，懒散地站在那儿，目光饶有兴致地扫过去。

江弈见周晏生这态度，莫名心慌，冷声教训身后的人："闭嘴！"

这态度实在是尿，惹得陈燃嗤笑："蠢货。"

江弈看过来，面上过不去，还想说什么，又被陈燃打断："还不走？"

江弈的表情像吃了只苍蝇，脸色变得难看，但他不得不承认，现在他惹不起周晏生。僵持了一会儿，他找了个由头走了。

-049-

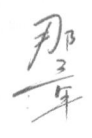

在场的人都心知肚明,这是尿了。

周晏生从头到尾都没说一句完整的话就吓得那群人屁滚尿流。

之前的聊天话题被那群人打断,也就没继续下去。

陈燃拿胳膊捅了捅周晏生:"那几个尿包咋回事,还想着找事呢?"

周晏生看了南栀一眼,眼神重新放回手机屏幕上,懒洋洋地答:"嗯。"

陈燃也回头看了一眼,秦湘跟在两人身后慢步走着,南栀正温声安慰她。

南栀:"别担心,以后我们放学都一起走。"

陈燃听到这话,胳膊又捅了捅周晏生,示意他回头。

周晏生:"嗯?"

陈燃笑道:"怕什么?天塌下来还有你周爷顶着呢。"

街上恰好路过一辆大型卡车,轰隆隆地吵,但陈燃的声音还是清楚地传到了几个人的耳朵里。

周晏生的目光移向一旁。

闻言,秦湘愣住,目光不知该放哪儿,胡乱瞟着,没一会儿就瞟到周晏生的脸上。

眼前的一双亮眸软糯糯的,水光若有似无,但周晏生也只是多看了一眼,便把目光重新放回手机屏幕上。

整个人疏离又冷淡。

一群人把秦湘送到小区门口便离开了。

晚上八点,平芜某条小吃街内,一个随处可见的烧烤摊前。

周围环境一般,划拳声、吆喝声此起彼伏。

陈燃拎了一打饮料过来,豪迈地搁在桌上:"我就不信了,今晚比不过你。"

被挑衅的周晏生此时正喝着一罐雪碧,他懒散地靠着椅背,脚随意地踩着桌底的横杠,整个人痞帅又吸引人。

很奇怪,一般的男生剪寸头都显得不伦不类的,可架不住周晏生的皮相上上乘,就算光头也是万人迷。

闻言，周晏生手一扬，饮料罐便进了一旁的垃圾桶："你来。"

挑衅意味十足，张狂又肆意。

陈燃嗤笑，坐到他对面，直接拿起一串变态辣的烤串就往嘴里塞，结果还没吃两口就打开一罐饮料猛灌。

周晏生嗤笑一声，慢悠悠地将手边的一串烤串吃完。

南栀看不下去了，她指了指陈燃面前的盘子："你行不行啊？这点辣都受不了？"

陈燃"啧"了声，刚要说"你懂什么"，便被周晏生那嚣张到不可一世的话打断："不行就去小孩那桌。"

陈燃哑口。

行，就欺负他。

方达也忍不住乐了："小菜鸡。"

方达是南栀的同班同学，和周晏生、陈燃也玩得还不错。

南栀和周晏生、陈燃是发小，三人从小一起长大，只是南栀高中回了平芜上学。

"你——"陈燃忍不了了，刚要骂回去，余光注意到烧烤架那边站着一个女生，他嘴里的话一下停住。

"老板，来二十串牛肉，变态辣。"

几米外，女孩站在那儿，手上提着一杯奶茶，长发披肩，身上穿着不合季节的纯白长裙，外面套着一件黑色外套。

树影斑驳，早秋的风透着凉，吹起女孩的裙摆，白色布料随风飘扬。

陈燃当下看直了眼。

方达刚和周晏生碰了杯，偏头就见到这一幕，他拿脚踢了踢陈燃："哎，美女早走了。"

陈燃这才回过神，有些后悔地道："刚才应该上去要个微信。"

"可别。"南栀捏着一串面包片，"人家是一中的学生，你还是别去打扰好学生了。"

陈燃问："你怎么知道？"

"她身上的外套是一中小奥班特有的。"

一中的小奥赛班,是专门冲刺清华、北大的。

周晏生全程听着他们聊天,兴致不太高。

南栀余光注意到,挪了挪椅子,凑过去问:"你今天怎么了?"

桌上的聊天还在继续,方达和陈燃还在那儿比赛,嗓门大得已经构成扰民,周围好几桌人都把视线投了过来。

南栀蹙眉,低声快速道:"你俩小声点,不嫌丢人?"

两人这才把音量放低。

南栀碰了碰周晏生,温声道:"那边今天给你打电话了?"

周晏生正低头看手机,听到这句话,滑动的手指顿住。他随后摁灭手机屏,撩起眼皮,双眼皮褶皱压得极深,眼尾狭长,带着淡淡薄凉。

他把手机朝桌上一抛,后背一仰,整个人懒洋洋地靠着椅背,声音淡淡地道:"没有。"

"那你今天这是怎么了?"南栀有些担心。

周晏生这才看向她,哼笑道:"真没事。"

"行吧。"南栀点头。

不想说就算了。

桌上的烤串一大半没动,锡纸盒里的金针菇还滋滋冒油,肉串上的孜然粒撒得均匀,让人看了就有食欲。

南栀心神一动,掏出手机拍了张照片,直接发了条朋友圈。

与此同时,一公里外的居民楼里。

秦湘刚洗完澡,身上穿着白色睡裙,淡淡的沐浴香扑鼻而来,皮肤因为热水的浸泡而泛着粉红,未施粉黛的脸干净纯粹,让人看了心生涟漪。

湿发还在滴水,她胡乱擦了擦便回了卧室。

"洗完了?"

阮清听到动静回头,顺手放下手机,说:"快点,你喜欢的变态辣还热着呢。"

秦湘笑了:"今天怎么过来了?一中怎么样?小奥班是不是挺变态的?"

阮清偏头:"也就那样。"

秦湘点头,坐到阮清身旁,双手扒开塑料盒,一股熟悉的香气扑鼻而来,她嗅了嗅:"还是那个味。"

"至于嘛你。"阮清被她这样子逗笑了,"平中呢,你在那儿习惯吗?"

秦湘动作一顿,随即自然地说:"还好,也不像传言里那么差。"

阮清是秦湘的表姐,两人生日就差了一天。

阮清自小成绩优异,是那种"别人家的孩子"。

越是这样,越会有人拿秦湘和阮清比较,虽然每次遇到这种情况都会被阮清用不好听的话堵回去,但收效甚微。

"我听说小奥班的时间都按秒来算,吃饭都是看着时间吃,真有这么夸张吗?"秦湘问。

阮清:"差不多吧。"

秦湘边收拾桌上的残局,边说:"那你怎么回来了?"

阮清是住宿生,住宿生这个点应该还在上晚自习。

阮清躺回床上:"累了。"

秦湘:……成绩好的就是这么贱。

晚上九点,秦湘和阮清躺在一张床上,有一搭没一搭地聊天。

秦湘有些犯困,摸索着手机定了闹钟,睡前习惯性地翻了翻朋友圈。

漆黑的房间内,只有手机里那点微弱的光。

四周静谧无声,躺在她身旁的阮清也进入了梦乡,只有可以忽略不计的呼吸声。

秦湘手指往下滑,无聊地翻阅着,看到有趣的便驻足两秒,然后再往下翻。

突然,她的目光紧紧锁住屏幕上的一条动态。

南栀在半个小时前发了条朋友圈。

配文:吃撑了。

她点进那张图片。

店里的桌椅印着 logo（商标），是阮清今晚给她买牛肉串的那家店。

照片上，桌上堆着数不清的各类烤串，让人看了食欲大涨。

她刚要退出界面，余光瞥到照片一角，不易察觉的地方，一只骨节分明的手搭在椅子扶手上，淡青色血管清晰可见。黑色手表稳稳当当地扣在冷白手腕上。

秦湘目光滞住，已经猜到那双手的主人是谁。她下意识地把那块放大，同时把手机亮度调高。

最后，她捂着慌乱的心跳把那张照片保存到手机里，还顺便给这条动态点了个赞。

南栀看到点赞提示的时候还在吃烧烤，她愣了下，随后笑了笑，点开和秦湘的对话框。

自从两人加上好友，还没怎么聊过天，对话框还停留在一周前。

南栀发了条消息过去：还没睡？

秦湘秒回：嗯嗯，你不也是嘛。

南栀：我？我还在外面吃饭呢。

秦湘：在烧烤摊吗？

南栀：嗯，你要来吗？

秦湘看到这条消息的时候，高兴得笑出了声。阮清被吵到翻了个身，秦湘立刻捂住嘴，但双眸弯弯的。

她一个字一个字地打：都有谁啊？

南栀扫了一眼多出来的几人，给秦湘回消息：我、周晏生、陈燃、方达，还有几个我们班的同学，可以介绍给你认识。

秦湘顿了顿，攥紧手机，呼出口气：不好意思啊，我可能去不了。

南栀很快回复：没事，下次再来也一样。

秦湘对着手机傻乐，还点头：好。

她又发了一个小熊点头的动图。

秦湘放下手机，平躺着，双眼瞪大了盯着天花板，没一会儿嘴角的笑便绽放到最大。

这种感觉。

开心。

真的很开心。

她从没想过能和周晏生的距离拉近，毕竟周晏生是天之骄子，京市人，家世、长相、人品皆为上乘。

他们本就不是一个世界的人。

但是，能和他朋友的关系拉近也不错。

即便她觉得这个朋友对周晏生很特殊。

但……那也无妨。

半个小时后，枕边的手机"嗡嗡"地振动了下。

秦湘本来是半梦半醒的状态，可看到那几条消息后，瞌睡虫一下被赶跑。

南栀发送了一张名片过来：周晏生的微信，你加一下。

秦湘刚要点进去，突然想起什么，又退出了与南栀的对话框。

果然，通讯录那里，多了一个红色的"1"。

大半夜的，秦湘后背冒了热汗，手心里湿得难受，她握紧拳，鼓足勇气点进去。

最上方，新的朋友那一栏多了一条消息。

秦湘点开。

头像是一个远镜头，皑皑的雪山。

昵称很简单，是一个小写字母"Z"。

一如其人，简单大方。

Z：我是周晏生。

"士之耽兮，犹可说也。女之耽兮，不可说也。"语文老师拿着课本，在教室里转来转去。

"这句话的意思是什么？哪位同学知道？"

由于是上午第一节课，班里大多数人昏昏欲睡，秦湘看着这行字也不免有些走神。

昨晚周晏生主动加了她的微信，想来也是南柯提议的。喜悦过后是泛泛的酸涩，她最后也没主动发消息，连备注也没改。

这样想着，她手里的笔不受控制地动了起来，笔尖慢慢滑动，白色纸上最后出现了三个字：

周晏生。

"周晏生，"语文老师突然开口，"第一节课就睡睡睡！你站起来给我解释一下这话什么意思。"

班里很多人被惊醒，纷纷往后看。秦湘也如梦初醒般地回神，她回头看了一眼，眼神顿住了。

周晏生费力地睁眼，单手撑在桌面上，借力站起来，脸上带着茫然，抬手搓了下脸，声音是刚睡醒的嘶哑："抱歉老师，我忘带课本了。"

教室里有人控制不住地笑出声。

厉害，这么大大方方的也只有他了。

语文老师冷哼一声："你倒是坦荡，看你同桌的。"

陈燃："老师，我也没带。"

语文老师是位四十岁的女教师，饶是经验丰富也被这两人气得够呛，她又把目光放在两人前面的女学生身上，清清嗓："秦湘，你先把你的书借给他俩，你和同桌看一本。"

"啊……好。"秦湘低头看了眼自己的书，正准备递给他，突然看到那三个惹人注意的字，心里一慌，后槽牙咬了下舌头传来一阵刺痛。

她回头小声道："等下。"

周晏生抬手揉了下脖子："嗯。"

语文老师有些不耐烦："快点。"

周晏生敷衍地开口："老师，您能把问题再说一遍吗？我忘了。"

借着语文老师重新提问的那几秒，秦湘迅速用黑色中性笔胡乱地抹掉那三个小字。等彻底看不清那三个字到底是什么了，她才回头把书递给他。

"我在上面写了注释，你可以照着念。"

周晏生垂眸看了一眼："男子若是恋上女子，想要丢弃很容易；女子若是恋上男子，要想解脱难挣离。"

语文老师点头："不错。"随后便让周晏生坐下。

周晏生坐好后，戳了下秦湘的后背。

秦湘感觉到，后背一僵，把身子往后仰，微微侧头，也不和他对视，小声问道："怎么了？"

两秒过后，她的书便被一只骨节清晰分明的手递过来，耳后传来低低沉沉的声音："还你书。"

秦湘这才回头看他："你不看了吗？"

周晏生扬了扬手中的书，语气略微嚣张："我不需要。"

她默然，抬手接过书，摆正身子坐好。

"这时候，我就要多说两句了。"语文老师慢悠悠地走在过道里，"女孩子要为自己而活，即便是以后谈了恋爱结了婚，也不要任由自己沉迷在爱情里，一定要清醒地活着。

"当然不论是男是女，都要向前看。"

语文老师说着说着便扯远了："我希望大家都能走出平芜，去看看外面广阔的世界。我的意思不是让大家摆脱家乡，而是想让大家努力学习，以后回来建设家乡。"

…………

班里认真听的人却不多，秦湘后来才知道为什么周晏生会说出他不需要那样狂妄自大的话。

因为他有资本。

期中考试如期而至，要考的科目足足有九科，平中安排了三天的考试时间。出成绩那天，刚好是秦湘生日的前一天。

成绩单公布的时候，大家都对年级第一抱有怀疑态度。

原因无他，第一名是周晏生。

所有人都知道这位大佬在第一次月考的时候可是交了白卷的，排名垫底。

许多人都觉得挺扯的，说他家里有路子，不是有答案就是阅卷老师帮忙作弊。

　　总之是众说纷纭,什么流言蜚语都有。

　　当事人对此却丝毫不在意,正和陈燃躲在天台上打游戏。

　　那天中午,平芜作为北方城市,进入十一月之后气温骤降,风里像掺了刀子,刮在人脸上刺骨地冷。

　　天台上,四处荒凉,零星地摆着几套废弃桌椅。

　　"服了,对面是个什么玩意儿?会不会打游戏?"陈燃嘴里叼着根棒棒糖,他被队友的烂操作惊到了,出口咒骂着。

　　反观周晏生,像是感受不到冷,只穿了件纯黑色的冲锋衣,慵懒地靠着椅背,两条长腿随意地放着。

　　他哼笑一声,微眯起眼,看似漫不经心,手机屏幕上的操作却是毫不留情,招招致命。

　　果然,五分钟后,对面队伍最后的水晶塔被推掉,"胜利"两个金灿灿的大字晃在屏幕中央。

　　陈燃把手机一扔,谄媚地道:"啧,大佬带飞就是爽。"

　　周晏生笑他:"出息。"

　　冷风呼啸。

　　放在桌上的手机"嗡嗡"振动,周晏生直起身看了一眼,看清来电提示后,眼底的笑意全无,唇线渐渐绷直。

　　片刻后,他接通电话,懒洋洋地说:"有事?"

　　电话那边像是在下达命令:"过几天回来一趟。"

　　周晏生满不在乎,声音冷淡:"没空。"

　　"你妈想你了。"

　　周晏生冷笑:"别扯了,我不回去。"说完便毫不留情地掐断电话。

　　那头不依不饶地继续拨过来,周晏生满脸厌烦,直接把手机关机。

　　陈燃把这一切看在眼里,试探性地问了句:"那边叫你了?"

　　周晏生闭上眼,呼出一口气:"嗯。"

　　刚才打来电话的是他爸,圈子里人人惧怕的商业大佬周楚阳,至于他口中的"你妈想你了",周晏生每次想到都能被他气笑。

是指被周楚阳打进医院成为植物人的母亲吗?

他也配讲。

陈燃走过来,拍拍周晏生的肩:"走吧?"

"嗯。"

两人回了教室。

他俩是踩着上课铃进的教室后门,往常闹哄哄的教室此刻因为两人的到来突然安静,气氛有些说不上来的诡异。

陈燃扫视一圈,心里有些不舒服,但最终什么也没说,跟在周晏生身后回了座位。

相较于陈燃,周晏生更是满不在乎,根本就不在意班里什么氛围。

教室后方传来两道刺耳的声音,是凳子腿摩擦水泥地的声响,不少学生看过来,马欣欣也忍不住往后看。

陈燃注意到这点,挑眉问她:"怎么?"

马欣欣的目光刚从周晏生身上收回来,听到陈燃这声问话,冷不丁打了个激灵:"没事。"

陈燃蹙眉,刚要问个所以然,看见前门走进来一人,便噤了声。

秦湘抱着一摞卷子走进教室,把试卷分给几人发下去。

试卷是期中考试的物理卷二,都是一些实验和大题。

有人问道:"怎么是物理试卷?"

秦湘这才站回讲台上,看了一圈台下:"是这样的,今天的午自习讲物理试卷。"

她顿了顿,犹豫着要不要开口。

班里的风言风语她都听说了。

这话一出,底下一片哀号。

"啊,还想睡一会儿呢,这下算了。"

"应该能睡吧,估计是让课代表讲题。"

"哎?课代表人呢?"

秦湘拍拍讲桌维持纪律，声音温软："讲题人是周晏生。"

原本乱糟糟的环境因为这句话安静下来，众人不解，更有甚者表示不服。

"凭什么？"

平时除了课代表讲题，便是这位提出异议的同学讲题，现在因为一个靠作弊得第一的人就要换人了？他觉得不公平。

秦湘闭了闭眼，果然是这样，她早该猜到的。

"你有异议去找老师。"

提出反驳的同学叫宋北，疯狂热爱物理，但脑子一根筋。

宋北冷笑："你没听说吗？"他语调阴阳怪气地说，"某些人的第一名怎么得来的自己也清楚吧。"

秦湘蹙眉，没想到宋北能把这些话放在明面上说："你——"

"砰"的一声，教室后方传来一声巨响，所有人都看了过去。

陈燃站起身，双臂撑着上半身站起来，语调讽刺道："那你说说，怎么来的？"

宋北也被吓了一跳，但还是硬逼着自己说出来："不就是靠抄吗？"

他这语气过分笃定了。

秦湘皱起眉头，目光移到他身上："你有证据吗？饭可以乱吃，话可不能乱说。"

宋北冷哼道："他在最后一个考场，大家都知道最后一个考场是些什么人。"

他这话带着浓厚的暗示意味，听得秦湘心里不舒服。

平中的考场是按上一次的排名来分的，周晏生上次考试交了白卷，所以被排到了最后一个考场。而众所周知，最后一个考场都是年级的问题学生，成绩都是吊车尾。

实验班虽然总体成绩靠前，但也有几个漏网之鱼在最后一个考场。

"不是我说，宋北，你小子什么意思？找抽就直说。"

"你来说说，最后一个考场里都是些什么人？"

"来给大伙讲讲，别整天一副高高在上的样子，学习好了不起啊？"

出来呛宋北的正是那几个在最后一个考场考试的人,他们大多也是年级里的问题学生,整日不好好上课,不学无术。

宋北哪见过这样的场景,一时慌了神:"你们、你们对号入座什么?我说的又不是你们。"

有人哼笑:"那怎么办,我们这次就是在最后那个考场考的试。"

这群人虽然平时没个正行,但碰上事了也不怂。

有人站起来,看了眼周晏生那边,笑着问:"这都能忍?"

教室里的人纷纷反应过来,他们争执得火气冲天,当事人却丝毫不在意地坐在那儿,注意力根本没放在这边,眼神都没给一个。

周晏生正漫不经心地低头看着什么,还有书本翻动的声音。

陈燃被他这副事不关己的姿态逗笑:"我说,给个面子,人家喊你呢。"

周晏生手指翻动课本的动作这才停下,懒散地撩起眼皮,一副昏昏欲睡的样子:"怎么了?"

要死,他们在这儿争执了大半天,您这还不知情呢?

秦湘清楚地听到有个女生小声地说:"要死,我为什么觉得周晏生那么帅啊!"

"嘿嘿,我也是。"

…………

李群杰嘴角一抽,见周晏生的目光好不容易扫过来了,他扬了扬下巴:"那位,正造你谣呢。"

大家都知道他指的是宋北。

周晏生顺着看过去,对上那张陌生的脸后,脸上明显愣住了,他又看回去,一脸的困惑。

李群杰:"开学两个多月了,你不会还不知道他叫什么吧?"

周晏生蹙眉:"谁?"

这次李群杰也被气笑了:"宋北,他叫宋北。"

周晏生冷淡地"嗯"了声,还是那副不着调的样子:"他怎么了?"

李群杰这下终于明白为什么一提到周晏生,大家脸上都是崇拜了。

-061-

那个年纪的学生，年轻气盛，血气方刚，大多数人疯了似的交朋友，年级里出名的学生大家几乎都认识。

可周晏生很反常，不与人为伍，但气场丝毫不输其他人。

在平中，几乎所有人都认识他，但能被他叫出名字的没几个。

李群杰快速地复述了一遍事情经过，他以为周晏生好歹会生气，但这位的反应有些出人意料。

周晏生拾起桌上的试卷，翻了翻，语气狂妄："就这些题，还用讲啊？"

全班静默……

第三章

生日快乐
NASANNIAN

周晏生把试卷搁到桌上,懒洋洋地说:"你喜欢讲就讲,我无所谓。"

班里气氛翻涌着,大多数人的想法都是:看吧,你心心念念的东西人家根本不在意。

宋北也意识到这点,他捏紧拳头,拿着试卷走到讲台上,开始讲题。

教室里渐渐恢复安静,听讲的学生认真听着,犯困的学生趴桌上午休。

秦湘回到自己的座位上,她坐下之前看了后面一眼,刚巧和周晏生对上视线。

周晏生挑眉:"怎么?"

秦湘心口一缩,找了个理由:"我……有道题不是很清楚,你可以——"

周晏生当即打断她:"哪道?"

"啊？"

周晏生："哪道题？"

"哦……"秦湘坐好后身子半侧着，把卷子放在周晏生的桌上，用笔指了最后一道大题，"这道。"

周晏生身子前倾，带过来一阵好闻的薄荷香气，还有那股不知名的洗衣液的清香。

距离骤然一下缩近，秦湘心跳不受控地加快，她静了静心，努力把视线放在试卷上。

可面前毕竟是周晏生，她借着他看题的工夫，眼神渐渐往上瞟。

周晏生没穿校服，冲锋衣拉链没有拉到顶，衣襟里的锁骨若隐若现，脖子上还挂着条黑绳。

他的头发似乎理了，变得更短，更贴头皮，衬得人更加狠戾。

周晏生一目十行，扫题的速度很快。他抬起眉骨，就看到眼前的人一副失了神的样子。

他哼笑一声，用笔轻轻敲了敲女生露出来的洁白前额，动作无比自然："看题。"

秦湘回过神来，如梦初醒，脸红得要滴血。她立刻垂下眼睫："看……看着呢。"

周晏生盯了秦湘两秒，女孩的睫毛很长，此时正打战。他眼底多了一抹自己都没察觉到的趣味，捏着笔开始给她讲题。

"这儿应该用这个公式……"

午自习结束后，秦湘便趴在桌上补觉，但前桌几个女生的对话声还是把她吵醒了。

"不过说真的，周晏生刚刚是真帅。"

"是吧，但你说这种大佬为什么要作弊啊。"

"这你就不懂了吧，他家庭背景复杂，得拿漂亮的成绩单给家里人看。"

话说得跟真的一样，秦湘却觉得好笑，果然是"造谣一张嘴，辟谣跑断腿"。

"他家背景是啥啊，快说快说，我快好奇死了。"

………

话越说越离谱，秦湘听不下去了，抬起头，她的注意力全在前面，没有注意到身后站着一人。

秦湘说道："知道造谣的定义吗？你们这种背后乱嚼人舌根的人就是造谣者，你们是亲眼看到周晏生作弊了，还是有任何证据？"

前桌女生闻言回头，注意到秦湘身后的人，脸都吓白了，有些语无伦次："我……也是听别人说的，大家都这么说。"

绝大多数的谣言都是起源于"听说"和"听别人说"。

秦湘表情严肃："没有证据的话以后还是不要说了。"

那个女生疯狂点头，视线不断地移向秦湘身后："嗯……我知道了。"

秦湘面露疑惑，下意识地扭过头，就对上一双漆黑的瞳孔。

周晏生正看着她，脸上的神情耐人寻味。

一瞬间，秦湘脑子里"砰"的一声炸开一束烟花。

他……肯定都听到了。

秦湘脑海里突然浮现出有女生向他大胆搭话反被无视的样子。

她莫名发慌，没有原因。

那几个女生早在秦湘转头的时候就快速逃离了教室，所以现在班里除了几个趴着补觉的学生，就剩他俩了。

周晏生没吭声，拉开椅子坐下，一只手搭在桌上，食指时不时地敲打桌面，发出微弱的声音。

秦湘双手攥在一起，呼出一口气，打算破罐子破摔："我就是——"

"干吗帮我说话？"

两人的话同时撞上。

周晏生笑了声，懒散地开口："你先说。"

秦湘先是没反应过来，后又对上周晏生那双摄人的黑瞳，心底的话全盘而出："我相信你没作弊。"

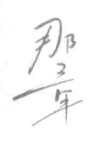

这话一出，秦湘觉得周围陷入一片诡异的静。

半分钟后，周晏生抬手搓了搓眉骨，挑眉看过来："为什么相信我？"

秦湘双眼泛着水光，垂下眼睫，在心里说了原因。

——因为你堂堂正正、坦荡无畏，有人被欺负，你会不顾后果地冲在前面。遇到恶劣事件，你不是冷漠的旁观者，你会报警。你怕我报警会被那些施暴者报复，所以抢了我的手机，你自己却转头报了警。你尊重女性，怜悯受害者，细心又正直。

秦湘不可能把这些说出来，她想了半天，最后说了最经典的一句话："我觉得你是个好人。"

周晏生似乎没想到自己就这样被发了好人卡，他忍不住笑了，胸腔都在微微颤动。

他刚要说些什么，兜里传来"嗡嗡"的振动声，拿出来一看，屏幕上出现的那些字直接令他的笑容消失殆尽。

再抬眼，周晏生眼底一片冷漠，瞬间恢复了之前那副陌生的样子。

他冷笑道："我可不是好人，别信我。"说完便拿着手机走出教室后门。

秦湘还没反应过来，内心一阵冰凉，下意识地跟着走了出去。她刚走出教室后门，就被眼前的景象惊到了。

一个很漂亮的高三学姐过来挡住周晏生，学姐抬起胳膊，冲着他扬扬下巴："学弟，给个电话呗。"

这话一出，起哄声到处都是。

周晏生顿感聒噪，一个眼神扫过去，周围便不自觉地噤了声。

秦湘这才看到周围站着不少高三的学生，纷纷挤眉弄眼，嘴里无非是些谁谁牛啊的话。

秦湘收回视线，想看周晏生的反应，同时心里捏了一把汗。

那个学姐的长相不俗，在学校也是个风云人物，听说已经拿到某个艺术高校的录取通知书了。

周晏生被人堵住去路，面上显出浓重的不耐烦，一双眼睛黑如磐石，抬了抬眉梢，嗓音凛冽："抱歉。"

学姐"喊"了一声,丝毫不在意被拒绝,从兜里拿出张字条,塞给周晏生:"没事,这是我的电话号码。"

周晏生盯了那女生两秒,径直绕过她,指节摩挲着那张字条,顺手扔进了垃圾桶里。

这个举动像导火索,学姐的好胜心一下被点燃。

学姐不顾场合,冲着周晏生的背影大喊:"周晏生!你会后悔的!"

起哄声更加响亮。

周晏生扯了个笑,脚步不停顿地往前走。

拐角处,南栀和他撞上。

南栀偏头朝着刚才的方向看了一眼,又回过头来调侃他:"这么受欢迎啊?那个女生可是高三公认的级花哎,你不考虑认识一下?"

周晏生蹙眉,眼神冷淡,嗓音也冷了几个度:"南栀,你知道——"

南栀径直打断他,抬手做了个给嘴拉拉链的手势:"停,我'闭麦'行了吧。"

周晏生这个人,简直冷到骨子里了。

虽然陈燃经常开他俩的玩笑,但南栀清楚,周晏生只是懒得澄清罢了。况且这种事越描越黑,索性不管才好。

秦湘心里悬着的石头落了地。

她回到教室,盯着课本上的单词,原本通俗易懂的语法此时因为她的走神变得晦涩难懂。

她不明白,周晏生为什么突然变了个样子。

难道是因为谣言里有真话吗?

几分钟前,那几个女生的原话是这样的:

"听说,周晏生五岁的时候被他妈放在室外,当时是冬天,外面还在下雪,一个五岁小孩连御寒的衣服都没穿。"

"啊?那他也够惨的。"

秦湘想象了一下那个场景。

漫天飘雪，冷风呼啸，其他人都在屋内吹着暖气，五岁的小周晏生被亲生母亲关在门外，不管不顾。这得是多狠的心才能做出这种事。

上课铃打响，她甩掉心中的那点疑惑，把注意力放在课堂上。

放学后，秦湘依旧被南栀他们送回的家。

一行人浩浩荡荡，有男有女，这种情形在平芜那种小地方吸引了很多人的目光。

秦湘倒是没注意到这些，她的视线大多绕过陈燃，落在周晏生身上。

男生身材高大，宽肩窄腰，气质独特。

秦湘和几人告别后，进了自家小区。老小区的声控灯不太灵敏，她跺跺脚，灯亮了才继续上楼。

秦湘拿出钥匙开门，刚推开门，就看到玄关处挂着的藏蓝色制服，眼神一闪。

果然，鞋架上原本的男士拖鞋不见了，取而代之的是黑皮鞋。

她随口说道："我回来了。"

主卧那边传来脚步声，房门下一秒被打开，阮甄从里面走出来，笑着迎上来："晚晚，去洗手，饭已经做好了。"

秦湘点头："嗯。"

她放下书包进了洗手间，等再出来时，餐厅已经坐满了人。

"晚晚，快来。"阮甄在喊她。

秦湘抬眼，和秦诚目光交错，坐到他身旁。

不知为何，她总觉得气氛怪怪的。

饭桌上，安静得吓人，只有瓷器相撞发出的声响，呼吸声都很微弱。

良久后。

"期中考试的成绩下来了吧？"一道低沉的男声响起。

秦湘正夹菜的动作一顿，没夹稳，菜落回盘子里。

"嗯。"

"排名多少？"

秦湘敛下眼睑，如实回答："班里第二，年级第十。"

"砰"的一声,瓷碗落在桌上,发出刺耳的声音。

"你怎么跟我保证的?"秦盛年的声音里带着微怒。

秦湘被吓得筷子差点没拿稳,心颤了颤:"这次是个失误,我下次……"

"下次?你说说,多少个下次了?当初我说没说让你去一中上学,你看看人家阮清,这次考试又得了年级前三,前两天我碰到你大舅,才知道你们这些日子也有考试。"

向来调皮的秦诚在此时也被父亲的雷霆之怒吓到不敢吱声,生怕这把火烧到自己身上。

秦湘垂下眼睫,贝齿紧紧咬着下嘴唇,眼眶里慢慢多了水光。

"下次考试如果拿不了第一,就趁早给我转回一中!说出去还不够丢人的,我女儿居然在平中上学。"

又是这样,不拿她和阮清做比较了,就开始说她给他丢人了。

秦湘不禁在想,觉得她丢人那为什么还要把她生下来。

阮甄这时候插嘴:"行了,你别老是拿晚晚和别人比。你觉得丢人,我可不丢人,晚晚那分数在一中也是能排上名的。"

秦盛年没吭声,继续吃饭。

阮甄:"你趁早给我回单位啊,别一回来就挑事。"

秦湘快速扒了几口饭,便找了个理由回房。

因为是老房子,房间的门即便是关得严严实实不露一丝缝隙,餐厅的对话声也钻了进来。

阮甄的声音带了几分抱怨:"你之前总是抱怨晚晚和你不亲近,但每次你回家不是训斥她就是无视她,晚晚能和你亲近才怪呢。"

秦盛年冷哼:"你别转移话题。这次她考试没考好肯定是因为你之前纵容她在家待了一周,说什么压力大不想去学校,我看分明是她不想念书了。"

对话声还在继续,颇有股越演越烈的趋势。

她躺在床上,眼神飘忽在空中。

同时,心底积压了很多年的委屈在此刻倾盆涌出。

万籁俱寂的深夜,只有女孩微微的抽泣声传来,一声又一声,听得人都忍不住共情。大概是受了天大的委屈吧，不然为什么哭声都是隐忍克制的。

秦湘慢慢地翻了个身，窗外的皎洁月光洒落，一些尘封已久的往事涌入脑海。

自记事起，她就被父亲拿来同别人比较，身高、胖瘦、长相、成绩等等。

她在秦盛年心里大概比不上别人的一根头发，她也搞不懂为什么父亲会这样厌恶自己。

所以，她做了生平最叛逆的一件事。

那就是中考结束后的志愿填报，她瞒着所有人填了平中。

说来可笑，别人叛逆都是抽烟、打架、早恋，她却不一样。

她至今还记得，平中录取通知书拿到手的那一刻，秦盛年眼里浓浓的不解，他甚至还给一中的校领导打了电话，从人家口中得知：你女儿的志愿根本就没写我们一中。

秦盛年气得够呛。

秦湘年少无知，觉得这样就扳回一局，心里想的是：你不是老拿我和阮清比吗？现在我不和她在同一个学校，看你怎么比。

现在才明白，不论怎样，秦盛年还是会挑她的错。

期中考试结束没多久，班里便重新调了座位，座位按成绩划分，周晏生排名第一，老师碍于身高原因把他排到了第一排最靠边的位置。

鉴于平中有男女生不可同桌的规定，秦湘现在成了周晏生的后桌，她的同桌依旧是马欣欣。

物理课。

物理老师正站在讲台上边讲试卷，边在黑板上板书，班里多了些窸窸窣窣的开小差的声音。

物理老师放下试卷，扫视教室，目光触及靠窗的那位正趴在桌上睡觉。

她清了清嗓，喊他："周晏生。"

周晏生没反应。

她再次开口，音量拔高："周晏生！"

周晏生还是纹丝不动。

宋北看到这一幕，幸灾乐祸地说："老师，别管他了，人家不听课也能拿第一。"

物理老师蹙眉，又喊了一遍："周晏生！"

秦湘见状，放在桌下的脚急忙踢了踢周晏生的凳子，这才把他踢醒。

大少爷睡觉被人打扰，一脸不爽，刚要回头质问，就对上秦湘那憋笑的表情。他蹙眉，反问道："很好玩？"

秦湘知道他是误会自己了，忙开口解释："不是，老师在叫你。"

周晏生这才转回身子，发现物理老师正饶有兴致地盯着自己。

他站起身，面不改色地撒谎："抱歉老师，昨晚学习到凌晨两点，今早才犯困。"

话虽如此，但听不出一丝歉意。

"扑哧"一声，陈燃没忍住笑出声。

牛，说谎都不带脸红的，昨晚那个通宵打游戏的也不知道是谁。

陈燃表示心服口服，五体投地。

物理老师看向陈燃。

陈燃连忙摆摆手："老师，您继续。"

周晏生冷淡地扫了他一眼。

物理老师对周晏生说："这样，你过来用你的解题思路把最后一道大题给同学们讲明白，我就放过你了。"

周晏生闻言，挑眉："行。"

宋北看到这一幕，心里冷笑：哼，等着被打脸吧。

他实在是不相信周晏生能讲出来，要知道最后一道大题年级里没几个人得了满分，只有周晏生写对了。也正是因为这样，他才觉得周晏生一定是作弊了。

接下来的五分钟，周晏生的解题思路对于宋北来说简直是啪啪打脸。

周晏生另辟蹊径，思路不死板，灵活地讲完这道困扰了很多人的物理竞赛题，连物理老师都忍不住拍手称赞："行啊，没少做竞赛题吧？"

反观周晏生,他漫不经心地笑笑:"还好吧。"

谣言不攻自破。

眼前这个人能把竞赛题讲解得如此透彻,不至于作弊。人家根本就看不上那点不入流的手段。

秦湘看着台上那个闪闪发光的少年,才明白,吸引自己的除了周晏生的长相和人品,更重要的是他身上那股同龄人缺少的成熟稳重。

他时而狂妄,时而谦虚,张弛有度,拿捏得很到位。

周晏生讲完题后,走了下来,余光瞥到秦湘,坐好后身子微斜着看她:"商量商量。"

秦湘不明所以,满脸疑惑地问:"什么?"

"下次能别踢我凳子吗?差点没坐稳。"

秦湘一听这话,脸上爬上两抹红,小声道:"知道了。"

周晏生哼笑,转回身子。

放学后,秦湘没和南栀一起走,她出了校门,拨了个电话:"你放学了吗?我先去店里了。"

今天是秦湘的生日,她和阮清约好在老地方碰面。

秦湘本来是站在室外等阮清的,但风太过强劲,吹得她缓不过劲来,便进了店内。

她其实一直不喜欢过生日,这次是因为和阮清很久没见了,便特地定在今天见面。

面馆内烧着炭火,是一家日式风格的面馆,来这里吃饭的也大多是学生。

就在秦湘喝完第三杯热茶的时候,门口的风铃响了,秦湘侧头一看,是阮清来了,她还带着蛋糕。

阮清在秦湘对面坐下:"等很久了吧?我刚才去拿蛋糕了,路上就耽搁了会儿。"

"没事。"

秦湘招呼服务员把面端上来,两人安静地吃面。面吃完后,阮清打开蛋糕，插上几根蜡烛，还作势要当众给秦湘唱《生日歌》。

秦湘急忙拦下她："周围那么多人，还是算了。"

阮清笑她："小垃圾，行吧，那就祝我们晚晚十七岁生日快乐。"

阮清给她戴上生日帽："许个愿吧。"

秦湘："好。"

暖黄色的灯光下，少女脸上的绒毛清晰可见，皮肤水灵灵的。

女孩虔诚地双手合十，闭眼许了个愿望，再睁眼便吹灭了蜡烛。

阮清笑着问："许了什么愿望？和我讲讲。"

秦湘没理她，切了一小块蛋糕自己吃。

"行啊，我家晚晚还有秘密了。"阮清坐过来，装作威胁的样子，"说！外面是不是有人了？"

秦湘被阮清闹得笑个不停，急忙开口："没有没有。"

"那许的什么愿望？"

"不说，说出来就不灵了。"

闹到最后，阮清给秦湘拍了张照片，两人又拍了几张合照。秦湘从里面选出了三张最好看的照片，发了一条朋友圈：叮！解锁十七岁！

晚上八点，两人走出面馆。

冬风吹个不停，呼啸声不绝于耳，空中纷纷扬扬地飘起了雪花。

街上人烟稀少，过路人发现下雪后，立刻变得激动起来，隔老远都能听到有人喊着：

"下雪了！是初雪！我要和男神一起去看！"

秦湘倒没觉得多浪漫，只感觉手脚冰冷，鼻尖冻得通红，想回家冲个热水澡的心情无比急切，脚步由此变得更快。

突然，兜内的手机响了一下。

她停下，掏出一看，有人给她发了条消息。

Z：生日快乐。

一瞬间，仅仅四个字就暖了秦湘全身，手也不冰了。

她甚至觉得以前讨厌的生日变得可爱了。

室外凛冽的寒风呼啸,坐落于闹市区的一处高档小区里灯火通明。

落地窗外的雪景美不胜收,可惜无人观赏。

陈燃眼神紧盯着面前的大屏幕,手上的操作飞速,嘴里说个不停:"啊,我这边快死了!周爷救我!"

李群杰本来坐在一旁享受着按摩椅的服务,听到陈燃这声呼救,睁眼看过来。

偌大的客厅,给人空荡的感觉。

冷色调的装修,最惹人瞩目的超大屏幕液晶电视正被这群人暴殄天物地拿来玩游戏。

一局结束,陈燃摘下 VR 眼镜,随手一扔:"服了,这新装备不错啊,借我玩两天呗。"

周晏生扫了他一眼,指了指门口方向,冷笑道:"慢走不送。"

陈燃丝毫不在意,从毛毯上站起身,身子陷进真皮沙发里,吊儿郎当地开口:"李群杰,大佬家爽不爽?"

李群杰疯狂点头,一副没见过世面的样子:"爽。"

李群杰偏头问道:"你一个人住这么大房子不觉得空吗?"

周晏生打开冰箱,从里面拿出一瓶冰水,直接仰头灌。

他丝毫没有意识到外面在下雪,身上还套着纯黑短袖,能看到小臂淡青色的血管。

周晏生还没来得及回答,门口处便传来响动,一同传入耳里的还有对话声。

"服了,平芜真冷啊。"

"嗯,以后冬天得去南方过。"

南栀和方达直接输了密码锁走进来,熟稔地换了拖鞋,一看就经常来。

两人还没意识到屋里多了一个不熟的人,还在有一搭没一搭地聊着。

李群杰早在看到南栀的时候,就把目光移回周晏生身上了,并且视线在两人之间来回穿梭。

学校里的传言不会是真的吧,周晏生是为了南栀才来平芜上学的?

要不然来平芜干吗?

他实在是想不出来。

陈燃看到李群杰的眼神,便知道这人心里在想什么了,清清嗓子:"你们俩干吗去了?怎么这么晚才来?"

南栀白了他一眼:"去了我小姨家一趟,别提了。"

陈燃笑了:"怎么了?"

南栀朝着冰箱的方向走去,边走边说:"辅导班的小孩太多了,小姨非得让我帮忙,我好不容易才脱身的。"

她走到周晏生跟前,自然地开口:"和你一样。"

周晏生盯了她两秒,气笑了:"胃不要了?"

他偏头,扬扬下巴:"那边有热奶茶,自己去拿。"

南栀耸肩,走到另一边,给奶茶插上吸管吸了两口,继续说:"服了,辅导班的小孩叽叽喳喳的,吵死了。"

陈燃:"啧啧啧,你小姨辅导班的学生都是高中生好吧。"

南栀嚼着颗珍珠,含混不清地说:"那我也觉得烦。"

陈燃:"也不知道你小姨怎么想的。"

南栀:"嗯?"

"让一个音乐生去教一群舞蹈生。"

南栀:……我怎么知道。

李群杰若有所思地盯着南栀和周晏生,这两人之间的状态太自然了,打死他都不信两人啥关系也没有。

他刚想开口,一瓶冰可乐便朝他飞来,伴着一道低沉的嗓音:"你瞎看什么呢?"

他下意识地接住,对上周晏生那双瞳仁,瞬间明白,大佬这是生气了。

李群杰摆摆手,赔着笑脸说:"没什么。"

这人肯定误会了,算了,南栀也懒得解释。

液晶电视下方摆着一溜儿相框,吸引了李群杰的兴趣,他走过去,随意挑了一个拿起来看。

"那是周晏生前年去拉萨拍的。"陈燃向他解释。

李群杰"哦"了几声,重新拿了一个相框。

"这是大佬去年参加的一个私人宴会,所以才穿的正装。

"啊,那个是我偷拍的,纽约第五大道的一家店,周老板帮我下单了我最爱的一双限量版球鞋。"

陈燃拿起一张他和周晏生的合照,懒洋洋地说:"看这个,和周老板一起去冰岛黑沙滩拍的,怎么样?酷不酷?"

各种纸醉金迷,以往电视上才能看到的景色,此刻都被记录在周晏生的家里。

李群杰心情莫名复杂,他们这种小地方的人,可能这一生都达不到周晏生这样的高度。

你必须承认,有些人生来就在罗马。

他们的起点可能比你的最高点还要高。

倏忽,一道声音从两人身后响起,漫不经心又带着几丝慵懒,让人听了心里舒服。

"听他吹,都瞎拍着玩的。"

最后,一群人玩到很晚才回家。

等其他人走了,陈燃还待在客厅打游戏。

周晏生在楼上睡了一觉,下楼喝水时看到客厅的灯还亮着,他走过去,踢了踢陈燃的脚,声音是刚睡醒的嘶哑:"还不滚?"

陈燃关了游戏,拿出手机:"你和秦湘说了没?"

周晏生一脸蒙:"什么?"

陈燃"啧"了声:"祝人家生日快乐啊,再顺便帮我要她朋友的微信。"

周晏生毫不留情地踢了他一脚:"秦湘和咱们不一样,你别动歪心思。"

陈燃:"我没对她动歪心思,我只是想认识一下她的朋友。"

周晏生毫不犹豫地骂出声:"蠢货。"

"我没加秦湘,你把她微信推过来也行,我自己要。"

周晏生懒散地撩起眼皮，一手随意地搭在沙发上："这么想认识人家？叫声爹我听听。"

陈燃委屈。

周晏生被他的眼神逗笑，直接把秦湘的微信推了过去，嫌恶地说："拿走，别恶心我了。"

陈燃心满意足，丝毫不拖泥带水地离开了周晏生家。

陈燃走后，屋内恢复一片安静，滴答滴答的秒针声回荡在客厅，周晏生垂眼看了眼手机，嘴角扯了个若有若无的笑，便起身回了卧室。

Z：生日快乐。

秦湘：谢谢。

秦湘的生日一过，时间就好像按下了快进键。期中考试让她明白，初中和高中不一样，她学得明显吃力了。

这个学期的末尾会进行文理分科，所以曹彬不停地强调这次期末考试的重要性。

第二次月考之际，秦湘几乎处于闭关状态，一直坐在自己的座位上不停地看书、刷题、背单词。

每次马欣欣看到这一幕，手里的推理小说瞬间索然无味，没了看下去的欲望，心里还升起了一股罪恶感。

"晚晚，差不多得了，就是一个小小的月考，不用这么玩命学吧？"

秦湘此时正低着头，手里动作不停，没工夫回答她。

后桌的女生凑过来，看了秦湘一眼，扭头对马欣欣说："马欣欣，你以为谁都和你一样？"

马欣欣听到对方阴阳怪气的语气气得不行："你有病吧，阴阳谁呢。"

"行。"后桌女生摆手，"我错了，但你以后不是要走艺考这条路吗？"

马欣欣选择性忽视对方的话："嗯，可现在才高一哎，至于这么努力学习吗？"

恰好这时，周晏生从前门走了进来。

马欣欣低声道:"为什么他每节课不是在睡觉就是在打游戏,成绩还那么好啊?"

后桌女生:"谁?"

马欣欣朝一个方向努努嘴:"还能有谁,周晏生啊。"

最后一道题刷完,秦湘放下笔,准备伸个懒腰,刚一抬眼就对上周晏生扫过来的目光。

她双臂伸到半空中,急忙收了回来,刚要开口说些什么,男生便拿了个东西出了教室。

刚刚的眼神停留仿佛是秦湘的一场幻觉。

马欣欣和后桌女生的对话还在继续。

"停,你能和人家比吗?"

马欣欣翻了个白眼:"我好歹也是实验班的,懂?"

秦湘一边收拾堆满了试卷的桌面,一边竖起耳朵听两人说八卦。

后桌女生叫韩莉,她的八卦渠道比马欣欣的还要广泛。

韩莉说:"我听李群杰说,他前几天晚上去周晏生家玩,你猜他看到了什么?"

马欣欣好奇心特别强:"赶紧说啊,别卖关子了。"

韩莉接着说:"他家在平芜著名的富人区——平都西苑。最重要的是,人家一个人住两百平方米的大房子,家里有阿姨定时上门打扫卫生和做饭,根本没人管。"

马欣欣的表情随着韩莉的话渐渐变得精彩起来,她倒吸一口气:"天,这么爽的吗?你不知道我妈在家管得我有多严,玩手机都得限制时间。"

韩莉摆摆手:"你别打岔,听我接着给你讲。"

"李群杰给我说,大佬家里有影音房和台球室,而且还有他去国外玩的各种照片。"

这种八卦马欣欣觉得可信度不高,但主角如果是周晏生的话,那就没什么可怀疑的了。

毕竟那位可是个富二代。

马欣欣一脸意犹未尽的模样："还有吗，还有吗？好想去大佬家体验一下什么是梦想豪宅啊。"

韩莉见她那样，嘲笑道："就你？下辈子吧。"

马欣欣摸摸鼻子："我就随口一说。"

上课铃声打响。

那天下午最后一节课是自习，班里一片安静，每个人都在做自己的事。

秦湘盯着课本上的英文字母，脑海里想的却是别的事。

刚刚马欣欣和韩莉的对话看似听着像八卦，实则字字句句像银针一样扎在秦湘心里，激起了密密麻麻的窒息。

她不是早就知道了吗？

周晏生是天之骄子，和她是云泥之别，他家世、人品、成绩皆为上上乘，而她却敏感多疑，一直以来还算凑合的成绩现在也走起了下坡路。

她生日那晚，曾因周晏生的一句祝福高兴得整夜无法入眠。结果后来才明白，那大概是为了他的好兄弟能要到阮清的联系方式吧。

放学铃声如约而至，秦湘听到前排传来低低的对话声，内心挣扎了许久，最终鼓起勇气开口："那个，我待会儿有事，你们告诉南栀不用等我了。"

她的声音太小，很快淹没在放学的嘈杂声里。

陈燃还在一旁废话，周晏生虚踹了他一脚，冷声开口："闭嘴。"

然后，周晏生偏头回秦湘："好。"

秦湘长睫颤了颤，默默地收拾自己的书包。等教室只剩值日生后，她才慢吞吞地走出教室。

今天她确实有事，她和之前的舞蹈老师约好了，要去老师家看老师，顺便帮忙。

街道两旁的积雪还未完全融化完，不到六点的天已经黑透，路灯早已开始工作。

狂风呼啸，街上只有环卫工人在扫雪，清理路障。

秦湘下了公交车，提着买好的礼品走进一个幽暗的小巷里。

小巷里没有路灯,四周静谧无声,只有鞋底踩在雪上的咯吱声,秦湘一手捏着包装袋,另一手扶着墙龟速走着。

道路太光滑了,她没法脱离墙面走,容易摔倒。

突然,前方传来几声微弱的猫叫声,衬得周围更静了。

秦湘莫名心跳加速,同时步子也加快了。

两分钟后,终于走到一处光亮下,借着路灯的光,她才得以看清眼前的场景。

路灯后面一个角落,躺着一窝小猫。小猫察觉到有人靠近,纷纷开始呜咽,小声叫着,生怕眼前的是坏人。

秦湘看得双眼发涩,这窝小猫抱团取暖,没有任何御寒的衣物遮挡,能不能度过这个冬夜都难说。

她看了看四周,手刚一抬起就碰到自己的围脖,毛茸茸的。她顺势摘下来,盖在那窝小猫身上。她又从包里掏出一直备着的火腿,撕开包装掰成小块,拿了张干净的纸巾,把火腿放在上面。

平芜街上的流浪猫很多,所以秦湘有随身携带火腿的习惯。

她摸了摸小猫毛茸茸的脑袋,叹了口气:"我家不能养宠物,要不然真的很想把你们带回家。"

她蹲到双腿发麻才站起身,走进一栋单元门里。

她刚刚的注意力全放在小猫身上,丝毫没有听到在她说出那句话之后,一旁隐秘的角落里传来的一声轻笑。

秦湘从小便一直学舞蹈,和舞蹈老师南霓的关系很好,与其说是师生,不如说是知己。

"晚晚,吃了晚饭再走吧。"南霓出口挽留。

两人刚送走辅导班的学生,秦湘此时正在一边摆放垫子。

她把最后一张垫子放整齐,走过来穿上外套:"下次吧。马上要月考了,我得回去复习。"

南霓拿起桌上的车钥匙:"那我送你吧。外面太黑了,你一个女孩不安全。"

秦湘摆手:"从你家到我家的这段路我闭着眼也能走回去,哪有什么危险。"

南霓听到这话,笑了:"那行吧,到家和我说一声。"

"知道了。"

南霓一语成谶,秦湘还没走出那条黢黑的小巷便碰上了一群她这辈子都不想看见的人。

小巷外,几个流里流气的人凑在一起吸烟,把出去的路完全堵死了。

秦湘蹙眉,捏紧书包带,抱着侥幸心理打算路过那几人。

本来几人没认出过路人是谁,可江弈刚扭头过来,便觉得眼前的人有几分眼熟,可是怎么想也想不起来。

"江弈,那谁今晚没给你打电话?"

江弈摁灭烟头,刚要开口说"没有",便突然明白那股熟悉感是从何而来了。

就在秦湘马上要走出巷子的那一刻,他冷声开口:"秦湘?"

秦湘后背一僵,浑身一凉。

完了。

几乎是下一秒,她立刻朝着巷子外狂奔。

可是路滑,她也跑不过几个男生,所以跑了没几米,便被人揪住书包。

秦湘一个趔趄,脚下打滑,猝不及防地摔在地上。

摔倒的那一秒,秦湘立马看向四周,周围空无一人,就连环卫工人也下班了。

和几个月前如出一辙的绝望感瞬间吞噬了她。

秦湘费力地撑着手臂站起来,牙齿开始打战:"你们有事找我?"

江弈听到这话,哼笑道:"是啊,上次咱们的事情还没完呢。"

秦湘不吭声。

老狗看清女生的面容后,忍不住狂喜:"这不是几个月前的那个小妹妹吗?"

秦湘看了他一眼，一秒便认出他是谁，心里骂道：谁是你妹妹。

这话她倒是没敢说出口，怕激怒那几人。

老狗走上前，笑得阴森："小妹妹，你要不先给我个电话？"

秦湘闭了闭眼，脚步往后移着，没理他的话。

积雪也是一片一片的，秦湘脚下一滑，快速低头看了一眼。这边已经干了，前面两百米处就是派出所。

本来冰凉的心起了一抹热。

老狗走到她跟前，带过来令人作呕的烟酒味。

同时，秦湘心里默念。

三、二、一。

跑。

就是现在。

她直接转身就跑，没管身后的叫骂声。

"哎，你跑什么？"

"小妹妹，电话还没给我呢！"

秦湘的目标是两百米外的派出所，这次用了生平最快的速度奔跑，却不料突然被人喊住——

"秦湘。"

惯性使然，秦湘看到周晏生后脚步没停，又往前跑了几米才停下来。

周晏生站在街对面，在他身后，是成片成片的黑，伸手不见五指。

周晏生周围是雾气，俊脸在雾中若隐若现，氤氲的雾让他的神色看不清楚，却无端添了几分痞痞的味道。

他黑如磐石的双眼盯了秦湘两秒，随后单手插兜，三步并作两步，走到秦湘身侧。

男生的声音淡淡凉凉，没什么情绪："怎么还没回家？"

秦湘站在那儿，一时之间情绪没有缓过来，顿了几秒，刚要开口回话，身后传来一阵脚步声。

"真服了，跑得还挺快。"

江弈手搭在膝盖上弓着腰换气，声音带了火气："你跑——"一抬头，对上周晏生那双没什么温度的眸子，嘴里的话下意识地停住了。

垃圾桶上堆了一层雪，安静地放置在路灯下。

周晏生偏头，没说一个字，却叫江弈心里凉了半截。

周晏生看过来，挑了挑眉，样子像是在询问他们在这儿干吗。

江弈舔舔嘴角，咽了口口水，用寒暄的口吻说："挺巧啊。"

周晏生没理他。

江弈倒是没觉得尴尬，但他身后的跟班倒是看不下去了，一个个义愤填膺的。

尤其是老狗，他上前一步，先是朝地上啐了一口："巧个屁，我就是找秦湘的，你有问题？"

初冬的风呼呼地吹，吹得人心里哇凉哇凉。

尤其是江弈，一张脸臭得不行。

别说了，他还不想死。

偏偏老狗站在江弈的身后，他看不到江弈此时的神情，叫嚣个不停："你一个外地人跩什么跩？没听过强龙压不住地头蛇？"

四周静得厉害，江弈也不敢看周晏生是什么表情，急忙回头踹了老狗一脚："你给我闭嘴！"

说完，江弈便转回身，赔着笑脸说道："我这兄弟嘴上没个把门的，你别介意。"

江弈身后一众跟班看不得自己老大这副低三下四的姿态，有个比老狗还暴躁的忍不住了，义愤填膺地为江弈叫嚣："他就一个人，我们一群人一起上还怕他？"

周晏生听到这话，莫名好笑，眼底的趣味十足，反问道："这么牛？"

那人还不要命地嚷嚷："比你牛。"

江弈闭了闭眼。

这小子不想混了是吧。

周晏生偏头看了一眼秦湘，这才发现女生的面色略显苍白，薄唇也不见血色。

他后退两步,站到秦湘身旁,语气里多了些自己都不易察觉的关心:"不舒服?"

生理期的不适外加刺骨的冬风,让秦湘又疼又冷,难受得牙齿打战。

自从在这里碰到周晏生之后,她自己都没发现,内心有了充足的安全感。

她好像不怕了。

秦湘刚要回周晏生的话,结果肩膀上突然多了一抹重量,周遭被一股干净凛冽的薄荷气息萦绕起来。

一瞬间,酥酥麻麻的感觉侵透秦湘的五脏六腑。

她都不敢抬眼去看身旁的人,长睫疯狂抖动,声音透露出她的紧张:"还……可以。"

周晏生蹙眉,没了和对面一群人说话的兴致,脸色骤然变冷,嗓音透着寒意:"以后看见她要绕道走,懂?"

江弈明白这个"她"指的是秦湘。

老狗最烦周晏生这么狂的语气:"凭什么?你算老几?"

这话一出,原本站在秦湘身旁的人,两三步走过来,旁人还没反应过来,老狗已被周晏生一脚踹倒在地。

原本还算平静的场面立刻混乱起来,江弈变了脸色,他也没想到周晏生会这么快出手。

老狗此时坐在未融化的积雪上,周晏生刚刚那一脚是用足了力气,摔得他眼冒金星,他气急败坏地道:"你来阴的——"

剩下的话还未说完,便被遏止住了。

周晏生又一脚正中老狗的胸膛:"我不介意再说一遍,以后看到秦湘绕道走。"

江弈回过神来,上前一步,止住周晏生:"你别太过分!"

周晏生觉得这话好笑,一双黑如磐石的眼睛盯着江弈,语速很慢地说:"是我过分?还是你们过分?"

江弈皱眉,知道周晏生这是和他杠上了,还是为了一个陌生的女生。

周晏生的话令原本吓蒙了的秦湘急忙回神。

周晏生的眼神掠过倒在地上的老狗,像是在看上不了台面的垃圾一样,最后步调闲缓地向秦湘走去。

"你觉得你能护住她吗?"江弈对着周晏生的背影开口。

秦湘听到这话感到莫名其妙,她仔细回想,自己好像没得罪过什么人。

周晏生脚步没停,双眼紧紧盯着秦湘,喉咙里发出一声极淡的嗤笑,反问道:"你觉得呢?"

秦湘就这样被周晏生带走了。

秦湘家附近的一家面馆里,大概是环境恶劣,店内的人很少,四周静悄悄的,窗外的雪依旧肆虐。

周晏生靠着椅背,向服务员要了一壶热茶,动作自然地替对面的女孩撕开餐具的包装纸,娴熟地给她拿开水烫了烫杯子,最后倒了一杯热茶推到她面前。

秦湘小心翼翼地接过,轻声道谢:"谢谢。"

周晏生扯了个笑以示回应,站起身从身后的冰箱里拿出一瓶冰水。

店内的顾客少,两碗香气十足的牛肉面很快便端了上来。

秦湘从一旁的竹筒里拿出一双一次性筷子,发现周晏生正仰头灌着冰水,喉结不断上下滚动。

她又多拿了一双筷子,无声地放在周晏生面前。

周晏生的余光注意到她的小动作,轻笑一声,嗓音清凉:"谢了。"

秦湘摇摇头。

周晏生已经吃过晚饭,但怕对面的姑娘尴尬,自己也要了一碗面。他拿着筷子不停地拌面,眼神却不加掩饰地盯着秦湘。

这么浓烈的视线,秦湘当然感觉到了。她眨眨眼,故作自然地抬头,目光掠过周晏生未动的面:"你不吃吗?"

周晏生语调吊儿郎当:"看你吃得那么香,我也不饿了。"

秦湘听到这话,顿时呆在原地。

"逗你的，我吃过了。"周晏生及时开口。

一碗面下肚，浑身暖乎乎的，舒服多了。

两人吃过饭，一起出了面馆。

"我——"

"我送你回去。"周晏生直截了当地打断了秦湘未说完的话。

一路上，周晏生貌似很忙一样，电话铃声不断响起，但他始终未接。

秦湘看出他心情因为这些电话变得不佳之后，寻了个话题："那个，马上就要文理分科了，你选什么？"

周晏生把手机关机，随意地放回兜里，没有半分犹豫："理科。"

秦湘"啊"了一声，半天没说出一句话。

周晏生察觉到这点，破天荒地补了一句："你呢？"

秦湘目光顿住，她当然想学理，但……大概率要选文。

最后，秦湘说了句："我还没想好。"

月考悄无声息地过去之后，班里渐渐分成了两个派系，文科和理科。

期末考试前一周的班会课上，曹彬让班长发了文理分科表："下周我会收上来。文理分科的重要性不用我多讲了吧？都给我好好考虑，结合自身，未来就业，想想自己到底适合学什么。

"当然，家长的意见也要考虑进去。"

那天放学，秦湘回家后，果然在客厅看到了一周未归的秦盛年。

"回来了？"秦盛年起身关了电视。

"嗯。"

秦湘换了鞋，准备回卧室，却被秦盛年叫住："慢着。"

"文理分科到了吧？选文科。"

秦湘听到这话，放在兜里的手紧了紧。

又是这样，他只会下达命令，从不问她自己想选哪个。

这次，她不想再妥协了。

"我想选理科。"

秦盛年没想到她想学理科，当即变了脸色："学什么理科，你一个女孩子学理科会吃亏！还是选文科比较好。"

他的话总令人有种不容置疑的窒息感。

秦湘下嘴唇被咬得破了皮："我喜欢学生物，不喜欢背文科。"

"我看了你月考的成绩单，文科分数加起来比理科分数多了整整三十分，所以你学什么理科？"秦盛年气急败坏。

秦湘眼皮耷拉着："可是——"

"可是什么？你别以为你初中理科学得不错，高中就能学理科了。我给你们班主任打了电话，你学文科这件事，没得商量！"

秦盛年撂下这句话，接了个电话便急匆匆地穿上外套出门了。

"砰"的一声，客厅回归安静。

窗外的黑无穷无尽，屋内只剩钟表秒针摆动的声音。

那一刻，秦湘心底的厌世感一涌而上，仿佛要把她吞没一般。

新的一周，到了交文理分科表的日子。

交了分科表之后，秦湘再看到桌上的生物遗传题，只觉胸闷。

她放下笔，围上围巾出了教室。

每当她心烦意乱的时候，她都会选择到天台放空自己。

每次都是这样。

但今天有些不同。

她的秘密基地好像被人占了。

通往天台的铁门没有关好，冷风伴着对话声传进秦湘耳里。

"大佬，寒假去哪儿玩想好了没？"

"你想去哪儿？"

"伯市怎么样？"

"你喜欢？"

"嗯，想去国外过冬。"

是南栀和周晏生在天台聊天。

秦湘听着两人交谈，突然就觉得放假也不是那么令人愉悦了。

因为她的假期只能在辅导班里度过，没有任何娱乐项目，也……见不到周晏生。

她在原地站了两分钟，心底那个声音越发清晰。

你还要这么犹豫吗？想和他说话就去啊，非得自己刁难自己吗？

南栀看到秦湘往这边走过来，惊喜地喊她："秦湘！"

周晏生也跟着回头看来。

天台很空旷，一边堆积着杂物和废弃桌椅，迎面走来的女孩身上套着白色羽绒服，原本的齐颌短发已经到了肩膀处，她扎着低马尾，精致小巧的下巴显露出来。

风吹过，女孩耳边的碎发被拂过。

那一瞬，周晏生耳边传来"嘭嘭"声。

秦湘走过来，站到南栀身旁，解释自己来这里的原因："做卷子太闷了，出来透口气。"

南栀看到秦湘之后便立刻忘了身边还站着周晏生，兴高采烈地拉着她聊天聊地。

周晏生掏出手机随意翻看着，顺便订了飞往英国的机票。

男生依旧穿着黑色冲锋衣，不怕冷似的，慵懒地靠着栏杆，一双长腿随意地支着。他像是刷到什么好笑的东西，脸上挂着吊儿郎当的痞笑。

"秦湘？"南栀注意到秦湘没理自己，轻声喊她。

秦湘立刻回神，又迅速说道："抱歉，我走神了。"

而南栀则是一副"我都懂"的表情，南栀开起她的玩笑："我知道周晏生长得帅，但也不必看着他发呆吧？"

这话一出，秦湘顿时傻了，脑子像卡壳一样，支支吾吾，半句话都说不出口。

周晏生注意到秦湘的窘迫，挑眉看着，没有要帮忙解围的意思。

秦湘注意到两人的视线，尤其是南栀正一眨不眨地盯着她，内心更紧张了:"我……不是……"

突然,周晏生开口:"你不是要找老崔吗?"

老崔是南栀的班主任。

南栀一拍脑门:"啊,差点忘了!那我先走了。"

她走到一半又回过身子,对秦湘说道:"我刚逗你的,你别多想。"

周晏生冷不丁出声,声音极淡:"还不走?"

"催什么催!"

南栀走后,天台陷入一片沉寂。

周晏生偏头看了一眼,发现秦湘还在发呆:"在想什么?"

秦湘从飘忽的思绪中回过神,下意识地"啊"了一声,又急忙补充道:"没什么。"

周晏生"嗯"了一声,随意地将手机塞进裤兜,手肘支着栏杆,慵懒地站着。

两人又陷入一片沉寂。

片刻后,秦湘听到自己的声音,很轻:"我很纠结一件事……"

周晏生侧头看她,挑眉,示意她继续。

秦湘鼓起勇气说下去:"我想学理,但我家里人想让我学文,我不知道——"

一道坚定的声音打断她:"学理。"

秦湘有点蒙,抬眼看他:"啊?"

周晏生帮她理清思绪:"你想学什么?"

秦湘跟着回答:"理科。"

周晏生睨她一眼:"那纠结什么?"

秦湘突然想到秦盛年那强硬的态度:"可是……"

周晏生明白她要说什么:"可是你家里人想让你学文?是你学,还是他们学?"

长久以来在秦湘心里少话并且不爱管闲事的人,现在他正给她灌输一种思想。

一种推翻了她十几年来的固有思想。

这些话在以往十几年里从没人和她说过。

"不让你学理科无非就是觉得女生理科思维不如男生，可事实上，理科专业的成功女性比比皆是。这不过是一种刻板印象。"

男生的嗓音像是带了钩子，一点一点地钻进秦湘的内心，不用多费力，轻轻一碰，她就会像吸铁石一样贴住。

秦湘歪头看着他，目光闪烁，像是带了星星，一闪一闪的，很亮。

周晏生说完那句话，神色散漫地偏头："想好没？"

"嗯？"

周晏生低头笑了声："学文学理？"

秦湘这才明白过来，她这次没有犹豫，在周晏生的注视下坚定地点头："学理。"

和你一样，但不是因为你学理。

是你的话让我下定决心。

所以，也谢谢你。

长久以来，秦湘被固化思维所影响。

她耳边听到的大多是"你应该喜欢粉色""你应该要当一名老师""你应该学文科""你应该端庄大方"。

是周晏生的话让她幡然醒悟，女孩不该被定义。

下了天台之后，秦湘没有片刻犹豫地去办公室找了曹彬，告诉他自己要学理科的事情。

她以为曹彬会因为秦盛年，不同意她改理科。但好在曹彬没有那种学生就要听家长和老师的思想，他反而帮她分析了一下，结合成绩和兴趣来看，秦湘学理再合适不过。

但这在秦盛年看来是自作主张的行为。

所以一整个寒假，秦湘被送去补习班进行理科封闭式培训，像小时候那样，孤独又无助。

大年初三，农历新年刚刚结束不久，秦湘便被送去补习班继续学习。

刚到补习班的那晚，机构管得比较松，手机可以不上交。

教室里只有零零星星几个学生，他们和秦湘一样，都是被家长强制性提前送回来的。毕竟现在，大多数学生还在家开开心心地过年。

教室空间小，过道窄得只能侧身过，桌椅大概是院长图便宜淘来的二手废弃桌椅，深青色的桌面上满是倒刺。窗户即便是关紧了，也会有鞭炮声钻进来。

秦湘把手机放在手边，戴上降噪耳机，又设置好闹钟，打算做一个小时的专项练习。

不知做了多久，手机突然传来"叮"的一声。

她刚好眼睛泛酸，化学符号看得晕，索性看会儿手机换换脑子。

是南栀发来的一条消息。秦湘点进和她的聊天界面，两人放假也经常聊天，都会分享各自的日常。但大多数日常都是南栀发的，南栀给她发了很多在秦湘看来无比新奇的事物。

有些女孩生来就代表冒险、智慧和无所畏惧。

南栀便是如此。

日常中有画廊，有针叶林，有英国田园小镇，有泰晤士河，有日落大道，也有一些刺激的娱乐项目，秦湘有次看了之后心理不适，南栀便再也没发过冒险项目了。

数不清的照片和视频都有一个共同点。

不论是照片还是视频，都恰到好处地拍到了周晏生。

秦湘隐隐约约地察觉到，南栀可能猜到了什么。

但南栀这么做的目的是什么？

无论怎么样，秦湘都很珍惜南栀这个朋友。

南栀这次发来一条视频，是在伯市的一家小众音乐餐厅里，视频呈现暗色调，走的是哥特式古堡风。

秦湘点了播放，驻唱英文歌曲她没听过，女烟嗓很有特点，灯光加上歌声引得氛围感十足。

视频有些长，抒情歌之后便是一首节奏欢快的歌，台上换了位女歌手，翻唱了一首不算小众的歌。这首歌南栀曾经给秦湘推荐过，是"蹲妹"的一首甜美风曲目。

歌手的声音被南栀的尖叫声盖过，但南栀很快安静下来，秦湘也清楚地听到了一段对话。

是陈燃的声音："服了，本来说好去玩跳伞的，你干吗非要遂了她的意来这儿？"

"看不到外面是什么天气，你什么时候比我还喜欢极限运动了？"

陈燃"啧"了一声："你行。"

视频最后，突然开始天旋地转，等镜头稳定后，秦湘看到了那张无数次令她魂牵梦萦的脸。

周晏生慵懒地陷进沙发里，头发不再是板寸，但依旧桀骜不驯，眉眼间透着薄凉。他正和身边一个金发外国人聊天。

秦湘觉得他变得有些陌生，也或许他生来便是这样不羁洒脱。

但不得不说，这样的周晏生——

真的很带感。

此刻的周晏生对秦湘来说，无比陌生，但又令人无比神往。

向往他身上的新奇与自由，冒险与未知。

他有着致命的吸引力。

秦湘眼尖地发现有几个外国女生正盯着他看。有大胆的女孩直接上前问周晏生要联系方式。

周晏生却突然冲着镜头露出一个意味不明的笑容。

视频戛然而止，秦湘也不知道他最后有没有给联系方式。

但就算给了，又和她有什么关系呢？

她和他连朋友都算不上。

第四章

/

算朋友吧
NASANNIAN

寒假时间向来短，平中过了元宵节便开学了，因为文理分科，重新分班。

文理各七个班，分班依据除了选科，还有第一学期的期末考试成绩，文理各有一个实验班，简称"A班"，剩下都是普通班。

秦湘和周晏生，以及陈燃被分入实验班，也就是"A班"。

开学两天进行了分班考试，考试结束后，便分了座位，秦湘被分到周晏生和陈燃的前排，她的同桌不再是马欣欣，马欣欣学的文科。

秦湘这次的同桌有些特别，叫胡欣，是学校里出了名的刺头学生，只是没想到她会来A班。

进入理科班后，秦湘学得还算可以，但这都是在每天熬夜学习下的成果。

当她心里只剩学习一件事时，时间便过得飞快，月考到了。

"扑哧扑哧……"

安静的考场内，角落传来一道微弱的叫声。

秦湘攥紧笔，没有理会那人。

考试前一天，她的同桌胡欣让她帮忙作弊。她当时没作声，但胡欣可能以为她答应下来了，便傲娇地走了。

胡欣不停地催她，甚至拿纸团扔在她桌上。

两个监考老师在讲台上聊天，还没发现这儿的异常，但周围几个学生注意到了，被胡欣的动静打断了做题的思路。有人蹙眉看了胡欣几眼，结果都被胡欣瞪了回去。

胡欣口型明晃晃地在说："不服找我。"

胡欣在年级里的名头不小，众人也不敢惹她，忍气吞声地继续做题。

胡欣没再继续扔纸团。秦湘心里踏实了，将心思放在试卷上。

倏忽，她的凳子被人踢了一脚。

秦湘的心一下子悬了起来，她头都不敢回，只得抱住桌子稳住身形不让自己摔倒。

但这样并没有让后面的人收敛半分，反而还越发嚣张。

胡欣靠着墙看着秦湘那窘迫的样子，心里狂喜——你不是不让我看卷子吗，我也不让你好过。

胡欣和秦湘的座位是一排的，在后面踢秦湘凳子的那人是胡欣的朋友，叫向涛。

正当秦湘想要举手叫老师的时候，身后突然传来一声巨响。

"砰"的一声，向涛连人带桌子倒向一边。

秦湘心里一颤，整个教室的人纷纷看过来，监考老师也快步走过来，胡欣更是呆愣地看着倒在地上四仰八叉的男生，脸上的神气早就消失得无影无踪。

"你怎么回事？"男监考老师性子急，气急败坏地质问向涛。

向涛的桌子被另外一位老师扶起来，他保持坐在地上的姿势，模样狼狈，但眼神凶狠地看向后排的周晏生。

刚刚周晏生分明是故意蹁倒他的凳子的，让他出了这么大的笑话。

周晏生此时倒是坐得好好的，单手支着下巴，居高临下地斜睨他，张狂地开口："抱歉，腿太长。"

他说的虽然是道歉的话，但脸上可没半分抱歉的意思，整个人还笑得吊儿郎当。

秦湘注意到周晏生看过来的眼神，充满谢意地笑了下。

周围有人忍不住笑出声。

向涛攥紧双拳。

老师见状，维持教室纪律："都自己做自己的卷子，别给我整什么幺蛾子。"

向涛没出声，吃了这个哑巴亏。

考完试放学，秦湘在教室里收拾书包，眼前突然飘来一抹阴影，她抬眼看，是胡欣，胡欣身后还跟着一帮女生。

胡欣没穿校服，她一个眼神，一群女生便围住秦湘。

"考试怎么回事？"胡欣嘴里的泡泡糖嚼得震天响。

秦湘充耳不闻，面色平静地继续收拾东西。

"你耳聋啊？问你话呢！"一个女生推了秦湘一下。

秦湘停下手里的动作，反问道："我凭什么帮你？"

她说完这句话，一双黑瞳盯着胡欣，面上没半点怯意。

莫名地，胡欣觉得这个乖乖女同桌貌似没那么好欺负。

"你凭什么不帮忙？你不是英语课代表吗？老师不是说了让你帮助同学吗？"刚才出手推人的女生开口。

这时，后门处突然传来几道掌声，听着讽刺。

"逻辑不错啊，你妈这么教你理解老师的话？"南栀从后门慢慢走进来。

南栀的目光扫射过来，眼神一一掠过在场所有人，最后落在胡欣身上："学妹，小学语文没学好就继续回去学，别在这儿显摆你那令人可笑的逻辑了。"

南栀眨眨眼："可以吗？"

陈燃刚进教室听到这话,忍不住笑出声。

南栀回头瞪了他一眼,陈燃这才收敛点。

胡欣看到南栀为秦湘出头,脸上带着愤愤的表情,又看到南栀身后的两个男生,冷哼一声带着一帮人走了。

南栀翻了个白眼:"就知道找软柿子捏。"

南栀走到秦湘跟前,牵起秦湘的手,恨铁不成钢地说:"以后能不能硬气点!"

秦湘眨眨眼:"我没受欺负。"

四人一齐出校门后,南栀突然有急事先走了,陈燃也被一通电话叫走了。

现在只剩周晏生和秦湘两人。

平芜的街道上川流不息,正是晚高峰,四周不断响起小贩的叫卖声,街边小摊有卖烤冷面和炸串的,香气顺着风飘了过来。

秦湘走在周晏生右手边,靠里的位置,她心底微微紧张,空咽口水,刚要开口——

"吃不吃?"周晏生偏头看她。

秦湘这才看过去。

他们站在一辆移动餐车前,是卖水果捞的。餐车上摆着各式各样的水果,看起来还不错。

周晏生掏出手机,声音低低沉沉:"喜欢吃什么水果?"

秦湘克制住心情,声线平静地说:"草莓。"

窗口对于周晏生来说略微低,他微微弯腰对老板说:"老板,来份水果捞,全放草莓。"

夕阳把男生的影子拉长,规整的校服都能让周晏生穿出一股不羁感。

秦湘莫名地想起陈燃之前发的一条朋友圈,照片上几人的身后是几辆价值不菲的超跑,和陈燃、方达一众潮牌穿搭相比,周晏生的穿着倒是十分朴素。

周晏生偏头看向镜头外,戴着黑色墨镜,短款纯黑羽绒服搭配咖色长裤,配上黑色马丁靴，整个人周身透着潮流的高街感，男性荷尔蒙爆棚。

这样一比，陈燃他们就像小孩一样。

后来，秦湘把那张照片只截了周晏生的部分，保存在上锁的相册里。

"干吗呢？"周晏生把包装好的水果捞递给秦湘，"最近你怎么回事，学习压力大？老见你走神。"

秦湘的心被他的话弄得七上八下，这是不是代表……他关注到她了啊？

她接过水果捞，垂下的眼皮颤了颤："还行吧，考完试可以轻松一下。"

"嗯，走吧，送你回家。"

秦湘刚走几步突然想起什么，她叫住周晏生："这个多少钱，我回家之后转给你。"

这话一出，原本一直走在前方的周晏生突然停下步子，他回过头，莫名地感到一股不爽，但又不知从何而来。

秦湘不明所以，拎起包装袋在他面前晃了晃，笑得明亮："周晏生？"

周晏生抬手轻轻碰了碰眉骨，目光忽然变得幽深，说出的话也是让人摸不着头脑："我们算什么关系？"

秦湘愣在原地，瞳孔放大，脑子嗡嗡的。

他也看穿她的心意了吗？

还好周晏生的下一句话及时救了她："算朋友吧？"

秦湘松了口气，迟疑地点了点头。

周晏生见秦湘这迟钝的样子，心底那股不满又多了几分，他轻笑道："朋友谈钱太生分了，以后少说。"

秦湘高悬不落的心在此刻彻底落至平地，原来是这样啊……

"好。"

或许意识到自己说教意味太浓，周晏生把她送回家的这段路程便再没主动开口。

月考成绩出来，秦湘看到自己的分数与名次后松了口气，她还算满意，但不知这成绩能不能入秦盛年的眼。

秦湘拿着成绩单回家,从阮甄口中得知,秦盛年出任务了,归期未定,秦湘这才彻底松了口气。

不知什么时候起,家便不再是避风港,而是成了另一个令她窒息的场所。

饭桌上一片和谐。

秦诚吃饭也不老实,时不时地拿起手机回消息,一副大忙人的做派。

"好好吃饭!"阮甄一筷子敲在秦诚的瓷碗上,发出清脆的一声。

秦诚心情看起来不错,罕见地没顶嘴,放下手机乖乖吃起饭来。

阮甄给秦湘夹了一块红烧肉:"在理科班学得怎么样?"

"还不错——"

秦湘的话还未说完,玄关处便传来有人开门的声响,她心底一惊,一下便猜到了来人是谁。

阮甄疑惑地"哎"了声:"你爸今天就回来了?"她放下碗筷,起身去玄关迎接。

和他们想的一样,秦盛年的小队提前完成任务,休假两天,他回了单位述职完便回了家,带着一身风尘。

阮甄让他去洗手吃饭。

他摆摆手说道:"在单位吃过了,你们吃吧。"

秦湘松了口气,和秦诚一样向他打了个招呼便继续吃饭。

秦盛年把外套搭在沙发上,刚要回卧室,突然想起什么,回过头问秦湘:"最近是不是有考试?"

阮甄听到这话,不乐意地剜了他一眼:"好不容易放假,你是不是又想找事?"

秦盛年蹙眉:"你别打岔。"

屋内的气氛自从秦盛年回来之后就变得不平静。

秦湘不想让他们吵架,急忙开口:"月考刚结束。"

秦盛年继续问:"考了多少分?"

"六百整。"

秦盛年听到这个分数,还是不满意,粗眉紧皱:"怎么没过六百五?我听你大舅说，阮清考了六百七十分，足足比你高了七十分。"

秦湘愣在原地，表姐的成绩这么好了吗？

"我当时明明告诉你，不让你去平中上学，你不听。不让你学理科，你也不听。现在成绩不如人家，你让我过年见亲戚的时候怎么说出口！"

秦诚觉得爸爸的话有些离谱了，刚准备开口反驳两句，就看到一向不会顶嘴的乖乖女姐姐"砰"的一声站起来。

筷子被她的动作扫落在地，玻璃水杯转了几圈也摔在地板上，玻璃碎片溅得到处都是。

气氛一下变得剑拔弩张，火药味十足。

秦湘再也忍不了了，积攒了十几年的委屈和怨恨在此刻爆发出来。

"我每天在家学习到凌晨两点才敢睡觉。在学校里，别人午休的时候，我在刷题；别人下课休息的时候，我在背单词。

"我的书桌里不是黑咖啡，就是风油精。"

去年一部韩剧在中国上映，里面一个剧情惹得秦湘很反感：女主家有天晚上煤气泄漏，父母先救出姐姐和弟弟，忘了她还在家里，还好她自己命大，自己爬了出来。

秦湘当时在想，怎么可能会有这样偏心的父母。

现在一看，怎么可能没有。

"我七岁的时候就被你们送去寄宿小学，一个月才能回一次家。刚去那里的时候，我带了零食，结果被一群人围着抢完了，因为是插班生，所以我当时受了整整一年的孤立。"

秦湘说到最后，满脑子都是一个画面。

七八岁的她被人围在角落，受着来自四面八方的欺负。

那时候小孩心智都不成熟，不由自主地跟着别人做一些坏事。

她的童年就是在这样的环境下度过的。

秦湘吸吸鼻子，眼眶里的泪珠支撑不住地落下来，重重地砸在地板上。

她以为这些会换来秦盛年的心疼，但是没有。

秦盛年面无表情地看着她，好像在说：说完了没，说完了我继续。

两秒过后，秦湘出现短暂的耳鸣，小腹位置因为极度气愤开始一抽一抽地疼。

很可笑，她在声嘶力竭地哭喊，结果她的父亲，面无表情地看着她，一丝动容也没有。

"人家阮清——"

秦盛年的话被秦湘打断："为什么老是拿我和表姐来比，你是表姐的姑父，不是她爸！"

阮甄听到这话，目光和秦盛年短暂交汇。

这一切秦湘都未曾发觉，她最终忍无可忍，连外套都没穿，直接踢开椅子，跑出家门。

临关门那一秒，她还抱了侥幸心理，结果在场三人，谁也没开口喊住她，哪怕等来的是训斥也好。

一声都没有。

秦湘出了小区，漫无目的地沿着街边慢吞吞地走着。

四周静谧，早春的夜晚容易起风，她环抱双臂，找了个公交亭坐下。

几米远的天桥破破烂烂，几只流浪狗走过，公交亭年久失修，座位都生了锈，马路对面的工地不再施工。

柏油马路被大卡车轧得崎岖不平，这条街似乎是平芜最后一条还未开发的街道，与天桥轨道相连。

突然，一阵引擎声划过。

秦湘猛地抬头。

一辆全黑的跑车疾驰而过，发动机发出的轰鸣声震得秦湘耳膜发颤。平芜的街道上很少见这种跑车，她便多看了两眼。

奇怪的是，跑车过了一个红绿灯后突然掉头，向秦湘的方向驶来。

秦湘蒙了，原本今晚在家爆发的负面情绪瞬间不知所终。

黑色跑车最后停到马路对面，车轱辘看着都特高级。

这条街经常驶过装载巨型货物的大型卡车，此时便经过两辆，尾气熏天，带得尘土飞扬。

卡车带着轰隆隆的声音驶过后,透过层层灰雾,秦湘看到跑车上下来一个人。

灰尘散开,跑车的车灯大开,照亮了街边的一切。

跑车的车牌是京市的,下车的人是周晏生。

他单手插兜,罕见地穿了立领白衬衫,像个闲云野鹤的富家公子哥儿。

在他身上,秦湘感觉到了天差地别、参差不齐的人生,这些,都令她向往。

倏地,一道车门关闭的声音把秦湘的思绪拽了回来。

周晏生穿过马路,走到她身旁,嘴角噙着笑。

他率先开口:"这么晚,怎么一个人在这儿?"

秦湘仰头看他。

今晚的周晏生像是变了个人,但也可能是她对他的认知太少,他本来就风格多变。

周晏生这个人,可以身着正装参加私人宴会,可以独自穿越荒漠无人区,可以和外国朋友潜水冲浪,可以和南栀、陈燃蹦极跳伞、放空自我。

他的兴趣涉猎广泛,朋友众多,是当之无愧的天之骄子。

这样的人很危险,但也很吸引人。

越是这样想,秦湘就越自卑,能怎么办啊,喜欢的人太耀眼了。

她微微低头,撒了个谎:"出来透气。"

周晏生何许人也,也没拆穿她。知道小姑娘心情不好,他陪她安静待了两分钟后,突然开口:"想不想去看海?"

秦湘没听明白:"啊?"

"明天又不用上学,想不想现在去看海?"

这样的行为对于秦湘来说太过肆意,她有些不敢。

"这……不好吧?"

周晏生眯眼看她,吊儿郎当地开口:"怎么,还怕我卖了你?"

秦湘的脸一下子变红:"不是……"

"那就走。"

周晏生步子慢悠悠地走到车前,绅士地为秦湘打开车门。

"那个,我先打个电话跟我妈妈说一声。"

周晏生站在原地,耐心地等她打电话。

秦湘挂断电话,坐进车里。车的内饰简单,但颜色太过于惹眼,是红色的,弥漫着一股薄荷香气。

周晏生把手机扔到中控台上,不知从哪儿翻出一包湿巾,递给秦湘:"擦擦脸。"

秦湘不明所以。

周晏生笑出声,胸腔都在颤,看起来心情不错:"你知不知道你现在——"他故意拉长语调,"像只小花猫。"

太不寻常了,今晚的周晏生不知开她第几次玩笑了。秦湘红着脸,接过湿巾,撕开包装,抽出一张,擦了擦脸。

周晏生嘴角的笑还在,他发动车子,驶离这里。

车速不快,周晏生看了秦湘一眼,右手食指无意识地敲打方向盘,圈在上面的银戒时不时地闪烁。

"帮我拿下手机。"周晏生突然开口。

秦湘倾身从中控台将手机拿下来,递给周晏生,但周晏生的注意力貌似都放在前方路况上,并没有给秦湘一个眼神。

秦湘也不好分散他的注意力,只得先把黑色手机捏在手里。

刚巧碰到一个红灯,跑车慢慢停下,张扬的车型在市中心的车流里吸引了不少的视线。

封闭逼仄的车内,秦湘第一次觉得她和周晏生的距离缩近了,她手心里冒了热汗,有些坐立不安。

方才在行驶过程中,她倒是没觉得有什么,反而是现在处于静止状态,她有些坐立难安,眼神往窗外瞟。

倏地,安静地躺在秦湘掌心里的手机"嗡嗡"响起,秦湘这才想起把手机递给周晏生。

她刚一歪头,便对上一双漆黑狭长的眼睛——周晏生正单手支着脸颊,侧目看她，眼神晦暗不明。

秦湘眨眨眼，注意力高度集中："你的手机。"

他懒洋洋地应答："嗯。"

秦湘微微倾身递过去，周晏生刚好也伸手，秦湘一个反应不及，手便被一只骨节分明的大掌包住，男生的掌心灼热。

滚烫裹着清凉，清凉一下子被烧烫。

手机铃声继续响着，有节奏的英文歌迅速钻进车内每一个角落。

歌曲唱着：

> Where there's a will there's a way kind of beautiful
> 有志者事竟成 多么美好的世界
> And every night has its day so magical
> 黑夜终将迎来黎明 这里充满神奇
> And if there's love in this life there's no obstacle
> 如果生活充满爱 阻碍将不复存在
> That can't be defeated
> 爱可以战胜一切

最后一句歌词令秦湘心间一颤，她感受着周晏生大掌下的温度，粗糙的手感令她起了细细战栗。

气氛一下子变得微妙，名为暧昧的因子在空中绽放，没有人知道，秦湘皮下温度有多高，心跳有多快。

她及时收回手，偏头看向窗外。

绿灯亮起，周晏生发动汽车，电话被接通，免提也被他打开。

是陈燃打来的："兄弟，不是我说，你这忒慢了吧？哥几个都等你呢。"

周晏生轻笑："急什么？"

"再晚就赶不上过去看日出了。"

周晏生："马上到。"

"行,城郊的加油站等你啊。"

电话那头热闹得很,男声女声都有,秦湘还听到了南栀的声音:"他磨叽什么呢,真慢,服了。"

周晏生挂断电话后,跑车的速度也没提上去,秦湘也想不通。

"那个……"秦湘弱弱地问,"人很多吗?"

周晏生看过来:"还行吧,有几个你认识的。"

"噢……"

他突然想起什么,破天荒地解释:"放心,有南栀陪你。"

"嗯。"

窗外夜景慢慢拂过,城市的霓虹灯彻夜不息地亮着。临近城郊加油站的时候,周晏生开到一家二十四小时营业的便利店前,他没将车熄火,只留下一句:"等着。"

周晏生下了车直奔便利店。

已经晚上十点,便利店的收银员也在打着盹儿看店,玻璃门一开一合,店员敷衍地说了句"欢迎光临",便继续支着脑袋打瞌睡。

周晏生走到一排排货架前,货架都挡不住他的身高,他快速挑了些东西拿到收银台结账。

原本无精打采的店员看到男生的长相时,眼都直了,瞌睡虫跑远,低头扫条形码时忍不住偷偷看他。

周晏生看到一旁的台子上摆着热奶茶,便顺手拿来一杯草莓味的:"一起结。"

店员:"噢,好的好的……"

周晏生拎着袋子回车里的时候,秦湘还在看着窗外发呆。

车门关上,周晏生带着冷风坐进来,他把袋子递给秦湘。秦湘下意识地接过,什么话也没说,就愣愣地坐着。

等到周晏生系好安全带的时候,袋子还保持着原样,他蹙眉,从里面拿出热奶茶递给秦湘:"喝点热乎的暖暖身子,后半夜会冷。"

秦湘龊龊道:"谢谢。"

"袋子里的零食挑着喜欢的吃，给你买的。"

秦湘眨眨眼，低头才发现，袋子里的零食大多是草莓味的，草莓味软糖、草莓味奥利奥、草莓味曲奇……

城郊加油站。

"唉，老周可算是来了。"方达靠着车头的身子站直。

众人看过去，不远处驶来一辆纯黑跑车，嚣张的车型，低调的车身颜色，让在场一众男生看呆了眼。

"周爷牛啊，能把这车开出来，佩服。"陈燃叼着墨镜腿，吊儿郎当地站着。

秦湘一下车便听到这话，她看着眼前的场景，有些不敢走。

有人看到周晏生的车上下来一个女孩，开始起哄："老周，你可以啊。"

周晏生看了起哄那人一眼，笑骂道："别瞎起哄。"

周晏生给秦湘指了指南栀的身影，偏头附在她耳边说："南栀在那儿，先去找她。"

秦湘的耳朵酥酥麻麻的，她点头，朝着南栀的方向走去。

走了没几步，周晏生突然叫住她："待会儿走的时候记得来我这边，听到没？"

陈燃若有所思地看着这两人。

方达吹了个口哨："哟，怎么回事儿啊这是？"

周晏生看了他一眼："滚。"

秦湘走到南栀跟前。

南栀在这儿能看到秦湘自然是无比兴奋，拉着她聊了好一会儿的天。秦湘从中得知，在场大部分人是周晏生在京市的朋友。

他们要去的地方在隔壁省。出发前，南栀想让秦湘和她同乘一辆车，无奈周晏生态度强硬且座位不够，所以秦湘和周晏生一辆车。

"你先睡会儿，快到了我再叫你。"周晏生对秦湘说。

秦湘："我不困。"

周晏生笑了声:"成,随你。"

车子走的高速,刚上高速,周晏生便被陈燃几个挑衅地超过,周晏生哼笑:"大傻子。"

秦湘看了眼,没说话。

周晏生突然问:"想听什么歌?"

秦湘:"都可以。"

周晏生没再问,手机连上车载蓝牙,放了首歌。

女声缱绻低哑,韵味十足,秦湘后来才知道那首歌是Gracie Abrams的《21》。

秦湘说是不困,但撑了没半个小时,便靠着椅背睡着了。

周晏生把车开到一个服务区,看了一眼副驾驶上的小姑娘。

行,睡得还挺香,也不怕他把她卖了。

他脱下身上的外套,动作放到最轻地给她盖上,又把车载音乐关闭,这才发动车子继续行驶。

凌晨两点,众人抵达邻省的海边。

把车开进停车场,现在离日出时间还早,大家还算兴奋,都不困,打算找个地方坐一会儿吃点东西。

周晏生下了车,走过去,说:"你们先去。"

陈燃看到秦湘没跟上来,问他:"你去哪儿?"

南栀也走过来:"秦湘呢?"

周晏生懒散地说:"在车上睡着了。"

南栀:"她不和我们一起去?"

周晏生蹙眉,"啧"了声,不知道哪儿来的火:"睡着了怎么去?"

南栀翻了个白眼:"我去叫她。"

周晏生把车钥匙扔给南栀,盯着她的双眼,语调放得很慢:"看好她,别丢了。"

南栀:"用你说?"

在场所有人都比秦湘大几岁,所以也下意识地照顾她,像是团宠。

凌晨四点多，一众人从二十四小时便利店出来，出发去看日出。

这个海有个浪漫的名字，叫风铃海。

一群人在沙滩上漫步，南柯原本一直陪着秦湘，后来被一个男生叫到一边，秦湘便独自走着，不知不觉间竟走到了周晏生身边。

也不知道他什么时候换了件上衣，白衬衫换成了棕色衬衫。

六点整，日出如期而至。

这是秦湘第一次看到日出，还是和周晏生一起，她按捺不住地紧张起来。

周晏生站在她身旁，自然也感受到了她的愉悦。

他轻笑："这么开心？"

秦湘愣了下，随后笑着说："嗯。"

很开心。

小姑娘的笑颜貌似比这日出还要美，那一刻，周晏生听到了什么东西被瓦解的声音。

远处连着山，水天相接处被一阵橙光拉开，太阳正徐徐上升，阳光照亮朵朵白云，山体好像成了一个标志，见证日出的标志。

又是崭新美好的一天。

秦湘又听到周晏生说："以后一起看日出的机会多的是，慢慢开心。"

新的一周，秦湘看完日出后回家，秦盛年在阮甄的催促下给秦湘道了歉。秦湘都忘了当时的感觉是什么，总之没有想象中的开心。

但总归是一家人，她也没再说什么。

秦湘回了学校，上了两堂课之后才知道，胡欣请假了，不仅如此，向涛以及一些和胡欣关系好的男女生都没有来学校。

平中看起来和往常没什么两样，一切井然有序地进行着。

时间仿佛按下了二倍速的按钮，进入毕业季，高三生在高考的前两天拍毕业照。

拍照那天，操场上欢声笑语，丝毫不见离别的悲伤。

正值六月，人间盛夏。茂盛的樟树下挤满了拍照的学生。

秦湘下了课跑到操场寻找南柯，南柯早就告诉她，要和她合影留念。

此时操场人满为患，她根本找不见南柯的人影。

正当她左顾右盼之际，突然传来的一阵对话声吸引了她。

"他们真的配一脸！"

"是啊！"

听到这儿，秦湘手中的东西没拿稳，包装精美的礼盒重重地砸在地上，发出一声闷响。

两个女生没有注意到她，依旧在讨论。

"周晏生肯定跟南柯关系不错，我刚刚还看见他和南柯在那边呢。"

"你什么时候看见的？怎么不叫我！"

…………

对话声随着两个女生的远去，渐渐不再清晰。

南柯和周晏生……吗？

旁边不知是谁的手机铃声响起：

> 尽情愚弄我吧　我自行回家　没有眼泪要流下
> 不要忘记　我不会是个笑话
> 尽情愉快吧　但愿凭残忍代价
> 来年将生命美丽升华
> 若忘掉你感觉很差
> 让这灰姑娘被丑化

这首歌第一次让秦湘有了代入感，她像是灰姑娘，心底的喜欢被全部掩盖，露出来的只有酸涩。

暗恋就是一堵墙，隔绝了她和她不为人知的喜欢。

秦湘捡起掉在地上的礼物，拭去沾染的灰尘，一转头便看到南柯、周晏生和陈燃站在樟树下的身影。

她整理好情绪,走过去。

周晏生率先看到秦湘,他余光瞥见小姑娘手上的礼盒,偏头轻笑。

"晚晚,你怎么才来!"南栀笑着嗔怪她。

秦湘抱歉地笑笑:"操场人太多了,我没看到你们,对不起。"

南栀蹙眉:"道什么歉。"她拿起相机,手举过头顶,"来来来,我们拍照。"

南栀站在正中央,秦湘站在她左手边的位置,陈燃和周晏生都站在南栀的右边,南栀找了半天找不到合适的角度,便叫来方达:"帮我们拍张照。"

方达接过相机,手摁住快门键,笑着喊:"南栀美不美?"

在场四人沉默……

南栀没忍住:"你土不土?重新来张,我刚刚闭眼了。"

方达:"事真多。"

秦湘整理了下衣领,再度看向相机镜头。

突然,身旁多了一阵熟悉的薄荷香气,连带着一股淡凉,令秦湘浮躁的内心静了下来。

她察觉到,慢慢偏头,对上那黑如磐石的双眼,愣在原地。

快门恰好被按下,闪光灯一晃而过,画面定格在此刻。

秦湘蹙眉,急忙回头,小声地说:"要不再来一张……"

周晏生听到这话,心底莫名不爽,他臭着一张脸把方达叫过来,从方达手中接过相机,点开相册,显示刚拍完的那张照片。

画面上是四个人,依次是陈燃、南栀、秦湘和周晏生。

南栀看了两眼,"哎"了声,说:"晚晚,你和周老板怎么不看镜头?重新来一张吧。"

周晏生夺回相机:"不用,就这张。"

他把相机递给方达,插兜走了,留下一脸莫名的四人。

"他发火了?"方达问了句。

南栀摇头,看向陈燃:"你惹他了?"

陈燃双手抱肩,一副局外人的姿态:"我哪敢?"

陈燃刚才分明看到周晏生的不爽是冲着秦湘的，至于为什么，他也无从知晓。

几人换了个话题，不知不觉聊到暑假。

南栀兴奋地问秦湘："晚晚，暑假要不和我们一起去京市啊？"

秦湘下意识想拒绝，但对上南栀无比期待的眼神，她顿了顿："好啊。"

"一言为定，到时候我来接你。"

"好。"

秦湘回了教室便看到周晏生正坐在自己座位上，嘴里的薄荷硬糖被他咬得嘎嘣脆。

男生的大长腿无处安放似的，看到秦湘后也没主动搭话，忙着自己的事情。

秦湘想了想，还是走过去。

她轻轻叩了叩周晏生的桌子："你……怎么了？"

周晏生半个眼神都没给她，低头继续手里的事。

秦湘莫名觉得此刻的周晏生像个小孩在耍脾气，她叹口气，回到座位上，翻出下节课要用到的课本。正当她准备开始预习的时候，耳边突然传来一道跩到不行的声音：

"这还用预习？"

这话有些耳熟，他好像什么时候说过类似的话。

秦湘从课本中抬头，茫然地看着他："啊？"

周晏生挑眉，见女孩看过来，慢条斯理地说："刚不是问我怎么了？没怎么，生你气了。"

秦湘心想：果真是大少爷。

"我怎么了？"

周晏生扔下一句话："自己去想。"

秦湘思考半天实在是想不起来，恰好上课铃声响起，她也不再去想，专心听课。

中午，食堂。

马欣欣来找秦湘一起吃饭。

两个女生正在排队，时不时地聊上两句，大多是马欣欣在吐槽课业，秦湘默默听着。

"那老师，我真服了，上课老是阴阳我——"

马欣欣的话还没讲完，秦湘便看到一旁走过来的一道身影。

很奇怪，有些人的气场生来就那样强，让人想忽视都很难。

周晏生穿着纯黑色短袖，脖颈处挂着条黑绳，黑绳套着一个黑色貔貅吊坠，随性洒脱。

他突然偏头，黑瞳对上秦湘的双眼，余光看到秦湘手中的饭卡，喉咙里发出意味不明的一声轻笑。

秦湘被他看得紧张，捏紧饭卡，大脑不加思考脱口而出："我请你？"

周晏生似乎没想到她会这么说，微微挑眉，"啧"了声："也不是不行。"

马欣欣听到这话不免想笑，真是大少爷啊。

李群杰和陈燃过来，听到他和秦湘的对话，陈燃一手搭上周晏生的肩膀："怎么，咱们周老板破产了？"

周晏生给了他一个眼神，这人便把手放了下去。

周晏生嫌他烦，下巴冲着门口的方向扬了扬，说出的话毫不留情："哪儿凉快待哪儿去。"

陈燃咂咂嘴："走吧，群杰，咱别打扰周老板了。"

周晏生踢了他一脚："赶紧走。"

马欣欣当然也听到了陈燃的调侃，她急忙找了个借口走了，只留下秦湘和周晏生独处。

两人坐在一起吃饭，吸引了不少人的目光。秦湘不像周晏生那样坦然，相反，她一直都很不起眼，视线太多反而使她紧张。

周晏生注意到这点，他突然撂下筷子，扫视一圈，狭长的眼尾有些不耐烦，他没什么情绪地"啧"了声。

果然，视线少了一大半。

秦湘不动声色地松了口气，继续低头吃饭。

"问你个事。"周晏生突然说道。

秦湘茫然地抬头，嘴角沾上米粒。小姑娘却不自知现在的样子多么可爱。

周晏生嘴角噙着笑，突然抬手伸过去，为小姑娘抹去米粒。

他的动作无比自然，仿佛做过无数遍。

他的指腹擦过她白皙的皮肤，让秦湘感受到一抹滚烫，她愣在原地，心"怦怦"跳，好半晌反应不过来。

周晏生盯着她，右手在她面前打了个响指，语气吊儿郎当的："发什么呆呢？"

因着他的动作，他脖颈间的黑色貔貅吊坠若隐若现，嚣张肆意。

"暑假有空没？"周晏生黑如磐石的眼睛盯着她，仿佛要把她看穿。

餐桌下，两人的鞋尖不经意撞到一起，秦湘趁机低头看了一眼，纯白的瓷砖上，小白鞋的鞋尖对着黑色运动鞋的鞋尖。

像是在讲悄悄话一般。

与此同时，周晏生那慵懒的声音响在耳边：

"和我去京市怎么样？"

秦湘下意识地攥紧手中的筷子，怎么南栀和他都让她去京市？

"不想去？"对面的周晏生表情没有半点不耐烦，"那算了——"

"没有不想去。"秦湘着急打断他，她只是在想一些事情。

周晏生愣怔一瞬，轻轻挑眉，语气吊儿郎当的："啧，这么想和我一起去京市啊？"

他的调侃让秦湘有些无地自容，都怪她刚刚答应得太快了，一点儿也不矜持。

周晏生不知怎的，一看到秦湘那紧张的小样子就想笑，但又怕秦湘吃不好饭，便伸手在她手边敲了敲桌子："不逗你了，先吃饭。"

秦湘这才松了口气，但心里的紧张分毫未减。

7月22日，夏天的最后一个节气——大暑，也是一年中阳光最猛，天气最热的时候。

秦湘出了京市火车站，便接到南栀的电话。

"我就在出站口这里，你一出来就能看到我。"南栀的声音透着压制不住的兴奋。

秦湘笑着回应："好。"

果然，顺着人流向外走，秦湘刚过一个拐角便看到南栀的身影，只是她的身边还站着一个身材高大的男生，并不是周晏生。

但莫名地，秦湘觉得那人的身形和周晏生很像，连发型都大差不差。

南栀一看到秦湘，便兴奋地挥手示意："晚晚！这里！"

秦湘刷身份证出站，走到南栀面前。南栀看起来很兴奋，满面春光。

南栀把秦湘的行李箱接过来，顺手递给身边的人，又转头对秦湘说："明明给你订了机票，为什么要退了啊？坐火车要五个小时，累不累？"

秦湘摇摇头，她这人不喜欢欠别人的，尤其是好朋友之间，只是笑着说："不累。"

南栀又嘟囔了几句，拉着秦湘上了车的后座，一路上两人聊个没完。

南栀一直在说自己高考后去了哪里玩，大多是秦湘听都没听过的地名，南栀一解释，她才瞬间明白，原来都是一些国外的景点，国内的南栀都已经玩遍了。

南栀和周晏生一样，他们出生便是她可望而不可即的高度，是她大概奋斗一辈子都到不了的高度。

和南栀一起来的那个男生坐在驾驶座开车，刚巧遇到一个红绿灯，他从副驾驶座拿了两瓶水递给南栀，声音温和："你让人家休息会儿，说么多你也不口渴？"

南栀接过水，递给秦湘一瓶，说："你先睡一会儿吧，估计还有一个小时才能到。"

"好。"

一个小时后，黑色 SUV 驶达京市南郊的一家会所，孜丁亚。

孜丁亚的建筑很有中国特色，红墙绿瓦，一踏进大门便是仿金銮殿的设计，处处彰显着身份的高贵。

秦湘跟在南栀身后下了车，看到面前的建筑，有些不明白。她拉住南栀的衣袖："这是？"

南栀回头对她挤眉弄眼，打了个哑谜："先进去，待会儿你就知道了。"

孜丁亚是一家会员制度的会所，名气不大，一般京市人都不知晓，因为它只对内部人员开放，从不对外公开招纳会员。

南栀和秦湘介绍了几句关于孜丁亚的情况，便没再多说。

很奇怪，明明是会员制会所，为什么南栀和那个男生不需要出示任何身份证明，便有旗袍女侍者来为他们引路。

秦湘走在南栀身旁，穿过长长的走廊，一路走来到处是紫檀木屏风和名贵摆件。目光所及之处，皆是宫廷格调，雅容华贵。

终于抵达，女侍者为三人推开黑檀木大门，态度恭敬地退下。

包厢的真皮沙发上围坐着几个人，秦湘认出其中几个男生是那天凌晨去看日出时见过的。

他们正坐在一起玩手游。

"啧，老周你快出来，我顶不住了！"陈燃笑骂道，"天，你至于这么狠吗？"

"陈燃，你不行就别装大爷了，赶紧认输得了。"陈南嘲笑他。

"有病。"陈燃冲着身后一个内间嚷嚷，"别睡了，快来救救我！"

南栀几人走进包厢，陈燃看到南栀身旁的男生，眼前一亮："路佑，快来替我打，虐死这群孙子！"

南栀听到这话直接把包扔到他头上："滚。"

陈燃皱眉，从沙发上站起来："我叫路佑呢，关你什么事啊？"

南栀走到路佑身旁，主动牵起他的手，做了个震惊众人的举动。

一瞬间，口哨声和起哄声此起彼伏。

"你俩行啊，背着我们居然搞到一起了。"

"路佑，你小子真行，把女神拐跑了。"

秦湘看到眼前这一幕，愣在原地，久久无法回神。

南栀和这个男生在一起了?

那周晏生呢?

周晏生一走出卧室便看到这一幕,他眼底带着被吵醒的不耐烦,抬手搓了搓眉骨,发出不大不小的一声:"啧。"

南栀早已放开路佑,众人看过来,只有秦湘还呆立在那儿,盯着南栀和路佑看。

"老周,你可算醒了啊。"

"你是不是早就知道我女神和路佑这小子在一起了?"

周晏生没理他们,目光一一扫过众人,最后停在秦湘身上,眼底多了些趣味。他走到秦湘身旁,清清嗓:"是啊。"

周晏生突然想起什么,脸上有些不爽,对南栀说:"你知不知道我因为你背了多大的黑锅?"

众人头顶问号。

秦湘也回神,眨眨眼,看向不知什么时候站在自己身旁的男生。

南栀:"什么黑锅?"

周晏生"啧"了声:"你真不知道平中的那些谣言?"

他的声音含笑,像在开玩笑,又像是在逗某人笑:"我的一世英名都被你俩毁了。"

秦湘听到这话,原本的那些震惊变成欣喜,像吃了草莓味软糖,甜到她心尖。

周晏生的话,也就是在说,他和南栀之间是清白的,对吗?

陈燃笑出声:"你还在意这些?"

周晏生走了几步,找了个地方坐下,背靠沙发,微弓着腰:"怎么不在意?我在意得很。"

他说这话的同时,眯眼看向秦湘:"秦湘?随便坐。"

秦湘是那种放在人群里不被注意的存在,此刻被周晏生这么一喊,几乎屋内所有人都看向她。

她有些紧张,声线发抖:"嗯……好。"

陈南:"哟,这不是上次一起看日出的同学吗?你也来了。"

他的话里透着浓浓的趾高气扬,听得周晏生心里不爽。

陈南撑着手臂站起来,围着秦湘转了两圈:"空手来的啊?今天可是周老板生日呢。"

秦湘有些不知所措,没人告诉她今天是周晏生的生日。

正当小姑娘紧张得不知怎么回话时,一股熟悉的薄荷香突然围绕了她。

抬头看,周晏生站在她面前,似乎看出了她的局促不安,他敛起漫不经心的神色:"她不知道。"

在场所有人都能看出来,周晏生是在帮秦湘解围。偏偏陈南跟个瞎子一样,叨叨个没完:"那怎么行?我听说平芜的人都能歌善舞,要不今天来一个?"

有人拼命给陈南使眼色,可这傻子像是变了个人一样,直接去音响旁边:"我给你找个炸耳的伴奏,怎么样?"

倏忽,"啪"的一声,周晏生拿过话筒,毫不犹豫地砸在地板上。

他发火了。

第五章

/

秦湘，你就这么怕我

NASANNIAN

周晏生突如其来的发火令在场的人无比震惊，在他们眼里，周晏生不会随便生气。

秦湘从这个角度只能看到周晏生宽阔的后背，在以往数不清的日日夜夜里，周晏生的背影都支撑着她度过令人煎熬的生活。

就像那句话——比起你的脸，我更熟悉你的鞋子和背影。

无数个白天，秦湘在走廊碰到周晏生等南柅放学，她都会收敛起不该有的情绪，故作自然地和他打招呼。

但没有人知道，她的手心都快被她抠烂了。

而现在，她觉得，周晏生这个人就像是天赐的礼物一样，出现在她索然无味如白开水的世界里。

他带来的不只是酸涩,更多的是悸动,是无法忽视的心动。

南梔走过来,带秦湘去她的房间。刚刚秦湘不小心碰倒了一杯饮料,衣服被弄脏了,南梔找出一条白裙子,让秦湘换上。

秦湘再回包间时,已经看不到陈南的人影了。

周晏生坐在主位上,左手边的位置空着,也不知是留给谁的。他听到动静,偏头看向秦湘。

女孩穿着干净无瑕的白色连衣裙,露出的一截小腿白到发光,短发被她掖到耳后,可爱的耳朵露出来。她站在那儿,就像个从天而降的精灵。

阳光透过落地窗打在秦湘身上,给她增添了几分仙气。周晏生伸手拉开旁边的椅子,喊住秦湘:"过来坐。"

秦湘本来是要挨着南梔坐的,出人意料地被周晏生叫住,她脸上的惊喜无处遮掩,最后坐在周晏生身旁:"谢谢。"

周晏生扯了个笑,以示回应。

包厢里众人并没有因为陈南的事而变得拘束,男生像往常一样吹牛,只不过没人再开秦湘的玩笑。

笑话,这可是周晏生护着的人。

给他们一百个胆子也不敢。

"老周,冬天一起去冰岛怎么样?"陈燃眼里带着玩味看向周晏生。

南梔满脸惊喜:"可以啊。上次你们去都没带我,这次我和路佑也去。"

陈燃看了南梔一眼,嗤笑:"人家路佑愿意和你一起吗?"

南梔翻了个白眼,正要发作,路佑顺了顺她的毛:"当然愿意。"

陈燃"呕"了一声,骂道:"滚外边去。"

桌上笑声不断,秦湘也忍不住笑出声,她偷偷看了一眼身旁的人。

周晏生右手搭在椅边,左手捏着一罐可乐,食指无意识地敲打易拉罐的瓶身,沾上些许凉气,脸上的表情晦暗不明,像是游离在外一般。

片刻后,他突然起身,拿起手机出了包厢。

孜丁亚的后院种满了玫瑰,美不胜收,秦湘第一次见到这么美丽的场景,一时之间有些恍惚。

不远处有一个白色秋千,她看到周晏生坐在那儿,明明隔得很远,但她却莫名感觉到了周晏生身上的落寞。

阳光照下来,她看到了一个不一样的周晏生,和往常截然不同的样子。

秦湘慢慢走过去,小白鞋踩在泥泞上面,不一会儿便脏了,但她丝毫不在意。

明明是一年中阳光最热烈的时刻,她却觉得有些凉。

秦湘走过去:"我可以坐在这里吗?"

周晏生偏头,眯了眯眼,给她让了个位,舌尖抵了抵左脸颊:"怎么出来了?"

秦湘轻声道:"吃撑了,想出来走走。"

其实不是这样的,她根本没吃多少,是跟在他身后出来的。

周晏生看起来心情不好,他抬手捏了捏眉心,只是"嗯"了一声。

秦湘鼓起勇气上前,手因为紧张在发颤,但还是义无反顾地按上男生的太阳穴。

当温热碰上温凉,周晏生愣怔住,有片刻的失神。

他喉间溢出一声笑:"胆子挺大啊,秦湘。"

秦湘听到这儿,眼睫拼命打战,她及时稳住心神:"我……小时候学过按摩,这样你会比较舒服。"

周晏生轻轻呼出一口气,没有再说话。

见周晏生没有出声反驳她,她便继续按摩,与此同时,心跳得快要跳出嗓子眼儿。

"你……心情不好吗?"秦湘轻声问道。

回答她的只有周晏生绵长的呼吸声。

他好像睡着了。

就在秦湘以为他不会回答自己的时候,周晏生突然睁眼,近距离地和她对视。

他的目光中透着危险的信号,偏偏秦湘丝毫不觉,仍全神贯注地为他揉

着太阳穴。

"心情确实不好——"周晏生故意拉长语调,"不过现在好多了。"

秦湘身子一颤,拇指不小心擦过周晏生的薄唇。她立马站起身,也不揉了,快速道歉:"对不起,我不是故意的。"

周晏生撑着腿微微坐直,睨了小姑娘一眼:"我这么吓人吗?又不会吃了你。"

秦湘急忙摇头:"不是的……"

周晏生眉眼透着不耐烦,盯着她,目光直白:"秦湘,你就这么怕我?"

秦湘连忙解释,话都说不清楚,语序颠倒:"对不起,我不是故意的,只是你心情不好,我怕……"

周晏生"啧"了声:"继续。"

"啊?"秦湘蒙蒙地看着他。

周晏生笑了,这是他今天露出的第一个由心而发的笑:"继续帮我按按,谢谢。"

秦湘微微脸红,看到男生又闭上眼,她才继续。

不知过了多久,秦湘轻声问他:"今天不是你的生日吗?为什么会心情不好啊?"

几乎是一瞬间,周晏生迅速睁眼,眼底的狠戾和绝望,秦湘看得一清二楚。

他清了清嗓,嗓音嘶哑:"生日?在一些人眼里,我的出生大概就是错的。"

这话惹得秦湘有些共情。她和周晏生一样,出生好像就是错的,在她的童年记忆里,秦盛年从没对她好言好气过。

但周晏生怎么会?

难道传闻有假?

周晏生貌似不想提起那些事,他揉了一把脸,起身道:"走吧。"

秦湘在京市只待了两天一夜,周晏生的生日聚会一结束,她便坐上了回平芜的火车,继续进入补习班学习。

因为这次周晏生的生日,她觉得自己和周晏生的距离拉近了,但又觉得他们之间的鸿沟好像永远无法跨越。

后来秦湘从南栀口中得知,那家会所——孜丁亚,是周晏生家的。

平中开学那天下了一场大雨,第二天便多云转晴,那天刚好是高一新生军训动员大会,周晏生作为优秀代表,要给学弟学妹演讲。

周晏生在新生中也声名远播,他的各种传奇在平中无人不知,无人不晓。

上午十点,新生军训动员大会如期举行,高二高三的学生依旧在教室里学习。

九月份的气温居高不下,蝉鸣声不绝于耳,到处充斥着夏末的燥意,惹得人心里怪浮躁的。

秦湘贪凉喝多了冰水,此时小腹像有电钻一样"嗡嗡"地钻,她向老师请假去了趟医务室,从医务室出来的时候,刚巧碰上军训动员大会的学生代表演讲。

她站在操场很不起眼的一角,手捂在小腹的位置,额头上沁满汗珠。

周晏生站在临时搭建的木台上,身高腿长,只是简简单单站在那儿,便引起轩然大波。

周晏生嘴角勾着若有似无的笑,站得还算端正,板正的校服被他穿出了一股离经叛道的味道。

他好像永远都是闲云野鹤的公子哥模样,嚣张又狂妄。

饶是这么看着,秦湘的心都要跳出胸膛,眼前的少年,像是雄鹰。

他生来是天空、群峰、人杰,是人上人。

周晏生的演讲很简单,只有寥寥数语。

他微微扬起下巴,宛若上帝视角睥睨台下众人,嗓音干净好听,带了一阵勾人的沙哑:

"没什么想说的,一句很有力量的话送给各位——"

炽热的阳光打在他身后,却不及他半分耀眼夺目。

"人民有信仰,国家有力量,民族有希望。"

没有任何悬念，周晏生又吸引了一拨迷弟迷妹。

仅仅开学一周，秦湘便经常能看到穿着迷彩军训服的学弟学妹扒在教室门口张望，一个个小脑袋转个不停，意图不要太明显。

高二的学生要上晚自习，周五那天的值日生是秦湘，她负责倒垃圾。

晚上十点的平中仿佛掉进了时空隧道，周遭都按下暂停键。

秦湘去了一趟办公室再回来，教室里已经空无一人，和她同组的值日生估计也拎包回家了。

她叹了口气，认命地背上书包，去拎垃圾桶。

垃圾桶很重，深红色的桶里装满垃圾纸屑。

秦湘拎起来走了几步，身后突然传来一阵脚步声。

她愣了一秒。

这么晚了，怎么还有学生？

她脑海里突然想起马欣欣高一时给她讲的鬼故事，顿时起了一身鸡皮疙瘩，手心冒着冷汗。

正当秦湘忍不住回头的时候，她闻到了熟悉的薄荷香气，连带着那勾人的嗓音，低低沉沉："这么晚了，你胆子不小啊。"

与此同时，她手上一轻，偏头看去，垃圾桶轻而易举地被来人拎走了。

月色温柔如水，皎洁的白光洒在男生宽阔的肩膀上。

周晏生偏头，眼底带着若有似无的笑，挑了挑眉。

秦湘觉得自己的心都要跳出来了，她其实害怕自己如擂鼓的心跳声被周晏生捕捉到。

她稳住心神，声音控制不住地打战："我……是今天的值日生。"

周晏生轻笑："嗯，我知道。"

这话很平常，但对于秦湘来说却宛若天籁，好像是她终于被他看到一样。

周晏生走在前面，秦湘维持着两三步的距离跟在后面。

从一旁看去，前面的人步子迈得随意自由，单手插兜，后面的女孩乖巧听话，时不时地偷看前面男生的背影，以及落在地上的影子。

画面看起来倒是无比和谐。

只是不知为什么，走在前面的男生步子突然变得很小，周晏生停了三秒，等到秦湘站到自己身边时，才继续和她并肩一起走。

一路上，秦湘心里像是打翻了蜜罐，甜滋滋的。

她偏头，又小心翼翼地偷看男生一眼，看到男生短袖上的商标才如梦初醒般地回神，又突然想起一些事。

秦湘转回头，微微低下去，声音里的沮丧清晰可闻："听说……"

周晏生："嗯？"

秦湘紧紧握拳，指甲嵌入手心，鼓足勇气开口："你要回京市了是吗？"

周晏生愣怔，随即停下步子，由于身高原因，他微微俯身，弓着腰，和秦湘平视："听谁说的？"

秦湘低垂着眼睫，不敢与他对视："班里的人……"

这两天不只是班里，年级里也有传闻，大家都说，周晏生要转学回京市一中了。

秦湘不敢问周晏生，一是怕听到不想听到的答案，二是——

她好像还没有资格问这些。

但现在秦湘忍不住了，周晏生和她之间本就存在无法跨越的鸿沟，她怕以后再也见不到他。

"所以，"秦湘捏紧衣摆，给足自己勇气，抬头和他对视，"你真的要回京市上学了吗？"

风吹，草动，树枝也跟着一块儿摇摆，四周寂静，周遭仿佛跌进了慢镜头。

短短两秒钟，秦湘却感觉自己的力气都要用光了，她快站不住了。

倏忽，对面的男生及时打破静谧："嗔，确实是。"

这话一出，秦湘顿觉浑身冰冷。

果然，她以后是不是再也见不到他了。小时候被送进寄宿小学的那种被抛弃的感觉瞬间吞噬了她，很小的时候，她只记得，寄宿小学冰冷的大门，还有爸爸妈妈的狠心。

无论当时的她哭得多大声，最后都要被他们抛弃。

现在这种感觉和小时候那种被抛弃的感觉如出一辙。

不管对方是谁,她还是被抛弃的那个。

"不过——"周晏生放下垃圾桶,吊儿郎当地单手插兜站着,声调故意拉长,磨着秦湘的心理,"只是回去三天而已。"

那一瞬间,秦湘如获新生。

周晏生看到秦湘这副样子,笑得蔫坏:"怎么,舍不得我?"

"砰"的一声,秦湘的脑子里像炸开了烟花,噼里啪啦的。

几乎是一瞬间,秦湘的脸迅速爬上一抹红晕,温度仿佛能灼伤手。

秦湘偏过头不去看他,嗫嚅地说:"没有……"

周晏生轻笑,也不拆穿她,重新提起垃圾桶。

次日,秦湘到了学校,果然没看到周晏生的身影,她从陈燃口中得知,周晏生凌晨就坐上了回京市的飞机。

那天放学后,秦湘回到家第一件事就是给手机充电,开机。

手机界面停在微信,和周晏生聊天的界面。

她斟酌半天,最后发过去一句话:你……已经到京市了吗?

周晏生似乎在忙,半个小时后也没有回她的消息。秦湘盯着那个界面发了半个小时的呆,屏幕自动熄灭了十次。

她最后慢吞吞地退出聊天界面,发现那一栏有了一个小红点,她点进去,开始刷起朋友圈。

周晏生在半个小时前突然更新了一条朋友圈。

没有配文字,只有一张照片。

那张照片看得秦湘心"怦怦"跳。

周晏生身后是一座高耸威严的欧式城堡,他戴着墨镜,紧皱眉头,穿着纯色黑T恤,脖颈处的黑绳被换成了银质项链,单手插兜,端的是一副桀骜不驯的模样。

最受人瞩目的还是他那一身浑蛋又离经叛道的气质,他对着镜头,比了一个标准的"反V"手势。

秦湘最后脸红心跳地保存了那张照片。

周晏生下了飞机,直接去了京市一家私人医院,乘电梯直上顶楼的 VIP 病房。

他推开病房门,病床上的女人一看到他就变得有些狂躁,她看到什么便拿起什么朝着周晏生身上砸:"你滚!滚啊!"

喊得那叫一个歇斯底里。

周晏生嘴角勾起讽刺的笑,眸中没有任何温度:"行,我滚。"

他在病房待了不到半分钟。

走廊里,周晏生坐在长椅上,大腿支着手肘,微微弓着腰。

路过的护士都知道他是周家的儿子,也听说他嚣张狂妄,都不敢上前打扰他,走路都静悄悄的,不敢发出一丝声响。

这时,身旁的病房门突然从里面拉开,走出一位西装革履的男子。

周晏生站起身,看了他一眼,扯了个笑,自嘲道:"夫妻情深演完了吗?演完了我好滚。"

周楚阳看着儿子这浑不憷的样子,气不打一处来:"你看看你像什么样子!说的是什么混账话!"

周晏生盯了他两秒,脸上的讽刺更加明显,没打算继续和他废话,直接绕过他,向着电梯走去。

任凭身后的咆哮声多剧烈,周晏生都不去管。

他还以为苏禾——也就是他妈,回心转意了,但现在看来,爱情这个东西真是让人疯狂又可笑。

周晏生出了医院,回了趟老宅,和爷爷见了一面,但也没待多久,发小知道他回京市了,攒了个局。他从老宅出来后直接去了"红门",他们一伙人经常去的餐厅。

"我说,周老板,"路北奇说,"哥几个特地为你组的局,手机里有谁啊,看个没完。"

"是啊。"

周晏生撩起眼皮看向众人，食指无意识地敲打手机金属侧边，撂下筷子："我还有事，你们玩。"

他出了餐厅，没管身后的一众挽留声，打了个车去了"孜丁亚"。

露天阳台小巧又精致，周晏生倒了杯水，坐下。

半晌后，他掏出手机拨了个电话过去。

秦湘突然接到一通来自京市的电话，隐隐约约间，她猜到是谁。

她关好卧室门，只开了一盏昏黄的床头灯，半靠着床头，心里像有只小鹿"咚咚"跳一样。

做完一切准备工作后，秦湘接听电话："喂？你好？"

那边传来低沉的一句："啧，这才一天就不知道我是谁了？"

周晏生的语调吊儿郎当的，听得秦湘耳根暗红一片。

她压低声音："周晏生。"

那边传来一声"嗯"，扬声器因为男低音开始振动，震得她耳朵酥酥麻麻的。

"早上五点到的京市。"

秦湘："啊？"

周晏生"啧"了一声："你不是在微信上问我到没到京市吗？"

秦湘低喃："哦……"

四周陷入一片沉默，两人都没开口，秦湘不知道周晏生在电话那头干什么。

气氛逐渐尴尬，但这只是秦湘的感觉。

她开始没话找话："你吃饭了吗？"

周晏生哼笑："都快十一点了，妹妹。"

不知什么时候起，周晏生对她的称呼除了名字便是妹妹。

秦湘不知说什么了："哦……"

她突然想到什么："你回京市是有什么事情吗？"

说完，她便后悔了，回去当然有重要的事啊，不然回去干什么。但人家为什么要和你说，你算他的谁？

周晏生后背靠着椅背,眺望远方,南郊的空气无比清新,透着几分凉意。或许是因为对面的人,他第一次有了倾诉的冲动。

周晏生把高脚杯放在桌上,微微低头,喉结滚动了几下,嘴边溢出一声笑:"确实……是很重要的事情。"

隔着电话以及两百多公里的距离,秦湘察觉到了他的落寞,她温声道:"什么重要的事啊?"

那边安静得很。

秦湘:"你是不是心情不好?"

那头一片沉默。

十分钟后,秦湘忍不住打了个哈欠,眼底直冒水光,她以为周晏生睡着了,轻声道:"晚安——"

结果,一道声音打断了她。

"我妈不记得我了。"

周五那天,周晏生才回平芜,秦湘是在那天中午偶然间听到陈燃和李群杰的对话才得知的。

"周老板怎么还不回来,你还别说,我真有点想他了。"李群杰坐在周晏生的位置上,拄着腮帮子看向陈燃。

陈燃毫不留情地拆穿他:"你是想他,还是想他家里的游戏机了?"

李群杰嘿嘿笑:"都想,都想。"

陈燃看了眼手机,头都没抬,回了句:"下午两点的飞机,估计放学就到了。"

李群杰:"那翘了晚自习?"

陈燃斜睨他一眼:"不了。"

李群杰疑惑地看着他。

陈燃:"我最近要好好学习,我和软软约定考同一个大学。"

李群杰简直无语:"你可拉倒吧,人家上Q大,你也上?"

李群杰站起身,拍了拍陈燃的肩,一脸高深莫测的样子:"兄弟,人贵有自知之明。"

陈燃随手拿起一本书,砸向李群杰:"滚。"

教室里人不算多,两人的对话声也有旁人听到,有女生问陈燃:"哎,周晏生不是转学了吗?"

陈燃回道:"他可舍不得。"

这话像一颗颗石子打在秦湘心底深处,原本平静的内心泛起丝丝涟漪。

舍不得什么?

平中一般是两周放一次假,第二周的周六中午放假,周日下午到校,在家的时间都不超过二十四个小时。

这周刚好是第二周的周五,明天上午便要放假。

秦湘知道周晏生今天下午就能到平芜,心里的石头落至平地。

那天他说完那句话便再没出声,秦湘猜他是睡着了,等到凌晨两点才挂断电话。

但他的那句话还是在秦湘心里埋下了一颗种子。

也不知什么时候起,阮清和陈燃的关系变得那般好了,都能约定一起上同一所大学了,只不过阮清注定是考Q大的,陈燃那吊车尾的成绩……算了,人家的事,不需要她瞎操心。

周五晚自习,曹彬告诉大家一个好消息:"以后周日全天不需要上文化课,所有学生都去上艺术课。"

平中的这个规定主要是针对高二学生,大家也都知道是为了提高升学率,还美其名曰让学生德智体美全面发展。

但艺术课是免费的,大家也都把它当作一个好消息,因为那天不需要再上六点的早自习了。

周五晚上,第一节晚自习没有老师讲课,班里一片安静,都在低头忙自己的事。

后门突然传来一阵窸窸窣窣的声响,秦湘也没回头,继续做生物遗传题。

"无中生有病为隐,生女患病为常隐……"

秦湘正小声背口诀,身后突然传来一阵对话声。

"不是明天才来学校吗？晚上干吗还来？"陈燃问。

原来是周晏生回了学校，李群杰听到动静，隔着大半个教室和这边聊天："喂，周老板回来了？"

周晏生书包也没背，一身轻松，他把手机往桌肚里一扔，发出沉闷的响声："我没心情，别烦我。"

他说完这话，看了一眼前面的女生，就趴在桌子上补觉。

陈燃看到这一切，偏头笑了一声，给李群杰打手势："别管，周老板虚了。"

周晏生依旧趴着，右腿一伸，直截了当地踹了陈燃一脚："我还没睡着呢。"

陈燃一个趔趄，再抬头看到李群杰那满脸的幸灾乐祸，毫不犹豫地踹了他一下。

纪律委员无语。

秦湘看到这一切，忍不住轻笑。

正要回头，便对上一双慵懒的黑瞳，她以为是吵到他了，急忙道："你继续睡……"

周晏生第一次反思自己平时是不是太凶了。

第二节晚自习是英语课，曹彬走进来，打断英语老师："我先讲点事情啊，都放下手里的笔，听我说。"

"咱们这次艺术课有三种，音乐、舞蹈和美术，班长晚上放学之前统计好交上来，每个同学都必须要报，且只能报一项。听懂了吗？"

"听懂了！"

秦湘从小学的是舞蹈，这次的艺术课和高考关系不大，她也没想过要走艺考这条路，毕竟家里承担不起学艺术的高昂费用。

她在报名之前，偷偷问了陈燃，周晏生报的哪一项。

知道周晏生报的音乐后，她果断选了音乐。

但最后还是出了意外。

放假一天之后重新返校，秦湘的期待便开始了，因为上艺术课没有班主任看管，都是一些省会城市的机构派来的艺术老师。

最主要的是座位可以随便坐，男女不能同桌的规定作废，因为上艺术课是在阶梯教室，一排桌椅大概能坐二十人。

她知道，自己可以挨着周晏生坐了。

周日那天，秦湘吃过早饭便提前到了阶梯教室，她的新同桌许婷也是报的音乐，比她到得还早，许婷学习成绩名列前茅，是货真价实的好学生。

此时许婷正拿着语文必背小课本，背着高考要考的六十四首古诗。

秦湘走到她身边，没打扰她，安静地坐下。

阶梯教室的大门时不时地被推开，门开一次，秦湘便眼含期待地看过去，结果到了上课铃响之后，都没有看到周晏生。

他可能不会来了。

许婷注意到秦湘的状态不对劲，问了问她："你在等人吗？"

秦湘迟疑地点头，想起许婷和班长关系不错，心一横直接发问："周晏生是选的音乐吧？"

许婷蹙眉，脸上带着疑惑："不是啊，他选的一直是舞蹈。"

刹那间，秦湘不知为何，胸口堵着一口郁气上不来下不去，那种失落感以及巨大的落差瞬间将她吞没。

她垂下眼睫，攥紧笔。

确实，她不过是前些日子和周晏生的交集变多了，但这也不能说明什么。

是她自作多情了。

艺术课一上便是两个小时，中间有二十分钟的大课间。

下课铃声一响，秦湘便和许婷一起去了操场西南角的女厕所。

秦湘进厕所之后，听到一阵对话声。

"我的天，你不选舞蹈真是亏了。"

"怎么了？"

"周晏生选的跳舞！"女生越说越激动，"男生上节课随便学了支舞，天，周晏生跳得太帅了。"

"录没录视频?"

"找死呢,校领导去视察来着。"

"可惜了。"

秦湘上完厕所后,拉着许婷去了趟学校的小卖部。小卖部和舞蹈室相连,她等许婷的工夫,偷偷走到舞蹈室的窗边,学舞蹈的学生和她们不是一个时间段下课,而且男生下课晚一点。

学校小路两旁满是金黄,银杏叶落满地,像是一块金色的长地毯。

秋天来了。

秦湘脑袋凑到窗前,费力地去看舞蹈室内的场景。她有些近视,但出来时忘戴眼镜了,所以有些看不清舞蹈室内的场景。

周围还算安静,只有风吹树叶飘动的声音,可以忽略不计。突然,一阵脚步声从身后传来,伴随着鞋踩在落叶上的沙沙声,还有男生之间不正经的对话声。

"看不出来啊,周老板以前还学过舞啊?"李群杰一手搭着陈燃的肩。

陈燃扯着笑:"刚才你可是出尽风头了,那群女生是疯了吧?有那么帅吗?"

周晏生低头玩手机,没注意几人的聊天。

秦湘听到身后的对话声,直接僵滞在原地,后背发麻,脑袋"嗡嗡"作响,头都不敢回。正当她思索怎么办的时候,许婷突然出现——

"秦湘!"

秦湘更紧张了,慢吞吞地回头。

这倒好,直接对上周晏生那带着若有似无的笑的一双黑眸。

"噌!"

几乎是一瞬间,秦湘耳根乃至脸颊像是发烧一样,粉里透红。

周晏生收起手机,慢悠悠地走上前,离秦湘还有一臂之遥时慢慢停下。

接着,他微微俯身,笑得痞气,和秦湘对视,一双黑眸紧紧盯着秦湘的双眼,像是要把她勾进无法逃脱的旋涡,整个人吊儿郎当的:

"来看我啊?"

初秋，平芜的气温极其不稳定，忽高忽低。

秦湘出来得急，没穿校服外套，秋风拂过，她细白的小臂上起了细细的疙瘩。周晏生依旧盯着她，眼底挂着浪荡随性的笑。

她轻轻抬手搓了搓胳膊，一阵瑟缩："不……是。"

周晏生似乎不纠结她的答案，直截了当地把搭在左肩上的外套递给她："喏，冷不冷？"

后面的男生看到周晏生的举动，顿时哄笑出声，有人酸酸地说："老周，你怎么不给我穿？"

周晏生被气笑，回头笑骂了一句。

那人继续，发出一声婉转的"嗯"，令在场所有人一阵恶寒。

李群杰虚虚踹了那人一脚："你小子够了啊，恶不恶心？"

周晏生没再去管后面的对话，走上前，动作麻利地把外套套在秦湘身上，还特地给她拉上拉链。

男生的外套穿在秦湘身上无比宽松，此时的她就像个偷穿大人衣服的小孩，那股薄荷香紧紧环绕在身侧。

秦湘想到这儿，脸更红了，头埋进衣领里，声如蚊呐："谢谢……"

头顶传来一声轻笑："客气。"

眼看上课铃声快要打响，秦湘和许婷回了阶梯教室。一路上，许婷问个不停，满脸八卦，秦湘忍不住打趣她："原来你的好奇心也这么重啊。"

许婷摆手笑了笑，说："对方可是周晏生啊。说，你们关系是不是早就这么好了？"

秦湘一怔，在别人眼里，她和周晏生的关系好像从高一开始就不错，都知道她和周晏生放学一起走。

可无人知晓的是，那都是沾了南栀的光。

如果没有热情的南栀，她和周晏生估计也不会有那么多的交集。

但是现在……看着身上的外套。

她不知道为什么，也不敢往深了想，怕自己自作多情。

艺术课只上一天，之后接踵而至的便是第一次月考，那次月考秦湘印象无比深刻。

因为，那天她家里出了一件大事。

足够压垮一家人的大事。

那天不用上晚自习，月考试卷是学校自己出题，所以成绩出来得也很快，她考得还不错，第一次超过周晏生，成了班里的第一名。

记得那天下午，周晏生还夸了她一句。

她的心情也是整个高中时期为数不多欣喜的一次，但刚进家门，心情便跌至谷底。

秦湘接到座机电话，是阮甄打来的："晚晚，妈妈和爸爸有事出门了，晚上不回家，你和诚诚点个外卖对付一下晚饭吧。"

秦湘没多想，答应之后便挂了电话。

半个小时后，秦诚也回了家，她把阮甄的话原封不动地向他复述了一遍，又问道："爸妈去哪儿了？爸单位这次又有大型活动？"

秦诚不像往常那样话多，他起身倒了杯水，喝了几口，实在忍不住还是说出实情："爷爷住院了，不出意外的话……是癌。"

秦湘愣在原地："怎么可能……"

秦诚看了她一眼："就在中医院，你不信就去看。"

秦湘最后拉着秦诚去了平芜东北角的中医院，她之前进医院都是跟着阮甄来看望病人，每次到了医院都要巴巴地看着墙上的医生信息，渴望有一天自己的照片也能贴在上面。

她每次来医院都带着无上的敬意，但现在感觉到的只有害怕。

最后还是秦诚带着她问了护士站的护士，得知病房号，才乘电梯上楼。

两人顺着病房的号码牌往里走着，突然，秦湘好像看到了阮清的身影，她刚想喊，便想起医院禁止大声喧哗的规定。

她向前走了几步，发现阮清进了一间病房，秦诚自然也注意到了，他和秦湘对视一眼，两人走上前，发现阮清进的病房正是爷爷的那一间。

秦湘心底有些疑惑，虽说大舅家和她家经常往来，但阮清和爷爷也没见过几面啊,她怎么来了?

她慢慢推开门走进去,病房是三人间,很挤,地上铺着行军床,墙角还堆着一些礼盒和水果。

阮甄是最先发现他们的,急忙上前,问道:"你们怎么来了?"

秦盛年听到声音回头,看清来人是秦湘后,没多说什么,让阮甄留下,他叫秦湘出了病房。

令秦湘万分不解的是,为什么秦诚和阮清能留下来?

秦盛年轻轻关上病房的门,带秦湘到了楼梯间,这里还算自由,可以任意交流。

秦湘面露担心:"爷爷做了检查了吗?已经确定……是癌症了吗?是早期还是晚期?早期的话应该可以——"

秦盛年打断她的话:"那什么,你先回家。"

秦湘不明白,当即就问:"为什么?"

秦盛年被秦湘问得烦躁,嗓门骤然拔高:"让你回去你就回去,哪那么多话!"

秦湘愣在原地,第一次觉得眼前的父亲无比陌生,就好像……不是她的亲生父亲一样。

秦盛年说完这句话便出了楼梯间,也不管秦湘什么心情,直接回了病房。

秦湘一下子变得茫然,这种感觉和小时候被抛弃在寄宿小学一模一样,无助、不安,以及无尽的恐惧……

她害怕了。

从小时候便扎根的那种被抛弃的感觉此刻翻涌而出,无法抑制地吞没了她。

她站在原地,久久无法回神,直到掌心传来的刺痛感把她迅速拽了回来。

摊开手,月牙似的指甲印印在嫩白的掌心处,隐隐约约见了血。

秦湘最后收起一切情绪,出了楼梯间,她还是没忍住,走到病房前,看了几眼里面的场景。

阮甄在一旁站着听爷爷讲话,秦盛年靠着窗边不知在想些什么,秦诚坐在床边逗爷爷笑，阮清坐在秦诚对面削苹果。

一切和谐得仿佛他们才是一家人一样。

她好像是个多余的，不该出现的人。

出了医院，秦湘不知道该去哪里，在大街上漫无目的地走着。

路过金钥匙广场的时候，这里已经开始跳起了广场舞，旁边的娱乐区有很多小孩在玩耍，大人们则是在给自家小孩拍照。

回想她的童年，似乎大部分时间都是待在寄宿学校，一个月才能回一次家，但也只是在家待一天的时间，除了写作业便是帮家里干活，好像从来没怎么出去玩过。

她忍不住拿自己和秦诚做对比，秦诚的童年好像无比美好，是她羡慕的那种，每天都可以回家，没有早晚自习，周六周日可以和小伙伴们一起出去玩，无忧无虑的。

说起来，她倒是十分羡慕秦诚。

虽然秦诚的学习不怎么样，但好歹童年是快乐的。

而她呢，小时候成绩好又能怎样，不还是没考上重点高中吗？

月考前一晚，周晏生到家之后便有些轻微感冒，但他也没在意。

一直稀里糊涂地撑到月考成绩出来那天，他才意识到自己发烧了，偏偏陈燃这小子还不停地喊他出去玩，后来陈燃听到他声音不对劲，问他怎么了，得知他发烧后，吵着闹着要送他去医院输液。

周晏生被陈燃搞得不耐烦，最后随他去了。

输完液后，周晏生和陈燃、李群杰三人从医院出来。

李群杰和陈燃边走路边玩手游，吵吵闹闹地走在前方，周晏生嫌他们烦，独自一人慢悠悠地在后面走着。

结果，他走到金钥匙广场那里碰到了学校里的人。

叶倩是高三舞蹈生，知道周晏生那些出名的事迹，碰巧这次舞蹈课她作为助教可以随意进入男生的舞蹈教室，看到周晏生跳了那半支舞之后，便向男生要微信。

结果周晏生懒得理她,她便觉得丢了面子,浑身不舒服,现在在校外碰到他了,可得把联系方式要来。

叶倩站定在周晏生面前,朝着他勾勾手指:"学弟,就不能给个微信?"

周晏生蹙眉,脸上略微有些茫然,好像没想起来她是哪一号人物。

陈燃和李群杰在一旁看热闹,李群杰忍不住了:"她叫叶倩,是前两天舞蹈课的助教。"

周晏生冷淡地"嗯"了一声,面无表情地要越过她。

结果,叶倩直接扯住他外套衣摆。

两人都没注意到红绿灯处那个穿着白色外套的身影。

叶倩:"你怎么这么不解风情?我一个女生都主动示好了,差不多得了。"

周晏生觉得好笑,依旧一副冷淡模样:"你哪位?"

也不给她回话的时间,他毫不犹豫地走过。

陈燃就当看了场笑话,习惯性地回头望,结果便看到一抹熟悉的身影背对着他们走过,看起来像是落荒而逃。

有意思了。

一行人抵达周晏生家,陈燃拿了自己看中的游戏设备,像是想起什么一样故意说道:"李群杰,刚刚在金钥匙广场,你有没有看到啊?"

周晏生看着陈燃,微微皱眉。

与此同时,陈燃又欠欠地补上一句话:"刚才某人被要微信的样子估计是被秦湘看到了啊。"

他碰了碰李群杰的胳膊:"你说是不是?"

李群杰憋着笑:"好像确实是。"

周晏生冷冷地瞥了两人一眼:"你俩,没事赶紧滚。"

周晏生不再管他们,从兜里掏出手机,编辑了一条信息发送过去。

Z:你在哪儿?

那边回得很快:在家。

周晏生扯了个笑,还学会骗人了?

Z:是吗?

那边没再回。

周晏生挑眉,慢悠悠地打下一行字,点了发送。

Z:我生病了,好难受。

秦湘想起刚刚一个女孩和周晏生亲密聊天的样子。

他生病了?那也应该有人照顾吧。

但她心里的天平向来往周晏生的方向偏斜,最后忍不住回他的消息:你……去医院了吗?

那边很快回过来:没,没力气。

秦湘脑补了一下周晏生现在的模样,实在想象不出来周晏生弱弱的样子,毕竟在她的记忆里,周晏生一直是一副无所不能的模样。

秦湘叹口气:你现在在哪儿?

Z:在家。

紧接着,周晏生发过来一条位置共享。

秦湘犹豫两秒,点了进去,刚一进去便听到周晏生那沙哑的嗓音:"小骗子,不是说在家吗?你家在'金钥匙'那儿?"

秦湘脸上带着被戳破谎言的绯红,她清清嗓,摁住那个圆按钮:"我……刚从家里出来。"

那边传来一声意味不明的哼笑,连带着周晏生独特的嗓音:"啧,发烧了,四十摄氏度呢,好难受。"

陈燃听到这话,忍不住和李群杰笑成一团:"四十摄氏度?怎么不烧死你啊?"

周晏生冷淡地看了两人一眼,指了指大门方向:"赶紧拿着VR滚,我不想说第二次。"

陈燃和李群杰的目的达成,便马不停蹄地滚了。

偌大的客厅顿时便只剩下周晏生一人,安静得很。

周晏生见没收到秦湘的回复,也没打算等,直接拨了个电话过去。

电话足足响了半分钟，在快要自动挂断的那一刻才被接听。那头有"呼呼"的风声，周晏生率先开口："你在哪儿？'金钥匙'那里？"

秦湘一手推开药店的玻璃门，另一手拿着手机，有些吃力："我在药店，你……不是发烧了吗？"

然后，她听到周晏生一声不清不楚的轻哼，以及一句："这么担心我啊？那要不来我家？"

平都西苑。

初秋的风带着寂寥，但秦湘却浑身燥热，她有些紧张，站在两百平方米的一栋独栋小别墅前，看了看自己手中的药袋。

牛皮纸包装里的退烧药仿佛给她生了勇气一般，她走上前，摁响门铃。

几秒后，身穿黑色家居服的周晏生给秦湘打开大门，他的V字衣领开得很大，露出性感的锁骨以及冷白色的皮肤。

秦湘脸红心跳地移开视线，把药递给他："我……就不进去了，你记得吃药。"

周晏生盯了她两秒后，从她手里接过药，看了两眼，不吭声。

空气有些凝滞，秦湘不知该如何是好，是不是她太不矜持了，被他看穿了心思。

她手心满是热汗，心脏快要跳出胸膛。正当她提出要离开时，周晏生突然撩起眼皮看她，声音无比嘶哑：

"你就这么对待病号？"

秦湘急忙摆手："不是……我只是怕打扰你休息。"

周晏生喉咙里发出一道意味不明的笑，秦湘不明白什么意思。

他的眼神有些吓人，秦湘不知该怎么办。

周晏生突然转身，一手插兜，一手拎着牛皮纸药袋，趿拉着拖鞋往里走，只留下一句："自己进来。"

周晏生家的院子不算大，她跟在周晏生的身后走进去，不敢随意乱看，声音很轻："你家的水壶在哪儿？我去帮你烧水。"

周晏生示意她坐下："不用。"

那时候平芜家家户户几乎都没有即热饮水机，用的是老式饮水机，换水是需要把桶装水费力地抬上去的。

所以秦湘看到厨房那边的那台黑色机器时下意识地以为是一台咖啡机，毕竟她也没有见过真正的咖啡机长什么样子。

秦湘抬头看他："可是吃药要喝热水啊。"

直到周晏生走到那台"咖啡机"前，接了一杯温水递给她时，她才明白，是自己孤陋寡闻了。

她小声喃喃道："原来这也是饮水机啊。"

周晏生没听到她的话，接了杯水吃了药后便径直坐在秦湘身侧。

他一手搭在膝上，头靠着沙发。

周晏生家的客厅比秦湘家的总面积都要大，大尺寸的液晶电视，真皮沙发，就连吊灯都是那么耀眼。

这个认知让秦湘有片刻回神。

他和她不是一个世界的人，这个认知很早以前便已经在她心里扎根。只是当时的她不过十七岁，觉得这些是可以跨过去的。

倏地，一道闷闷的声音在空旷的客厅响起："今天那个女生我不认识。"

秦湘还有些蒙："啊？"

周晏生黑如磐石的双眸紧紧盯住她，秦湘都能在他眼底捕捉到自己的影子。

两人的距离因为周晏生身子突然的前倾一下拉近，好像他们之间原本的鸿沟也在这一瞬消失一般。

他的目光里只有秦湘的倒影，嗓音略微张狂，他的语速放到最慢，一字一句砸进秦湘心底，引起一波海啸般的涌动。

"今天金钥匙广场那个女的，我不认识。"

他在给秦湘解释。

秦湘当然也听得出来，她不知道该怎么形容自己的心情，只知道一向不在乎这些事的人，现在居然对她解释。

这种感觉很奇妙。

那天，周晏生放了一场电影和秦湘一起看，电影叫什么、讲的什么，秦湘记不清了，只记得昏暗的客厅里，只有液晶电视在发光，秦湘怀里抱着一个周晏生塞给她的抱枕。

那个夜晚，秦湘觉得，他们的关系好像更近了。

月考之后便是国庆，平中不像一中那样克扣学生的假期，但高三生却只放两天假。

九月三十号上午十点，平中正式放假。

陈燃和周晏生回了京市，秦湘回家后，给周晏生发了条微信过去：你到京市了吗？

那边几乎是秒回：到了。

紧接着，周晏生又发来一张图片。

秦湘点开，看起来像是在酒店。

照片中的那只手，秦湘认出来是周晏生的，食指上的银戒忽闪着光。

秦湘想了很久，编辑了一条"老气横秋"的消息过去：好好休息。

Z：好。

手机突然"嗡嗡"作响，是秦诚打来的电话，秦湘心生疑惑，按下接听键。

秦诚的声音透着浓浓的焦急："姐，你快来医院，爷爷……快不行了。"

秦湘听到这句话，手机差点没拿稳，立即稳住心神："好，我马上到。"

挂断电话后，她连外套都来不及穿上，便出了门，再舍不得花钱也打了辆出租车，直奔中医院。

下了车因为太急还不小心撞到一人，她急忙道歉："对不起，对不起！"

好在那人看她着急的模样，并未计较，摆摆手让她走了。

电梯要等很长时间，秦湘只犹豫两秒，便冲进楼梯间。她昨天来医院看爷爷的时候，明明一切还好，怎么今天就……

秦湘爬了十层楼，出楼梯间的时候，突然一阵头晕目眩，还有些想吐，小腹的痛感隐隐传来。

她只当是因为生理期，并未当回事。

进了病房，发现爷爷并不在里面，秦诚见到她，带着她到了顶楼的手术室门外。

走廊里很安静，雪白的墙壁无端地给人增添了几分压抑感。

秦盛年正双手合十地对着天空祈祷，口中念念有词。阮清也来了，只是不知道大舅和大舅妈为什么没来。

没有人注意到多了她这个人。

秦湘站到阮甄身旁，安静地等待手术结果。

不知过了多久，手术室的门自动拉开，主刀医生先走出来，一群人急忙拥上前，秦盛年先开口："医生，我爸怎么样了？"

主刀医生满脸凝重："患者现在已经脱离危险期，但治疗方案还是建议转院。"

秦盛年："是现在就要转吗？"

主刀医生："等患者的体征逐渐平稳之后吧，但还是越快越好，家属还是先联系大城市的医院吧。"

毕竟床位不等人，在场人心知肚明。

秦盛年开始动用自己所有的人脉，阮甄也开始和自己的同学打招呼，为了能让老爷子痊愈，两人都在马不停蹄地找关系让爷爷转院。

秦湘把秦诚拉到一旁，小声问他："怎么爷爷突然间——"

或许是秦湘的声音吵到了秦盛年，他突然大吼："说什么说，没看到大人在打电话吗？你这小孩就知道捣乱！"

秦湘被吼得愣在原地，眼眶里的泪几乎是一瞬间便溢出来。

秦诚也不敢说话，阮清满脸复杂。

阮甄看到这一切，也只是皱眉看了秦湘一眼，并未开口说些什么安慰的话。

大人就是这样，有什么火气只会拿不受宠的那个孩子撒气。

受宠的那个他们却舍不得凶。

秦湘心里满是委屈，常年在秦盛年的压迫下长大，导致她的心理也变得

— 141 —

极端。她现在想不了别的，只想和这一家人脱离关系。

她就像被困在囚笼的小燕，永远向往自由。

手机突然振动，她拿出一看，是周晏生发来的信息。

Z：吃晚饭了没？

秦湘没有多想，随手按了个按钮，也不管是什么，装作接电话的样子去了楼梯间。

无人的环境下，秦湘才会放空自己，她坐在冰冷的台阶上，楼梯间的风很冷，窗户也大敞着，窗外的落叶纷飞，给寂寥的秋平添了几分寒意。

秦湘和别的女生不一样，她很喜欢这种阴沉沉的天气。

但此刻，往日最能给她带来好心情的天气给她的心里添了几分难受。

她把手机倒扣在一旁，双臂撑在膝盖上，脸全埋进去，形成一种极度缺乏安全感的姿势。

女孩的哭声由最初的隐忍到了后面的悲怆，一声比一声痛苦。

为什么她的家人要这样对待她，她真的不明白。

倏地，手机里突然传来一道带着紧张的男声：

"晚晚，发生什么事了？"

第六章

/

遮阳伞

NASANNIAN

周晏生声音中的心疼一下子触动了秦湘内心深处的柔软，从小到大，除了爷爷和过世的奶奶，没有人和她说话用这种语气。

周晏生喊的是她的小名，但她心里想着别的事，便下意识地忽略了这个细节。

她不明白为什么秦盛年那么嫌弃她，阮甄虽然不像秦盛年那样过分，但在秦诚和她之间也不会偏袒她。

"你在哪儿？我去找你，把你的位置发给我。"周晏生的声音透着不容置疑的坚定。

秦湘捂住脸，热泪滑过脸颊："我在中医院……"

"等着。"

秦湘坐在冰冷的台阶上，冷风吹得她瑟瑟发抖，安全通道外也不知道他们一家人还在不在，她此刻就想躲在这里，等周晏生。

她那时忘了，周晏生人在京市，赶过来最少需要三个小时。

追溯源头，今晚似乎在两人的命运长河中起着不容忽视的作用。

秦湘那时不懂这些，后来才明白，世间万物皆有定数。

他们两个的命运齿轮早已刻在同一处。

不知道过了几个小时，秦湘手撑在栏杆上，费力地站起来，即便是站起来的速度放到最慢，她都感到头晕。

与此同时，小腹处感到一阵热流涌过。

她忍着腹痛，慢慢拉开楼梯间的门，走廊早已没了家人们，只站着两个在等自己儿子做手术的老人。

秦湘乘电梯回了爷爷所在病房的楼层，走到病房前，他们一家人围着老人的病床，每个人的脸上忧心忡忡，头顶仿佛积压着阴云。

没有人寻找秦湘，大家似乎忘了她的存在。

秦湘现在内心只剩麻木，她真的不知道为什么会这样，以前有人对她说过"你出生之前已经看过自己的剧本了"。

真的吗？她拿到的剧本就是父亲厌恶、母亲漠视吗？

或许……她拿到的是别人挑剩下的剧本吧。

兜里的手机突然振动，秦湘拿出来一看，电话是周晏生打来的，她如梦初醒般地想起自己刚刚在楼梯间和他的对话。

她急忙按下接听键，心里忐忑不安："喂……"

电话那头是呼啸的秋风声，还有周晏生低沉的声音："你在几楼？"

秦湘没反应过来："啊？"

周晏生耐着性子又问了一遍，秦湘慢吞吞地回答："住院部的十楼。"

"等着。"

周晏生知道陈燃和秦湘的表姐阮清有联系，特地问过一遍，这才得知，秦湘的爷爷得了胰腺癌，虽然不是晚期，但也已经无力回天了。

又得知秦湘的父亲正在动用人脉，想要为秦湘的爷爷转院，无奈大城市的病床更紧张，周旋半天也空不出半个床位，所以他不是空手而来的。

秦湘挂断电话后就站在电梯门口等周晏生，她后背倚着墙，短发，格子衫，身上那股乖巧听话的好学生气质吸引了几个等电梯的男生的视线。

窗外秋风怒号，远远望去，天边透着灰，貌似不久后要下雨一般。

"叮咚"一声，电梯门开了。

秦湘内心紧张，偏头看了一眼，目光由此顿住。

和两人初见一般，男生顶着寸头，穿着一件黑色冲锋衣，三两步走到秦湘面前："爷爷在哪间病房？"

秦湘蒙了，手遥遥一指。周晏生给身后的人使了个眼色，那些人便直接进了病房。

一切快得她反应不及。

她下意识地扯住周晏生的衣袖："那些人是谁？"

"京市医院的人。"

也不知周晏生用了什么办法，最后顺利帮爷爷转了院。秦盛年和阮甄去京市照顾爷爷，秦诚和她要上学，留在平芜。

周晏生身上那种稳重踏实，给了她无尽的成熟感，以及……一种浮在云端的极其不真实的感受。

秦盛年和阮甄用尽人脉和关系，都无法帮爷爷转院，但周晏生一个电话便可以，这……好像不是一个高中生可以办到的事情。

正是这样，那种秦湘厌恶的宿命感又浮现出来，好像她和他不该有交集一样，即便是有交集，最后也注定没有好结局。

她和他不是一路人。

那天，爷爷被送去京市之后，秦湘不知怎么感谢周晏生，周晏生却满不在意。

两人出了医院，周晏生走在前面，突然停下步子，回头找秦湘。

秦湘正在思考怎么感谢他，一不留神踩上周晏生的鞋尖，耳边顿时听到一声闷哼。

她看了一眼，急忙说道："对不起……我不是故意的。"

周晏生"啧"了一声:"我没那么娇气。"

说完,他双手插兜,微微俯身,一双漆黑的眼与她对视,看得她的心"怦怦"乱跳。

秦湘率先移开视线:"怎……么了?"

倏地,周晏生抬手,拇指和食指齐齐发力,虎口处抵在秦湘下巴,捏住秦湘的脸颊。

秦湘的脸顿时像条小金鱼一样鼓起来,他的力道虽不重,但她的脸不知是被捏的,还是因为其他原因,总之是红了。

秦湘口齿不清地说:"你干吗……"

周晏生直勾勾地盯着她,却不开口说话。

秦湘的心快要跳出嗓子眼,她得不到回答,细眉皱起来,瞪着他:"周晏生!"

周晏生这才松开她:"你的脸红了。"

"砰"的一声,一束烟花在秦湘脑海里炸开。

她不敢看他,话也不说,径直掠过他往前走,步子很快,仿佛后面有人追她一般。

周晏生站在原地,低头笑了两声,然后跟了上去。

假期过得很快,国庆结束后,学生们便返回学校。这次假期时间长,学生们的心还没完全收回来,所以老师干脆在晚自习时给班里放了电影。

不知为何,秦湘这次的生理期有些长,这都第八天了,还没结束。

下课铃声响起,班里大部分人都没动,老师这次选的电影比较吸引人,是美剧《24小时》。教室里漆黑一片,窗帘紧闭,教室的前后门也关着,好像与外面隔绝了。

秦湘捂着小腹趴在桌上,她看了眼手表,还有七分钟上课,最后忍不住了,站起身猫着腰从教室后门出去。

她的步子很急,没有注意到身后那个睡醒了站起来的高大身影。

由于学校有住宿生,所以小卖部便相当于百货店。秦湘走到货架前,挑了几包卫生巾便去结账。

周遭环境嘈杂,男女生都有,秦湘有些不好意思,她正排着队,在思索着要不要换个女收银员的队伍。

但已经来不及了,下一个便是她。

秦湘走上前,脸上的神情略显不自然,她把卫生巾递给收银员。

男收银员倒是习惯了这些,面不改色地扫描上面的条形码:"三十。"

正当秦湘要把钱递过去的时候,一只骨节分明的大手突然伸过来,拇指和食指中还夹着一张百元大钞。

那只宽大的手掌很干净,手腕上稳稳当当地扣着黑色手表。

来人是周晏生。

秦湘抬起头,看到他眼睑懒懒地耷拉着,慵懒地站在身旁,身上不再是单一的黑色冲锋衣,而是一件白色的连帽卫衣,多了几分朗朗少年气。

他从一旁的架子上随手拿了罐薄荷糖,撩起眼皮,声音透着沙哑:"一起算。"

秦湘愣在原地,有些没反应过来。

恰好男收银员递过来一个黑色塑料袋,秦湘下意识地接过,但指尖还未碰到,塑料袋便到了周晏生手里。

那个黑色塑料袋也不知装了什么,看看就不太干净。

周晏生蹙眉:"拿个新的。"

男收银员满脸不耐烦:"这是最后一个黑袋子了。"

周晏生扯了扯嘴角,语调很慢:"我说,拿个新的购物袋,谁让你拿黑袋子了?"

男收银员认出面前的人是谁后,便急忙扯了个新的透明的购物袋,递给周晏生。

周晏生接过之后道谢,然后毫不犹豫地拿起桌上的卫生巾,装进透明袋子里。

秦湘偷偷看了他一眼,发现他的脸上没有任何不自在的表情。她眨眨眼:"谢谢。"

周晏生这才看她，但没说什么，率先走出小卖部。

平中的夜晚是一天最热闹的时刻，说来也怪，学生们都是晚上精力充沛，白天哈欠连天。

秋风拂过，带来了凉意，空气湿润。不知何时起，外面下起了小雨，但也没到需要打伞的地步。

周晏生左手拎着袋子，刚要走进雨幕中，突然想起身后的秦湘。他让秦湘在原地等他，重新进了趟小卖部。

等再出来时，他手上捏着一把透明的伞。

他走到秦湘身旁，打开雨伞，偏头说："走吧。"

秦湘愣住了："这雨……"

周晏生蹙眉，扬扬下巴："走不走？"

秦湘只好跟上去，和他共同挤在一把雨伞下。

秦湘朝四周看了看，好像就他们两个打伞了，有种鹤立鸡群的感觉。

更何况，周晏生手上还提着透明袋子，里面装的是她的卫生巾。

太引人注目了。

偏巧周晏生察觉不到这些，他慢悠悠地走着，随性到不行。

周围陆续有人投来目光，秦湘招架不住，伸手去拿塑料袋："要不我先走吧，你把东西给我。"

周晏生阻止了她的动作，说："在意那么多干什么。"

"而且，"他的语调很慢，就像以前给她讲题那样，生怕她听不懂一般，一字一顿道，"我乐意。"

刹那间，秦湘觉得雨变大了，秋天的风很冷，在她还没适应夏天已经结束的事实时，秋天便猝不及防地来了。

与之一道同行的还有周晏生的那句话。

我乐意。

回到教室，秦湘不知如何面对他，闷不作声地坐下，她轻轻地趴在桌子上，脸偏向窗户那一侧。

前方白板上的电影还在放着,教室里只有演员讲台词的声音,周围很静,她的心却浮躁地起伏不定。

旁边突然传来一阵对话声,听得秦湘云里雾里,把她从另一个世界里拽了出来。

"哎,我昨晚梦到了一个男生,特别心动。"

"……啊?"

"长得特别帅,叫杨屹,还给我留电话了。"

"你没打那个手机号吧?"

"没,怎么了?"

"他们都说,在梦里如果能看清一个人的脸,就说明那人是死人。"

女生被吓了一跳,瞪大双眼:"逗我呢你。"

"没骗你,真的,有人之前试过,和你一样的梦,打电话过去你猜是哪儿?"

"是哪儿?"

"是一个地方的殡仪馆。"

秦湘听到这里,瞬间吓得坐起来,左看右看也找不到是哪两个人在聊天,只得作罢,支着下巴继续看电影。

突然,有人碰了她一下。

秦湘回头,对方的手静静地张开,掌心上躺着一个热水袋。

"给,焐着肚子。"

周晏生半趴在桌上,一副慵懒的姿态:"愣着干吗?让我给你焐?"

秦湘听到这话,急忙接过他手里的热水袋,轻声道谢。

热水袋很烫,不一会儿她的手便变得温热,不再是之前的冰凉状态。

她看了周晏生几眼,他仿佛很困,此时正耷拉着眼皮,看不清他脸上的神情。他的手还垂在她身侧,借着电影微弱的光,男生的手表一闪一闪,黑色表带衬得手腕骨清晰突出。

她准备转回身子坐好,刚动便听到低低沉沉的声音:

"等下。"

秦湘不明所以，眨着大眼看他。

周晏生撑起上半身，右手搓了一把脸，有些不修边幅，左手收回去，在桌肚里掏了掏，最后拿出一把草莓味软糖，一股脑地塞到秦湘怀里。

"网上说，女孩子生理期多吃甜食。"

秦湘双手接过，脑子里噼里啪啦。

更何况这个举动貌似吸引了周围人的视线，有男生直接起哄道："周老板这都懂啊？"

但也有人发出不一样的声音："他们什么时候关系这么好了？"

"这你就不懂了吧？"

秦湘听到这里，想出声反驳。

不是这样的。

却不料，身后人直接发话，一点面子也没给那几人留。

周晏生舌尖抵了抵右腮，直接喊出那几人的名字，说："我和谁关系好或关系不好，跟你们有什么关系？"

这貌似是周晏生第一次为了一个女孩公然叫板，以往大家在传他和别人的绯闻时，周晏生也没有什么举动，所以大家都以为大佬是面冷心热。

却没想到，他现在为了秦湘，做了以前都没做过的事。

周晏生的意思是，他是秦湘的靠山。

那晚，秦湘回到家，拿出手机给周晏生改了备注：遮阳伞。

三个字里藏着她无法言说的少女心事。

遮阳伞的首字母缩写是 zys。

zys。

周晏生。

是独属于她一人的遮阳伞。

秦湘洗完澡出来，家里只有她和秦诚。秦诚最近变得懂事起来，不再玩游戏到半夜，他的房间已经熄了灯。

她吹完头发，放轻脚步回了卧室。

她关了灯，躺在床上，刚要拿出手机定闹钟，便看到十分钟前收到的一条微信消息。

她点进去，是周晏生发来的。

遮阳伞：睡了没？

秦湘心神一动，急忙编辑消息发过去：还没，刚洗完澡。

那边几乎是秒回：在干吗？

秦湘乖乖回答：准备睡觉。

两秒过后，对面直接打来电话，吓了她一跳，她急忙接听——

"聊会儿？"

周晏生似乎在外面，背景有些嘈杂。

秦湘自动忽略了他的这个问题，抛出另一个问题："你在外面吗？"

周晏生："嗯，发小今天来平芜，现在在外面吃夜宵。"

秦湘"嗯"了声，不知道继续说什么，一时没出声。

周晏生听不到她那边的声音，还以为她睡着了，直接开口："秦湘？"

秦湘回应："我在。"

周晏生低头，鞋尖抵着墙面，听到这个回应，一道轻笑声从他喉咙里溢出。

他"啧"了声："再来一遍。"

秦湘："啊？"

周晏生没理会她的不解，慢悠悠地开口："秦、晚、晚。"

从没有人这么喊过她的名字，姓加上小名显得有些不伦不类，像个新名字一样。

只不过这个名字听着更像是言情小说里女主角的名字，都是ABB式的。

秦湘愣了会儿神，还没从自己的思绪里出来。

周晏生蹙眉："睡了？"

秦湘回神："没。"

周晏生："那就是困了？"

现在才晚上十点，秦湘还不太困："也不是。"

— 151 —

周晏生挑眉:"那刚刚喊你,你在干吗呢?"

秦湘:"在想事情。"

周晏生:"想什么?"

秦湘:"不……告诉你。"

周晏生轻笑:"不说就不说。"

两人又聊了会儿天,才挂断电话。

平芜的秋天风就大,到了冬季,妖风刮得人脑袋疼,这句话半点也不假。

周晏生站在原地,身上套着黑色长款风衣,单手插兜,想起刚刚和秦湘那没营养的对话,笑了声,脸上的神情透着几分柔和。

但这都是在接起那通电话之前。

周晏生刚要进屋的时候,兜里的手机突然响起,他拿出一看,目光接触到手机屏幕上的手机号码后,眉眼之间的狠戾都收不住。

他停了两秒,接通。

"学校选好了吗?"那头的男声听不出情绪。

周晏生冷笑:"没。"

周楚阳听到他这个语气就来气,当机立断地下了通知:"留学这件事由不得你,赶紧给我填好申请——"

周晏生听得烦,直接挂断电话。

对面的叫喊声戛然而止。

他收起手机,抬头望天。

乌云一片一片,仿佛看不到明天。

也看不到未来。

不论过了多久,秦湘永远记得她十八岁生日那天发生的一切。

那是个艳阳天,平芜提前入冬,冷空气肆意,火锅店的生意直线上升,初雪还没有到。

周二晚上,秦湘接到秦盛年和阮甄的电话,得知他们无法在明天赶回平芜。挂断电话后,秦湘盯着某一处发呆,说不上来这种感受。

毕竟她也不喜欢热闹，不喜欢一家人围坐在一起庆祝生日。

临睡前，她收到了阮甄发来的红包，点进去一看，足足有两个月的生活费。

周三晚自习结束后，秦湘直接回了家，刚进卧室便接到阮清的电话。

她隔着屏幕都能感受到阮清的兴高采烈："晚晚，生日快乐！"

秦湘笑了："谢谢。"

"我今天请假了，而且这是你十八岁的生日，你确定不好好过一次？"

秦湘移开视线，墙上的挂钟显示现在已经晚上十点半。

秦湘说道："还是算了吧，都这么晚了。明天还要早起，更何况还有作业……"

阮清无所谓地回道："明天请一上午假不就好了，反正都考完试了，放松一下嘛。"

秦湘觉得不妥，还想要拒绝。

阮清似乎猜到她接下来的说辞，急忙开口："我让小姑给你请个假，你现在出门，我在一街等你，快点！外面很冷！"

话音刚落，电话听筒里便传来急促的嘟嘟声。

秦湘静默两秒，叹了口气，套上厚外套出了卧室。

临出门时，秦诚看到她的装扮，好奇道："姐，你去哪儿？"

秦湘穿鞋的动作顿了顿："阮清叫我，出去一下。"

秦诚收起手机，站起身，才十五六岁的年纪，一不留神，身高便蹿到了一米八，硬生生比秦湘高了一个头。

秦诚脸上挂着笑："姐，也带我去呗？"

"你去干吗？"

秦诚摸了摸鼻子："带我去见识见识呗。"

秦湘一脸莫名，只是和阮清出去吃个饭，有什么好见识的。最后看秦诚满脸的期待，秦湘还是带着他出了门。

直到到了一街，她才明白秦诚嘴里的见识见识是什么意思。

秦湘站在街边，双手凑到嘴边哈气，眯眼看着眼前的一切。

一街算是平芜最繁华的街道，霓虹灯闪耀，街两旁的路灯正常工作，白

炽灯和红蓝紫光交织在一起。

一辆白色奥迪稳稳当当地停在路边,驾驶座的车窗内垂下一只手,黑色表带稳固地系在腕上,衬得皮肤冷白,骨节分明,根根干净。

周围仿佛按下了暂停键。

秦湘呼吸一滞,看了眼车牌号。

京市车牌,有些眼熟。

耳边传来秦诚的倒吸声:"这辆车好酷啊。"

车旁不远处,阮清听到熟悉的声音,看过来:"晚晚!这里!"

秦湘偏头看。

阮清旁边的人,不是陈燃是谁。

他们什么时候这么熟了?

秦湘心中疑虑,刚要走过去,车上便下来一人,男生高大挺拔,穿着黑色冲锋衣,宽肩窄腰,双腿修长。

秦诚看到来人的面容后,直接一副小迷弟的姿态,他扯扯秦湘的衣袖:"姐,姐!这人是你朋友啊?"

阮清快步走来:"冷死了,要不要吃火锅?"

秦湘不着痕迹地瞥了一眼周晏生,小声问:"和他们一起啊?"

陈燃走过来,抢先回答:"废话,特地来给你过生日的,要不然这大冷天谁想出来啊。"

阮清听到这话,回头瞪了他一眼:"没人叫你出来!"

陈燃脸上挂着讨好的笑:"我错了。"

自始至终,秦湘都不敢正眼看对面存在感极强的周晏生,即使他没开口说一句话。

这边三人在聊天,冷风不停,落叶打着旋被吹起,秦湘忍不住瑟缩着。

周晏生突然开口:"还吃不吃了?都困了。"

火锅店内,香气不断,人声不绝。

饭吃得差不多的时候,秦湘起身去收银台想要结账,毕竟今天是她过生日，但问过收银员之后才知道，单早已经被买了。

"离你生日结束还有半个小时，要不要去买个蛋糕？"阮清搭上秦湘的肩。

秦湘摇摇头："我有些困了，还是回家吧。"

阮清啧啧道："别啊，明天都请假了，今晚就好好玩呗？"

最后，秦湘在阮清和秦诚的怂恿下答应了。

凌晨十二点的平芜冷如寒冬，即便没有下雪，冷风都能吹进骨缝里。街上寂寥无比，放眼望去，貌似只有他们一行五人的身影。

秦湘一直跟在阮清身后，她出门忘戴围巾了，只穿了件挡风的外套，御寒能力几乎没有，所以此刻微微弓着腰，以免冷风钻进脖子里。

她的注意力一直放在地面，低着头走路，上了几个台阶后，才发现他们居然到了周晏生家。

陈燃打开客厅的灯，众人才看到沙发上坐着的李群杰。

李群杰眯了眯眼，不适应突如其来的光线，他收起手机，随手扔在桌上，站起身，伸了个懒腰："可算是来了，困死我了——

"哎？周老板呢？"

秦湘顺势回头，原本一直跟在她身后的周晏生不见人影。

陈燃径直走进去，坐到一旁："买东西去了。"

"哦。"

走进客厅后，秦湘坐在角落，尽量弱化自己的存在。

怕大家无聊，李群杰打开电视放了首歌。

  多热烈的白羊

  多善良 多抽象

  多完美的她啊

  却是下落不详

  心好空荡

  都快要 失去形状

那年最新发行的一首《白羊》在网络上小火了一段时间。

> 青春一记荒唐
> 亦然学着疯狂
> 这声色太张扬
> 这欢愉太理想
> 先熄灭心跳
> 才能拥抱

一曲毕,周晏生几乎是踩着尾奏进的家门,他穿着黑色冲锋衣,带着冬风,手上拎着一个白色方盒,光线不强,也看不出是何物。

男生走到秦湘面前,高大的身影挡住了光亮,仿佛形成了一个小天地,只属于他们俩的小世界。

歌曲已经自动切换到下一首,秦湘的注意力都放在眼前的人身上,没有听出歌词唱的是什么。

周晏生的动作很随意,手机和其他东西一股脑儿地扔在茶几上,发出一阵清脆的声音。

"周老板,怎么才来啊,等得你花儿都谢了。"李群杰看到他回来了,立马欠欠地喊他。

周晏生瞥了李群杰一眼,笑骂道:"几个小时没见,这么柔弱?"

周晏生神态自然地坐到秦湘身旁,和她只有一拳之隔,话却是对另一头的人说的:"怎么,去了一趟泰国?"

谁也比不上周晏生的毒舌,李群杰算是受教了,他懒洋洋地拱手:"得,我闭嘴好吧。"

周晏生看他一眼,轻笑一声。

陈燃注意到摆在桌上的礼盒,凑过去,看到商标后,吃惊道:"平芜什么时候有这个了?"

暗色系玻璃桌上摆着一个引人注目的白色礼盒,陈燃有些纳闷,平芜什么时候有做这种蛋糕的。

周晏生看他一眼,站起身,那双骨节分明的手放在礼盒上,轻轻一抬,礼盒两边的立牌落下。映入眼帘的是白棕相间的三层蛋糕,三只白天鹅屹立在奶油上,看起来高端又大气。

在座几人刚吃了火锅,吃不下奶油蛋糕,所以那蛋糕便被孤零零地放置在角落,无人采撷。

秦湘看了几眼,便继续坐在角落,其他几人都在玩游戏,阮清也被陈燃拉着一起,脱不开身。

秦诚倒是不拿自己当外人,请教了一下周晏生家里的多媒体系统怎么用,就拿起话筒开始唱歌,还好伴奏声音够大能把他那五音不全的音调盖住。

秦湘正听着他那难以入耳的歌发呆,身旁突然凑过一人,夹带着冷气和熟悉的薄荷香气。

她能察觉到来人是周晏生,但不知道聊些什么,便继续装作听歌的姿态。

"你弟唱歌不错。"

傻子也能听出来男人声音里的揶揄,秦湘瞬间脸红,干巴巴地回:"哈哈哈……是吗?"

周晏生"啧"了声,他也能感受到自己坐过来之后小姑娘变得僵硬了,他不明白,自己就这么可怕?

余光瞥到一旁的蛋糕,电光石火间想到什么,他又说:"刚才还没许愿是吧?"

秦湘哪还记得刚才的事,略显慌乱地答:"是吧……"

周晏生笑了,从一旁拿过打火机,慢条斯理地撕开装蜡烛的纸袋包装,随后取了一根插在蛋糕上,"啪嗒"一声,打火机点燃蜡烛,照亮这一方小天地。

与此同时,秦湘清楚地捕捉到了对面男生脸上的那股柔和,是以往未曾见过的。

"怦怦怦!"

不知又是谁乱了心跳。

秦湘手心冒出汗,心脏下一秒仿佛就要跳出胸膛。她稳了稳声线,没话找话:"要……要许愿吗?"

周晏生一双黑眸黝黑发亮,眼神直白,笑着说:"许呗。"

蛋糕稳稳地放在男生的掌心里,秦湘双手交叉,神情虔诚,在男生的目光里,慢慢闭眼。

昏暗包厢,蜡烛照亮一方小天地。

她心里默念:

希望你平平安安的。

那时候家里因为爷爷住院的事情充满低气压,所以秦湘只希望身边人都能够平安。蛋糕是周晏生托他京市的朋友定做的。

所以她觉得。

这个愿望许给他也不亏。

刚一吹灭蜡烛,周围瞬间便拥上一群刚刚还在一旁自顾自玩的人,周晏生不免被挤了出去。

也不知是谁放了个彩带,"砰"的一声吓了秦湘一跳。

"生日快乐!姐!"

"晚晚!生日快乐!又陪你度过一年!"

被人遗忘的伴奏还在自动播放着,尾奏结束后,安静了三秒,便自动播放下一曲。

周围的笑语声夹杂着歌曲的前奏,无比契合,但是秦湘没听到那个熟悉的声音,心里闪过一秒的失落,但很快被惊喜充满。

那阵子,秦诚不知为何很迷周杰伦的歌,点的几首歌都是他的,现在这首便是。

  而我紧绷的外表

  像上紧后的发条

  等她的答案揭晓

主歌过去便是双副歌，但秦湘突然听到熟悉的嗓音：

她的睫毛 弯的嘴角
无预警地对我笑
没有预兆 出乎意料
竟然先对我示好

镜头被拉远，周晏生慵懒地坐在沙发上，单手拿着话筒，尾音结束后有三秒钟的空白，因为话筒有延迟，整个包厢里都是他那低低沉沉的声音：
"生日快乐，秦、晚、晚。"
还有半分钟便是2017年的11月9日，很奇怪，那一刻，秦湘鼻头发酸，莫名想哭。
2016年，周晏生因为陈燃的原因，给她发了一条"生日快乐"。
而——
2017年，她亲耳听到了周晏生的那句生日快乐。
还附带了昵称：秦晚晚。

十八岁生日一过，秦湘察觉到，自己和周晏生的距离在不知不觉中拉近了不少。
好像每个大课间，她的桌角都会摆上一杯热饮，有时是奶茶，有时是热水。
时间再一次按下快进键，期中考试过后，进入十二月，平芜的雪下了又下，学生们都换上了冬装，教室里一直都弥漫着热气。
很平常的一个课间，秦湘照常在教室里学习。
教室里稀稀落落坐着不到十个人，昨夜刚下了一场大雪，很多人都出去打雪仗。秦湘看了一眼外面，原本想出去透口气的心思顿时歇了下来。
两栋教学楼之间的院子里，都能看到男生打雪仗的场景，他们玩得还挺过火，也不知从哪儿找的盆，装了满满一盆雪，直接往人家衣领里灌。

秦湘看着都冷，打雪仗的时候那些人才不管你是男生女生，一顿乱杀。

预备铃响了一遍，班里跑进一群又一群人，秦湘余光看到教室后门，一群男生笑嘻嘻地走进教室，周晏生也在其中，脸上还挂着吊儿郎当的笑。

有男生凑上去故意闹他，周晏生直接笑着踹了那人一脚："滚，我后背都湿透了。"

秦湘眯眼看，发现周晏生的肩膀上也带着不少雪粒子，眉梢上一抹白，很快融化成水珠，顺着弧线清晰的侧脸滑落。

她心神一动，手下意识地伸进桌肚里寻找暖宝宝。

可能因为老师在开会，所以第二个上课铃打响之后，还没见老师的身影，班里慢慢地开始热闹起来，聊天的，吃东西的，偷摸着玩手机的。

秦湘手贴在暖宝宝上，偷偷歪脖瞄了一眼身后，却不料直接对上那人的眼神。

她掏出那个暖宝宝，破罐子破摔："给你这个，暖暖。"

周晏生笑了，接过来的时候，手不小心碰到了她的手心，他的手很凉，引得秦湘短暂瑟缩。

男生被她的反应逗乐了，扬了扬眉梢："这么怕冷？"

秦湘摇摇头："不是。"

午自习的时候，班主任回教室开了个短小的班会，是关于元旦会演的。

平中有个不成文的规定，那便是每年元旦晚会高三不参加，高一的学生可以报名节目，但名额有限，而高二的每个班至少报五个节目。

A班作为实验班，报节目的人很少，班长知道上次周晏生的舞蹈很出彩，想让他报名，可这位对那些出风头的事情丝毫不感兴趣。

班长没办法，只得把目标转向别人。最后，秦湘也不知道班长从哪里听来的消息，知道她学了几年舞蹈，软磨硬泡地让她报名。

她没法子，只得报名，刚好补齐了班里最后那个空缺的名额。

可舞蹈毕竟是以前学的，已经荒废了这么些年，秦湘想来想去，最后去了南霓家一趟，重新操练起旧业，认真准备了一支舞蹈。

那段时间，秦盛年和阮甄从京市回来了一趟，秦盛年好几次看到秦湘在她卧室里不停地转圈，当下便猜到肯定是她又开始跳起舞来了。

他毫不留情地当着全家人的面训斥她："怎么又开始跳舞了？家里现在没闲钱给你报班！"

秦湘没有出声反驳，低眉顺眼地收起瑜伽垫，把练功服也叠好放进衣柜的最底部，连带着舞鞋一起放进最不起眼的一个角落的抽屉里。

她知道，因为爷爷的住院费和疗养费，以及家里已经有了一个外出上兴趣班的小孩，所以即便她跳舞再出众，也不会有学习的机会。

当初去平芜中学读书也是如此。

她主动放弃了一中的入学资格，是不想让家里再背上大山般的债务。

那天晚上，在阮甄的催促下，秦盛年才向秦湘放低姿态："爸也是为你好，你现在高二，走艺考这条路已经晚了，而且你也知道家里现在的情况，听话，断了跳舞这个念想。"

秦湘闷不作声地吃饭，她知道秦盛年是以为自己还想继续学舞，但这次真的不是，只是因为她要准备元旦会演。

秦盛年还在继续说："而且，家里已经有诚诚这个艺术特长生了，你作为姐姐，就该让着弟弟。听话。"

听到这儿，秦湘夹菜的动作顿了顿。

是啊，她是姐姐。

理应让着年纪小的弟弟。

元旦会演那天是在12月30日，演出结束后便是三天的假期，与之一同到来的是第二次月考，但所有人都沉浸在庆祝新年的欢愉中，丝毫不在意其他不相关的事情。

会演之前会有三次彩排，最后一次彩排是在12月29日。

午休时间结束后，秦湘去办公室换了表演服，表演服是一袭杏色长裙，简单款式，没什么装饰，是简约大方的中国风刺绣。

她换好后，刚推开办公室的门，迎面一阵呼啸的冷风，吹得裙摆打着旋地飘起，长裙修身，勾勒出女生姣好的身材。

她整个人站在那儿，安安静静地立着，便是一幅秀丽的风景图。

周晏生刚从后门走出来便看到了这幅场景。

冷风夹着霜雪，穿过窗纱，飘落进走廊的那秒便融化成水。

室外的雪花在树枝上形成结晶，室内的雪花瞬间成水，静默中，不知是谁乱了呼吸和心跳。

第七章

/

她要自由

NASANNIAN

下午五点,太阳已经落山,周遭渐渐陷入黑暗,冷白色路灯开始工作,照亮一方。

周晏生放学后没出学校,和陈燃几人去了平中的特色食堂。

平时他周围都是成群结队的男生,今天也不例外,班里和他玩得好的几个男生都和他坐在一起吃饭。大家边吃边聊,话题从游戏转到明年的世界杯,最后不知被谁引到了艺术生里的舞蹈生。

说到这个,李群杰来了劲:"文科班那几个年级里出名的女生,明天有个表演。"

周晏生对这些不感兴趣,自顾自地安静吃饭。

陈燃拿着手机按个不停,也没插话。

李群杰掏出手机，一个认识的舞蹈生给他发了个彩排小视频，只有短短三秒。

他点开一看，里面的人看不清面容，但依稀能辨认出气质属于上上乘。

他当下倒吸一口气："哇，这完全是女神啊。"

旁边几个男生一听，急忙放下手机，都凑过来看，语气一个比一个夸张："绝了。"

李群杰好笑道："口水喷我脸上了。"

他们那边热闹得不行，反观周晏生和陈燃这边却安静得反常。

突然，旁边的人群里传来一句："我怎么觉得这人那么像秦湘啊。"

周晏生瞬间扔了筷子，站起身走到李群杰身后，只看了一眼便伸手把手机拿了过来。

一群人还没缓过神来，纷纷嚷着："干吗啊，我还没看够呢。"

周晏生扫了说话的人一眼，眼神冰冷，长指在屏幕上点了几下，才递给李群杰。

李群杰正一脸蒙，拿到手机后，发现视频被删了，还给人家发了一句话：别再偷拍。

什么意思这是？

李群杰忍不住开口问："不是，你删我视频干吗？"

周晏生坐了回去，眉目间满是烦躁。

他目光淡淡地扫过去，声音嘲讽："保存个屁。"

晚自习的时候，秦湘才回教室。落了一下午的课程，她正加班加点地补，碰上一道比较难的数学几何题，她趁着课间，想让周晏生帮她讲一讲。

却不料，三个课间，都看不到周晏生的人影。

倒数第二节晚自习，她还偷偷观察过，发现他一般都是下课后直接出去，等到上课，踩着第二道铃声才进来。

题也不是非要问他，她只是想和他说说话，但周晏生好像在躲着她，上课的小组讨论，他也是坐在那儿不听课。

秦湘也不知道他怎么了。

元旦会演那天，早自习照旧，秦湘收到通知，她的节目被排在倒数第三个，因为她是独舞，自由性强，不需要提前集合。

即便是今天不上课，实验班的早自习还是像往常一样，背古诗和默写，其他普通班都是乱哄哄的，热闹的氛围惹得他们也学不进去。

许婷倒是没受影响，嘴里依旧背着文言文。秦湘也在低头认真默写句子。

突然，一道极具压迫感的身影笼罩下来，许婷忍不住抬头看。

周晏生语气很淡："商量一下，换个座位。"

许婷很快便坐到两人身后。

秦湘当然听到他的声音了，她强迫自己不去想，但无奈作用不大，毕竟周晏生的存在感太强，让人根本无法忽视。

凛冽的冷气夹着干净的薄荷味传了过来，秦湘用余光去看，看到周晏生骨节分明的手里捏着一杯热气腾腾的草莓味奶茶。

"给你的。"一道嘶哑的嗓音震在耳边。

秦湘接过，慢吞吞地道谢。

周晏生把奶茶递给她之后，便趴在桌上补眠，秦湘心里纳闷，睡觉为什么不去自己座位上，那里空间还大。

她收起心思不再多想，继续低头默写文言文。

不知过了多久，大概是临近下课，后面一个男生走上前，听着是叫周晏生出去，他这才睡醒。

周晏生双臂撑起身子，抬手搓了搓脸，费力地睁开眼，余光看到小姑娘学习的身影，自然地问道："我睡了多久？"

秦湘一顿，回视他："一个早自习。"

周晏生清醒过来，想起什么，抬了抬眉梢，嗓音低哑："昨天晚自习找我有事？"

秦湘："啊？"

周晏生帮她回忆："昨晚不是让陈燃叫我吗？"

"哦,有道题想问你。"秦湘笑了下,"不过已经明白了。"

周晏生轻哂道:"行。"

元旦会演按时到来,平中资源有限,高一高二的学生搬着凳子去食堂观看,高三生撑着窗户,眺望着一列列队伍,满眼都是羡慕。

偌大的食堂里挤满了人,老师们在维持秩序,各班都坐好后,会演才开始。因为娱乐性强,所以没有多余的领导讲话,文科班合唱团作为开场节目。

前面的节目无非是歌曲、朗诵,没有什么新意,直到文科舞蹈特长生的一个串烧流行舞才把全场的气氛掀到最高潮。

临时搭建的木质台子,上面铺着红地毯,后面的画布显得格外廉价,上面印着"平芜中学元旦会演"几个大字,背景图透着一股浓浓的土到极致的乡村气息。

但学生们长时间压抑在学习中,完全不在意这些,只觉得这稀有的娱乐节目弥足珍贵。

节目进行得很快,很快便到了秦湘的独舞。主持人讲完报幕词,秦湘便上场了。

一般来说,大家都喜欢像之前一样劲爆的热舞,但秦湘一出场,便赢得了很多目光。

周晏生掐着时间进了食堂,他站在全场最后,一个不起眼的角落,静静地抬眼看向舞台,目光很沉,看不出他内心深处所想。

随着背景音乐,场内渐渐安静,秦湘这次选的是中国风舞蹈,她轻轻抬手,带着优美的弧度,脚尖慢慢点起。

顶上的光照射下来——

那一瞬,世界荒芜,只剩她一人。

但在那个昏暗角落,还有一个她忠实的信徒。

她的一颦一笑,一起一落,美得像一幅画,一幅供人观赏的锦绣画卷。

秦湘抬起右腿,带着节奏地落下,用力一跃,轻而易举地摆出了一个"一"字,她的身体宛若水里的鱼儿,既灵活又灵气十足。

周晏生见过她的很多种样子，但眼前这种，他从未见过。

秦湘随着音乐，细腰渐渐后倾，双手从后抓住膝盖，紧接着，涌入眼帘的是一个快速旋转的身影。

秦湘转得很快，有人特意数过，足足有二十圈。

台下的掌声经久不息，白炽光闪耀地照亮了舞者的神情，但台上的她似乎不受影响，专心沉浸在自己的世界里。

无人注意的角落里。

周晏生眼神晦暗，目光紧紧锁住台上的身影。

那一刻，脑海里的所有往事与仇恨都化作了云烟。

他只想成为她的裙下臣。

一首歌在此刻突兀地响起：

> I'm just a fool for you
> 我是对你爱而不得的蠢货
> I'm just a fool for you
> 我是为你放弃一切的傻子
> I'm just a fool for you
> 我是被你迷了心窍的笨蛋
> I'm just a fool for you
> 我是爱你不能自拔的傻瓜
> I'm just a fool for you
> 我是因你落入爱河的笨蛋
> I'm just a fool for you
> 我是被你玩弄真心的愚人

I'm just a fool for you.

确实如此。

元旦过后,月考接踵而至,随之而来的还有期末考试。

秦湘的爷爷已经出院,秦盛年把他接到平芜,另租了个房子给他住,并请了护工照料。也正是如此,家里的负担一下子变重,所以秦湘这个寒假便没有上补习班。

腊月十八,秦湘和秦诚提着一些日用品去了爷爷那儿。

两人到的时候,爷爷还在睡觉,护工说他近些日子状况不大好,有时醒来之后会忘记一些事情。

秦湘叹口气,没多说什么,慢慢推开了卧室的门。

床上的老人面容蜡黄消瘦,生病的缘故,饮食方面需要管控得很严格,被子下几乎没几两肉。

秦湘看到这儿,几乎是一瞬间,双眼通红。她怕爷爷醒来看到,便进了卧室里的洗手间,转身的那一瞬也就没有发现老人睁开的双眼。

整理好心情后,秦湘再次回到床前,发现爷爷已经醒了,看上去精神还不错。她急忙叫来护工,护工对着老爷子一通问话,所有问题都得到了回答。

有些奇怪,往常不是这样的。

女护工心里有了猜想,便让秦诚和他聊天,带着秦湘走出卧室。

秦湘满脸惊喜:"要不要叫医生?我看爷爷的精神头挺足的。"

女护工满脸复杂,最后还是开口:"喊你的家里人都来吧,要快,老爷子的时间估计不多了。"

秦湘蒙了,整个人呆在那儿,喃喃道:"怎么可能呢……他刚刚都叫我名字了,都认出我了。"

女护工拍拍她的肩:"很多病重的老人,在生病的最后,都会这样,看起来身体变好了,实际上,那是人们常说的回光返照。"

秦湘最后不知道自己是怎么拨通的电话,等门铃响的时候,才回过神来,一大家子人都到了。

有爸爸妈妈,有从隔壁省赶回来的小姑,还有……阮清。

所有人进了卧室,不出意外地,秦湘先是被挡在门外,等屋里一众人出来之后,秦盛年才叫她进去。

爷爷可以下床了，他此时坐在床边，面容慈祥地看着秦湘，抬手招了招："晚晚，来这里。"

秦湘走近才看到阮清的身影。

爷爷牵起两人的手，放在一起："你们两个，要好好的。"

秦湘眼里含着泪花，虽然不明白为什么阮清也来了，但还是点头："爷爷……"

爷爷看着孙女，想起了一些往事，自顾自地说道："那时候，不该换的啊……说什么也不能相信那个算命的说的话啊，你爸不该信这种虚无缥缈的鬼话。"

秦湘和阮清对视一眼，看到对方眼里也带着浓重的疑问，秦湘慢慢开口："爷爷，换什么啊？"

爷爷眼神渐渐浑浊，视线无法聚焦，但嘴里说出的话给了在场两人当头一棒。

"十八年前，不该把晚晚和清清换了啊，现在这都是报应啊……"

秦湘呆愣在原地，一些以往她未曾注意的疑点瞬间变得恍然大悟。

为什么表姐从小在她家住了两年，为什么秦盛年那么偏心表姐，为什么刚开始爷爷生病，所有人都知道，她却不知道。

答案，她现在找到了。

十八年前，阮甄怀孕，秦盛年在一次外出行动中遇到一位算命道士，起初他并不相信那道士的话，认为那是"疯言疯语"。

但后来，阮甄生产时的情况真如道士所言，胎儿难产。

行动结束后，他急忙赶到医院，还好母女平安，他便觉得肯定是那个道士学艺不精，只能算出阮甄会难产，却算不出最后化险为夷。

也是赶巧，阮甄成功生产的第二天，秦湘的大舅妈便破了羊水。

那时候的平芜只有两个医院，中医院和市医院，当时救护车直接把大舅妈拉到了中医院，和阮甄同一个医院。

奇怪的是，大舅妈不知为何，也出现了难产的情况。

医生当时给秦盛年解释，阮甄难产的原因是身高太矮和骨盆略小，但好在产科医生经验丰富，最终化险为夷。

可大舅妈为什么会难产？

难道真像那个道士说的那样？

几个月前，道士的原话是："从八字来看，和孩子的缘分很浅，或者说是没有缘分，你妻子应该有个小姑子，预产期和你的妻子前后脚。"

大舅向来迷信，提前把大舅妈的生辰八字告诉了秦盛年，让秦盛年帮忙问，所以秦盛年当时给道士的是大舅妈的生辰八字。

一开始，秦盛年感觉这道士不像是骗人的，便问道："什么叫缘分比较浅？"

"就是她们可能做不了母女，换句话说，你的妻子可能会……"

秦盛年觉得离谱，这些未来的事怎么可能会被计算出来，当时他便认定道士是个骗子。但花了钱，他索性听完。

"你妻子和她的小姑子在生产过程中都不顺利，尤其是你妻子，唯一破解的方法就是孩子互换。"

怪不得，"你妻子"指的是大舅妈，"她的小姑子"便是阮甄。

秦盛年把原话原封不动地告诉大舅，大舅思考了很久后，突然转身，一声不吭地跪在地上，吓了秦盛年一跳。秦盛年急忙把他扶起来，知道他是慌不择路了，只想让大舅妈能活下去。

最后，秦盛年碍于种种因素，最后还是同意了把阮清和秦湘互换。

秦湘的名字是他之前便取好的，寓意不深，但来自一句诗："君向潇湘我向秦。"

现在看来，确实如此。

后来，秦盛年这个做法被爷爷得知，气得爷爷当场晕倒，也正是那时，爷爷的身体便大不如从前了。

而且，最主要的是，大舅妈在阮清两岁的时候便因病去世了，紧接着，奶奶也在那年去世。

所以，爷爷此时才不停地说这都是报应。

听完这些，阮清愣在原地，脑子嗡嗡作响。秦湘也好不到哪儿去，这个家族秘辛刚好在今天被揭开，听得她无法回神。

原来她喊了十几年的爸妈，喊错了，应该叫姑姑姑父。

秦湘喃喃道："为什么把我和阮清换掉之后，大舅妈还是不在了？"

爷爷听到这儿，情绪突然上涌，边哭边喊："因为那个道士是骗人的！"他用力敲打自己的胸膛，声音无比悲怆，"是那个道士学艺不精，还来破坏别人家庭！"

最后一声，他是扯着嗓子吼出来的："那个道士在见过你爸之后便死了！被仇家拿刀捅死的！"

两个女孩不知该作何反应，就在这时，房门突然被推开，秦盛年和阮甄冲进来，后面还跟着秦诚和护工。

"砰"的一声，爷爷突然倒地，像一座常年屹立的大山轰然倒塌了。

房间顿时乱作一团，哭喊声、叫嚷声充满整个屋子。最后，爷爷都没来得及上救护车，便咽了气。

这个年，注定过不踏实。

腊月二十，是爷爷出殡的日子。那天罕见地下起了冬雨，老家的客厅早已空荡，布置成灵堂，长明灯点亮了三天，爷爷的遗体被抬入冰棺，一切都在井然有序地进行。

老家有专门主持红白喜事的长辈，一群人披上白布条，跟着棺木一同去了殡仪馆。

秦湘心脏抽痛，身上的力气骤然被抽干。

小时候，爷爷是家里最宠她的人，听说她七岁就被送到寄宿小学，爷爷舍不得她，哭了一整晚。第二天，爷爷带着大包小包的零食，独自一人步履蹒跚地坐上通往县城的公交车。

把零食交给她后，爷爷又从兜里拿出一个破旧的塑料袋，老人消瘦的手上都能看得清血管。打开后，里面放着一个黑色的小方巾，包裹了一层又一层。

-171-

小小的方巾里，包裹着旧旧的零钱。

有五角的、一元的、五元的，最大面额的是二十元纸币。

秦湘看到爷爷只留下了四张一元的纸币，其他的都塞给了她。那时候秦湘还小，对钱多钱少没有概念，心里装的都是零食，兴高采烈地向爷爷挥手告别。

爷爷看到后，想和孙女说话的心思也收了起来，嘱咐了几句便慢慢走回车站了。

秦湘原本已经哭到干涩的双眼又渐渐溢出泪花，她别开眼，用力地眨了眨眼睛，却发现，眼泪怎么也收不回去。

那时候，她的小学离车站足足有五条街的距离，骑自行车都要半个小时，爷爷要走多长时间才能到那里她不知道。

秦湘的童年大多是在乡下度过的，可是到了初中，秦盛年将她接到了平芜。家里有无线网，可以上网玩，秦湘便很少回爷爷家了。

初三那年的秋天，她回了一趟爷爷家，但没看到人。邻居大妈说爷爷出去买东西了，秦湘没有钥匙，只好站在门口等着。她一直等到傍晚，胡同口才走近一个步履蹒跚的身影，怀里还抱着一个大大的盒子。

秦湘生了闷气，抱怨地走上前，刚要开口质问爷爷去哪儿了，便看到盒子上几个英文字母，她皱眉问道："爷爷，你又乱买什么了？"

爷爷笑着打开生锈的大门，院子里堆满了没有掰完的玉米，树上的石榴爆开了果，柿子也都金灿灿的。

秦湘跟在爷爷身后进了屋，爷爷把盒子放在桌上，手忙脚乱地给孙女递煮熟的玉米、个大的石榴和软柿子。

塞得秦湘怀里满满的。

爷爷拆开那个盒子，从里面拿出一个白色的东西，插上电，小老头自顾自地鼓捣了一会儿，那个白色的东西才发出亮光。爷爷满脸惊喜："晚晚，家里安了那个什么外 fai 了，放了寒假就带着你弟弟来家里玩啊。"

老人不知道 Wi-Fi 怎么读，读得别扭，偏偏脸上笑得那么开心。

那一瞬间，嘴里的石榴不甜了，泛着无尽的酸涩。

秦湘偏头,眼珠用力打转,哽咽地说:"你又乱花钱。"

但从那之后,她便经常带着还在上小学的秦诚回爷爷家。

人这一生总要经历不同时期的告别。

如果成长的代价是和亲人分别,那她不想长大。

奶奶去世时,她只有两岁,无法体会那种被割舍的疼,大人会告诉小孩,去世的人是去了另外一个世界,他们在那里快乐地生活。

可现在她不是不明事理的小孩,人死了便不存在了,他的身份会被注销,户口本上也不会再有他的名字,而失去亲人的痛也会随着时间的流逝渐渐变浅,到最后大家可能都会忘记他。

他变成了一座小小的坟,长眠于地下,以后世界上再也没有这么一个人。

出了殡仪馆,天空灰蒙蒙的,周遭仿佛掉进了时空隧道,乡下的排水系统向来糟糕,湿漉漉的乡间小路上走两三步便能遇到一个小水洼。

秦湘怎么也没想到,周晏生就站在街对面。

男生穿着黑色冲锋衣,一手撑着伞,笔直地站在那儿,像座屹立不倒的雪山。

秦湘心口一缩,对上他的视线,整个人僵在原地,小臂渐渐垂落在身侧,原本搭在上面的白布条由此掉落在地,发出一道轻轻的"啪嗒"声。

两人隔着雨幕对视,一南一北,被一条窄窄的乡间小路分开。

周晏生静静地看着她的眼睛,脸上没有多余的表情,没有往常的痞气,目光很沉,似乎要把她看穿。

秦湘不知道他是怎么找到这里的,又突然想起昨晚她给他发了个老家的定位,方圆几百里也就这么一家殡仪馆。

周晏生迈着不急不缓的步子,一步一步朝着秦湘走来,身后是望不到边际的田野,朦朦胧胧的。

突如其来的身影,像是雾霾里炸出的一束光。

"你怎么来了?"秦湘有些哽咽。

男人低沉的声音响在头顶:"没什么,就是觉得你可能需要一些朋友的安慰，想来就来了。"

秦湘的哭声渐渐变大，但她的性格向来文静，即便哭声达到最大，也盖不过这雨声。

但周晏生听到了。

他神情有些茫然，第一次这么不知所措。

女孩失去了亲人，痛得肝肠寸断，让他也想起了那个伸手不见五指的夜晚。

他被亲妈抱在怀里，吸煤气的夜晚。

女孩的声音将他从过去拉了回来："周晏生……以后不会再有人把我抱上自行车的后座了，因为爷爷是这个家里最爱我的人。"

她的话语无伦次，想到什么便统统一股脑儿都讲出来。

"你知道吗？我叫了十八年的爸妈，其实是我的姑姑姑父，很少见面的大舅才是我的亲爸，我和爷爷没有任何血缘关系，但即便是这样，爷爷还是将我视为己出，甚至在我和秦诚面前，他更偏向我。因为他说过'我们晚晚是个小女孩，就该被宠成小公主'，可是现在，最爱我的人没了。"

她哭得很委屈，像个吃不到糖的小孩，话都是断断续续的，还时不时地打嗝："以后，这个世界上，好像，没有人爱我了。"

"放屁。"

周晏生又恢复了那个洒脱不羁的模样，他的目光里只有眼前的女孩，他一改往常冷颜的样子，浑身带了生气。

"你才多大，以后还会遇到很多人，也会有很多人爱你。"

他的眼神前所未有的澄澈，声音干净清朗，神态自若，坦荡到极致。

"不对，是一定会有很多人爱你！"

如果可以，秦湘希望时间永远停留在这一刻。

因为——她那因至亲去世而失去的安全感被眼前这个男生找回来了，并且有过之而无不及。

倏地，周晏生弯腰凑在她耳边，语气很轻，似乎是在做一个承诺："而且现在，还有我这个朋友不是吗？记住我，不准忘，小菩萨。

"作为朋友,以后还有我来照顾你。"

秦湘愣在原地,胸腔里被不知名的情绪包裹得满满的,这好像……是她第一次听到周晏生说这些以前从来不会说的话。

与此同时,心里那些缺失的部分好像在此刻被他填满了。

周晏生说完,抬了抬眉梢:"本来只想看你一眼,但现在——"

他低头笑了声,动作轻柔地为她拭去珍珠一般的眼泪,声音低沉:"好像必须要带走你了。"

秦湘猛地抬头,眼神闪烁。

他的话莫名有种带她远走高飞的意思。

一旁的枯木被风吹过,摇曳起舞,远处的天空出现裂缝,炽热的阳光洒在黝黑的土地上,与一望无际的雪田相割裂。

秦湘感觉到自己的手被不轻不重地捏了一下,同时,熟悉的磁性嗓音在耳边响起:"怎么样,要不要跟我走,去散散心。"

谁说少年感的代名词只有白衬衫。

在她的印象里。

周晏生往往和黑色挂钩。

在旁人都穿白衬衫白短袖时,只有周晏生穿着黑色上衣,出类拔萃,出众迷人。也正是这样,才会吸引秦湘,吸引无数女生。

在那个墨守成规的年纪,周晏生是第一个打破所谓的"规则"的人。

十八岁,单纯美好的年纪,同时也是肆意涌动的年纪。

有人将规则打破,自此,吸引了无数同龄人。

周晏生,就是那样的人。

"想什么呢你。"周晏生笑着将她的思绪拽了回来,"怎么样?要不要去?"

秦湘露出一个笑:"要。"

年轻人,就要敢想敢做,横冲直撞,以后的事就留到以后,管什么对错,那是大人的事。

他们现在要做的就是——

把握住当下,及时行乐。

这也是爷爷告诉她的。

只是现在换了人用实际行动向她诠释这句话。

所以,她不想思虑那么多,想自由自在地为自己而活,不去想这件事被家长知道会怎么样。

虽然大年初一是要和家人一起过,可那又如何。

她这一次,不想再管那么多了。

她这一生都太循规蹈矩了,该肆意一次了。

她要自由。

那是继周晏生母亲被他父亲打进医院后,陈燃第一次见到那样方寸大乱的周晏生。

腊月二十七凌晨三点,他们一群发小打算自驾去郊区,可谁料,丢了一人。

周晏生不见了。

打电话无人接听,众人找了好久才找到人。

见人找到后,几个大男人忍不住骂道:"哥们你下次能不能接电话啊,还以为你死了呢!"

陈燃走上前,拿肩碰了碰周晏生,皱眉问道:"怎么了?是京市那边出事了?你爸……又打阿姨了?"

一米八七的大高个子,站在那里,背对着众人,愣是不说半句话,仿佛沉浸在了自己的世界里。

陈燃想起他初中得的失忆症,急忙用力地拍他的手臂:"周晏生!快醒醒!"

其他几人面面相觑,第一次碰到周晏生这样,眼底充满疑惑。

空荡寂寥的楼梯间突然传来一声低笑:"服了,能不能轻点啊,我胳膊废了你负责啊?"

陈燃松了口气,眼眶里多了些复杂的情绪,声线有些发抖:"你能不能行了？自己一个人躲这儿干吗呢？傻子。"

这次是真的被吓到了，陈燃毫不留情地骂出声。

周晏生回头，发现一众人都看着他们两个，脸上的神情都很复杂，好像他们俩怎么了。

他忍不住被气笑，偏头一脚踢开陈燃，只觉得荒谬："别用这种眼神看我俩。"

在场一群人都是从小一起光屁股长大的，知道周晏生这是不想多说什么。

"你们玩吧，我回一趟平芜。"

陈燃以为他在开玩笑，看了他一眼："没事吧你？现在没航班啊，除非找你爸要私人飞机。"

但那怎么可能，周晏生都和家里闹掰多久了。

而且，没事回平芜干吗。

闲得慌。

但是，他没有想到，周晏生真的回去了。

为了回一趟平芜，他第一次向周楚阳低了头。

周晏生带着秦湘加急办理了一些证件，过完年，秦湘以出去散心为由告别了阮甄，跟着周晏生上了飞机。

那是秦湘第一次坐飞机，没有复杂的流程，一身轻松地跟着周晏生走了。

她那时候并不清楚那是周晏生家的私人飞机，导致后来她自己坐飞机还出了一次糗。

飞机起飞后，秦湘大梦初醒般地看着窗外，周晏生安静地坐在她身边补眠，双手交叉放在身前，双腿自然地大敞着。

临降落前，周晏生醒了，注意到她浮躁不安的样子，缓缓地笑了："现在才害怕，有点晚了吧？怕我把你卖了？"

秦湘摇摇头，露出灵动般的笑，眼波婉转动人，让人看了心生愉悦，窗外景色都不及她的笑。

他低头，嘴角勾起一抹弧度，心道：

值了。

周晏生带她见了冰岛的黑沙滩，还有他的一众朋友。

秦湘能感觉出来他们的关系很好，也看到了不一样的周晏生。

冰岛那阵的天气恶劣，秦湘有些水土不服，但也不想坏了人家一群人的兴致，便自己忍着。有一天，一行人去了其中一个朋友家吃饭，中途秦湘去了趟洗手间。

出来的时候，她发现周晏生在外面等她。

秦湘眨眨眼，觉得有些不真实，便站在原地不动弹。

周晏生正低头玩手机，在和别人聊天，对面发来一条信息：周，听说你来北欧了？什么时候有空，来我这里玩一下呗。

周晏生揉了揉太阳穴，回复：下次吧，这次不方便。

那边回得很快：我都听说了，你带了一个新朋友过来，大家一起认识认识呗。

周晏生轻笑：怕你们吓到她。

那边似乎觉得无语，隔了半分钟才回：之前那乐队组得差不多了，正好你带着你的朋友赏个脸。

周晏生：我考虑考虑。

那边回了个玫瑰的表情：等你哟。

周晏生失笑，收起手机，刚一回头便看到秦湘正呆呆地看着他，傻乎乎的样子很可爱。

他走过去，问："累了？"

秦湘点了点头，确实有点累了。

最后，他把秦湘送到朋友家的客房休息，然后自己一人凌晨驱车去了五公里外的一栋别墅。

翌日，秦湘是被座机的电话铃声吵醒的。

她睁开眼，才发现自己身处在一个陌生的环境，刺耳的铃声响个不停，她急忙下床，光脚踩在厚重的地毯上。

座机放在一旁的靠墙长桌上，秦湘接通电话，脱口而出："喂，你好。"

显然,她已经忘了此时的她身处何地。

电话那头停顿两秒,忽然响起熟悉的低笑,震得耳根酥酥麻麻的。

秦湘试探性地开口:"周……周晏生吗?"

"不然呢?"那头反问道。

秦湘莫名松了口气,便听到那边说:"起床洗个澡,我在楼下等你,带你吃早饭去。"

挂了电话后,秦湘急忙进了房间自带的浴室,快速冲了个热水澡,吹干头发后便出了门。

院子里,周晏生正靠着一辆车,也不嫌冷,就套着件棕色夹克。

周晏生看到她后,扬起眉梢,示意她上车,自己又返回客厅,等再出来时,手里拿着瓶热牛奶,上了车后直接塞到秦湘怀里。

黑色汽车在一栋五层别墅前停下,秦湘跟在周晏生身后,放眼望去,周围一片萧条,颇有股艺术家眼里的世界的感觉。

餐厅里坐着几人,周晏生带着秦湘走过去,让她坐在自己身边,长臂一捞,从桌上端过一碟小笼包,只是包子的形状不太完美。

那碟小笼包和桌上的其他食物放在一起显得格格不入,其他人的身前都摆着抹满奶酪的贝果和可颂,要不就是牛油果沙拉。

昨晚刚认识的女孩看到后,对她说:"周晏生怕你吃不惯这些,昨晚特地跑了好几家超市才买来的面粉和酵母,熬了个通宵给你做的早饭,你可得吃干净啊。"

秦湘动作一僵,目光慢慢放在身旁忙着给她盛粥的身影上。

周晏生把盛满热粥的瓷碗放在秦湘面前,仔细去看,还能看到他眼下的乌青,估计那个女孩说的都是真的。

周晏生在边上坐下来,语气淡淡的:"吃你的。"

解决完早饭,周晏生不知去了哪儿,餐厅里只剩几个女孩子,还有陈燃。

几个女孩互相认识,在聊天,口中的话题秦湘也插不进去,她索性坐在一旁,小口小口地喝着热茶。

陈燃没兴趣去看那几个人的乐队排练成果,就坐在餐厅打游戏,阮清已

经一整天没回他消息了,他余光看到秦湘,清清喉咙才开口:"阮清那学校过年也不放假?"

秦湘突然听到熟悉的名字,猛地抬头,回过神:"放假啊。"

陈燃点点头:"行吧。"

五分钟后,陈燃接了个电话,是周晏生打来的,让他们上五楼。

电梯缓缓上升,陈燃站在最边上安静地看手机。

突然,一道声音响起:"要不要吃糖?"

一个剪着短发、穿着中性风的女生正和秦湘搭讪,她手里捏着一条彩虹糖,上面印着花里胡哨的英文字母。

陈燃对这个人还算有印象,她是被一个朋友带来的。

秦湘第一次见到这么酷的女生,多看了两眼,没接她手里的糖,只说:"谢谢。"

短发女生被拒绝了也不尴尬,反而有一搭没一搭地找话题,和秦湘聊天。眼看着她都要把秦湘的家底套出来了,陈燃突然轻咳两声,警告性地瞥了她一眼。

带她来的那个女孩顺势把她拉到一边,小声说:"她是周的朋友,你别吓人家。"

短发女生耸耸肩,示意自己知道了。

出了电梯,陈燃在前方带路,一路上不知道经过了多少个拐角,终于停在一个双开门的房间前,周遭静悄悄的。

直到陈燃双手推开门,众人才发里面别有洞天,大约是装了高质量的隔音墙,导致在屋外根本听不到里面的任何声音。

里面空间很大,摆满了乐器,贝斯、钢琴、吉他、架子鼓等等,窗帘紧闭,屋顶开着一盏暖黄和白炽相间的大灯。

已经坐了不少人,颇有正经乐队的范儿,他们大概在试音,也或许是在找感觉,微微改编过的歌曲带着易于上手的节奏。

周晏生注意到这边,从高脚凳上下来,走到秦湘身旁,把她带到一边,让她坐好。

坐好之后，秦湘才发现，原本玩着乐器的那几个人不约而同地把目光放在她身上。她有些不自在，率先移开视线。

"——不唱了？那我走了？"周晏生笑着对众人说，还作势真要站起身出门。

一个男生手里捏着话筒急忙挽留："可别。"

他们不看了还不行吗，真是。

之后，他们重新挑选了一首节奏感很强的音乐，七八个人坐在那儿，敲着架子鼓，得心应手地玩电吉他，氛围感很好。

见过电影里面人家的海
更想去看海
唱过人家的爱 更想找爱
你哭起来我笑起来
都为了爱爱爱
有一天翻开辞海找不到爱
花不开树不摆还是更畅快

声音不大，不会让人觉得烦躁，和那种重金属音乐完全不是一个风格，让人听了如沐春风，也是秦湘喜欢的调调。

歌曲结束后，那位主唱走过来，将话筒递给周晏生，一个眼神示意，周围几个人都围堵上来，周晏生瞬间明白，这伙人是有备而来。

周晏生吊儿郎当地跷着个二郎腿，指了指远处的保温箱，当众奴役起人家乐队的主唱："拿杯喝的，要甜的，热的。"

男主唱叫吴杨，一米八大高个，心甘情愿地帮这位大少爷跑来跑去，惹得乐队里其他几个人连连嘲笑他："吴杨，你就这点出息？"

吴杨虚虚踹了那人一脚："你懂什么？"

这位大少爷可是钱袋子，新的乐器能不能上全靠他了。

热饮递给周晏生后，吴杨轻哂："来都来了，不唱一首？"

周晏生轻笑一声,把热饮插上吸管,塞到秦湘手里,又从兜里掏出一把草莓味软糖,一股脑儿一同塞给她。

他这才悠哉上台:"给大家露一手。"

众人就位,选好曲目,调试手里的乐器。

突然,屋内的大灯不知被谁关了,只剩下四面墙上的短小灯管,朦朦胧胧的,也算能照亮房间。

同样是一首节奏感极强的歌曲,和刚才那首唯一的不同便是前奏多了女声合音。

> You name it, I have it
> What you see is what you get

紧接着便是周晏生那低沉的声音,很好听,秦湘那枯竭的文笔想不出什么好的形容词,只是那么远远地看着他,眼底都是他。

周晏生坐在高脚凳上,微微弓着腰,姿态随意而慵懒,长腿支在地上,略微低头,撩起眼皮,目光笔直地落在秦湘那边,双眼皮的褶皱拉得极深。

偏偏这个人还是一副漫不经心的模样,把全场人的目光吸引了过去。

> 左左 左左 偏左 就用左手
> 生活 就不用 想太多
> 怦怦 怦怦 心动 张开眼睛
> 就记得当下的 强烈
> 有时灵光一闪而过
> 牛顿也吃苹果
> 我的念头不太啰唆
> 限时间能入座。

暖风充满室内,忽明忽暗的灯光,周遭的一切都充满了不真实感。以前她听过一句话：音乐拯救世界。

现在得到了印证。

一曲结束，周晏生把话筒随意搁在地上，大步走过来。

周晏生站定在秦湘面前，高大的身影站在那儿，漫天灯光兜头而落，恍惚间，秦湘觉得此刻好不真实。

回到平芜，秦湘便觉得之前在冰岛的种种像是大梦一场。

爷爷去世后，秦盛年知道十八年前的事情已经被揭晓，索性便将阮清接到家里住，和秦湘一同住在一个卧室内。

阮清原本一直住在外公外婆家，当年大舅妈去世后，大舅像是变了个人，整日颓废，阮清便被接到了外公外婆家。

一个埋藏了十八年的秘密被揭开之后，生活还得照旧，一切和往常没什么两样，称呼未变，人未变，唯一变的是秦湘在那个家里更压抑了。

她躺在床上，盯着窗外的月亮，喃喃道："天亮了就好了，开学后就会变好了。"

在家的生活不如意，但……学校有支撑她活下去的精神支柱。

可是开学后，她唯一的精神支柱凭空消失了。

起初，得知周晏生请假后，秦湘给他打了无数个电话，可是都没人接。她想问陈燃，可陈燃也没来学校，她不知道该怎么办了，去了一趟周晏生在平芜的家，刚巧撞上打扫卫生的阿姨，那位阿姨只说业主让她每天按时打扫，没有交代其他事情。

秦湘走投无路，路过派出所，起了报警的心思。

对，万一他出了什么意外呢。

秦湘刚一进去，便看到秦盛年穿着一身制服站在门口。发现秦湘后，他不分青红皂白地给了秦湘劈头盖脸的一顿骂。

"你是不是觉得你是个女娃，我就不敢打你？小小年纪，过年那几天你骗我们说出去散心，但实际上是不是和谁鬼混去了？你知道吗你！今天一早我突然接到一个外省打来的电话，人家也不暗示，直截了当地对我说，让我

好好管教自己的女儿！后来我一打听才知道，你和一个富家子弟走得很近。"

他抬手，用力地拍着自己的左脸："你不嫌丢人我还嫌丢人呢，你才多大，就开始有这些心思了！"

秦湘愣在原地，脑子"嗡嗡"作响，五脏六腑都在暗暗叫嚣。她有些听不明白秦盛年的话，刚要抬头问，就接触到他那带着极度厌恶的眼神，顿时什么也不想问了。

眼眶里的热泪也由此收住，她平静地面对着秦盛年的盛怒："我没有。"

秦湘那死犟的态度直接给秦盛年的狂怒添了一把火。

秦盛年想也没想，直接甩手，给了秦湘一巴掌。

"啪"的一声，周遭静了，原本喧闹的大厅瞬间安静下来，脚步声和吵闹声一同消失了。

秦盛年警龄三十年，怒气攻心，力道收不住，那一巴掌几乎是用尽了他的八成力气。

秦湘被打得一个踉跄，掖在耳后的头发也胡乱披散开，五个清晰可见的红手印印在那张素净的小脸上。

旁边的同事急忙上前劝解，把秦盛年拽到一边，一个女同事揽着秦湘到了一个安静的角落，递给她一杯热水，还有一袋冰块。

秦湘静静地坐在那儿，微垂着头，看不到脸上的表情。

女同事见她这副样子，心里发毛，轻轻碰了碰她的肩，小声问："小姑娘，你——"

"姐姐，您能让我自个儿待一会儿吗？"秦湘抬头，挤出一个比哭还难看的笑。

女同事张张口，不知道说什么，最后低叹了口气，便走了。

乌云压城，天空灰蒙蒙的，找不到太阳，长椅旁是一条幽深的小径，尽头的墙上满是爬山虎的藤蔓。

秦湘靠着椅背，浑身松懈下来，鼻尖有些凉，嗅到了冬天的气息。

那一巴掌，打醒了她。

她忽略了一个致命的问题。

周晏生的过往,对她来说是一片空白的。

这个人猝不及防地消失之后,她是没有办法能找到他的,即便是自己到了京市,大概和刚才在他家别墅前的场景没什么差别。

她不了解周晏生,只是知道关于他的皮毛。

他家很有钱,他的父亲是经常出现在财经新闻中的投资圈大佬,他的母亲是一位影后,他家在京市,他曾休学两年远赴拉萨,他人缘好,和谁都能成为朋友。

这是大众眼里的周晏生。

他在平芜有独栋别墅,两辆价值不菲的车,家里有私人飞机,朋友遍布许多地区。

这是她眼里的周晏生。

所有信息集合在一起,都拼凑不出一个完整的他。

周晏生到底是谁?一个普通的高中生怎么会拥有这些几代人奋斗几辈子都无法拥有的物质、金钱和地位。

她不知道周晏生是谁,但是知道一件事。

周晏生和她不是一个世界的人。

他是山间风,不惧世俗。

她是海底月,卑微敏感。

他们之间的差距已经不能用鸿沟来形容,应该是阶级。

阶级的不同,造就了两人身份的悬殊。

那是一种她努力几辈子也跨不过的阶级。

从警局出来后,天色将黑未黑,街边小贩摆摊营业,人间烟火气堆积到一起,处处都是生活气息,叫喊声和孩童的欢笑声此起彼伏。

秦湘看到一个小餐车停靠在路边,车被分成上下两个结构,上面摆着各类小食和饮品,下面则空旷到可以放下一张小型折叠桌,刚读一年级的小女孩坐在上面写作业。

一辆小餐车便能窥探到这小贩的家底。母亲不停地卖小食,给趴在旁边学习的小孩赚学费。

有道是，世人皆苦。

不出意外地，这让她想到了周晏生。

有人命好，生来便是含着金钥匙的富家子弟。

而她呢，从出生起便被换了家庭。

她，没有一刻比现在，更憎恨那无法逃脱的宿命感。

那晚回到家，她忘了细节，只记得脸上的巴掌印，小臂上的红痕。

即便是阮清和阮甄双双替她向秦盛年求情，最后也没逃脱该落在她身上的皮带鞭打。

浴室里，雾气弥漫，水声涓涓。

这一次，秦湘看不清镜中的自己了。

暗恋一个人没错，但对方是一个和你有着天差地别的人的话，那就是错。

那个人曾经在秦湘的青春里留下过浓墨重彩的一笔，是外人看了都无法释怀的程度。

现在他走了，什么也没有留下。

就在秦湘都快要忘了他的时候，一个故人出现了。

秦湘是在校门口看到的王曼雯，她变了个样子，长发剪短了，从平中退学之后便没再继续上学，家里给她找了一所南方的职校，送她去了南方。

最近正是五一放假期间，能在平芜看到她也不算稀奇，不过秦湘没有半点和她打招呼的意思，直接和她擦肩而过。

"喂，"王曼雯叫住秦湘，"没看见我？"

秦湘装作没听到，直接大步向前走。

王曼雯蹙眉，后退几步，挡住了她的去路，脸上挂着不悦："看不见我？装瞎呢？"

秦湘面无表情地站在那儿，静静地看着她。

王曼雯又说："听说周晏生不理你了？"她看起来很开心，"也是，现在看你这个样子，大概还不知道周晏生家的背景有多硬吧？啧啧，他可不是你能招惹的。"

秦湘偏头，不想看她，垂在身侧的手不自觉地握成拳。

王曼雯掏出手机，随意点了几下，微博热搜便跳了出来，她指着屏幕，说："苏禾，周晏生的亲妈，死了。"

秦湘猛地抬头，双目瞪圆看着王曼雯，声音嘶哑："什么意思？"

王曼雯轻笑道："还看不出来吗？周晏生他妈是被他爸打死的，家暴致死。"

这个信息对于秦湘来说无疑是个杀伤力极强的炸弹。

王曼雯凑近秦湘，感受着秦湘的瑟瑟发抖，露出一个舒心的笑："喜欢这样的人，你真不怕你的家人神不知鬼不觉地被你害死吗？"

王曼雯拍了拍秦湘的肩，临走前让她看了个视频。

视频大概是三月份拍的，那时刚开学不久，秦湘刚和周晏生失去联系。

秦湘看向视频。

一辆直升机悬浮在一片空荡的雪地上，镜头中出现一人，穿着专业的滑雪服，脚上踩着两块雪板，滑雪的动作帅气潇洒。

最后，那人摘下护目镜，是那双秦湘无比熟悉的漆黑的眼睛。

"我都听说了，你苦苦寻找他的时候，人家正在风流快活。"

王曼雯最后留下一句："你好自为之。"便潇洒地离开了，全然不顾身后的秦湘是死是活。

马欣欣知道这件事后，气得不行，借着大课间的二十分钟跑到五楼找秦湘："算我眼瞎，谁能想到周晏生这么没良心啊，你应该不喜欢他吧？"

秦湘动作一顿，慢慢回过神来。

是啊，连马欣欣都看不出来自己暗恋周晏生。

王曼雯是怎么看出来的？

马欣欣继续说着："这个周晏生还是别回来了，我之前还以为他真拿我们当朋友呢，现在一看，还是算了吧，还比不上宋北呢。"

那天的晚自习结束后，秦湘照常回家。

公交车站台起初是一拨又一拨的学生，渐渐地，只剩下两人。

秦湘坐的公交车每晚只有一辆，而且还是雷打不动的十点半。以前都是周晏生他们一起送她回家，现在没了他们之后，秦湘便重新自己一个人坐公交车回家。

但好像是从她开始坐公交车起，身后便一直有一个人的身影，好像是在跟着她。本来秦湘以为是巧合，但今天马欣欣的话提醒了她。

"宋北家在平芜最东边，他都是骑车上下学。你说你经常能在公交车上看到他？这不可能吧？你家不是在西边吗？刚好和他家方向相反啊。"

"晚晚，我发现一件事，好像有你的地方就能看到宋北。他会不会……"

宋北和秦湘是初中同学，小学也做过几天的同学，但后来秦湘去了寄宿小学，如果不是初中开学的自我介绍，她可能还想不起有这么一个人。

今晚的月亮不见踪影，群星闪烁，街道两旁都无比安静，听不到半个人说话。

秦湘双手拽着书包肩带，快速瞥了一眼和她三米远的宋北，正思索着要不要说些什么，便听到他问她："你饿不饿？"

秦湘有点蒙："啊？"

宋北遥遥一指，秦湘的目光顺着过去，才发现马路对面竟然还有一个卖烤红薯的老大爷。

宋北朝着她走了两步："你饿吗？"

秦湘回头，双手作势摇了摇，撒了个小谎："我不饿，我特别讨厌吃那个。"

宋北听到这话，眼睫垂下来，声音有点闷："嗯。"

秦湘干巴巴地笑了声，没话找话："你也坐13路？"

宋北顿了两秒才回答："嗯。"

空气再一次陷入静默。

不知过了多久，那位卖烤红薯的老大爷可能看他们两个学生大晚上的等公交车太辛苦，便挑了个个儿大的烤红薯，穿过马路送了过来。

老大爷很热情："小同学，你俩分着吃吧，学生现在真是太苦了。"

秦湘摆摆手，边道谢边拒绝。

老大爷见状直接把红薯塞到宋北怀里，笑容慈祥："你看这个女同学，太腼腆了。你给她掰一块，记得给女同学大块的啊。"

宋北道过谢后，老大爷便收摊走了。宋北看着手里的烤红薯，有些无奈，掰了一块，特地把大块的送到秦湘面前，笑着问："大爷给的，吃不吃？"

秦湘抿了抿嘴角，伸手刚接过来，红薯还没完全到她手里，身后便传来一声刺耳突兀的汽车鸣笛，车灯直射公交车站台，照亮等车的两个人。

秦湘蹙眉，没去管身后是哪个没素质的市民，还是把红薯接了过来。

烤红薯还冒着热气，软糯糯的红心带着清香，让人看了食指大动，忍不住想咬一口。

倏地，一道喊声打破所有宁静。

"秦湘。"

秦湘后背一僵，听到这熟悉又陌生的声音，血液瞬间倒流，心脏上像爬满了密密麻麻的小虫，令她无法呼吸。

"啪嗒"一声，红薯没拿稳，掉落在地，红心正面着地，一个好好的红薯便这样被糟蹋了。

秦湘不敢回头看，但还是不由自主地回了头。

五米外，停着一辆车，一个高大的身影靠着车头，白炽光包裹住他，有些虚幻，不甚真切。

秦湘很怕这一切都是一场梦。

但那人突然直起身，向前走了几步，整张脸变得清晰。

是消失了整整三个月的那个人。

周晏生站在那儿，头微微低着，扬眉看向这边，双眼皮褶皱压得明显，穿着纯白短袖、黑色运动裤、棕色马丁靴。

他下颌微收，脸部线条坚毅冷硬，眼神无比平静，语气笃定："过来。"

宋北眼神复杂地看向不远处的一人一车。学校里的流言，他也听说了，不明白的是，既然周晏生都回了京市，干吗还要回来。

宋北看向秦湘，本能地开口："秦湘，如果你需要帮忙的话可以喊我。"

他这话显然是把周晏生放在了一个对立且危险的位置。

秦湘脑子"嗡嗡"的，没听见他的话，眼里全是几米外的人。

-189-

三个人陷入了一场突如其来的静止。

周晏生率先迈开步子，冰冷的眼神瞥向宋北，语气嘲讽："你还有事？"

秦湘蹙眉，同时迅速整理情绪，可……原本已经接受他离开的平静情绪此刻再次被击破，无法复原。

宋北听到这话，脸色唰地变得特别难看。

恰好末班车驶过来，秦湘看了一眼，转身对宋北说："谢谢你，这是最后一趟公交车，你先回家吧。"

宋北面色犹豫，其实他也不是必须要坐这辆公交车，但转眼发现秦湘看向周晏生的眼神和看他的时候完全不同后，心中的苦涩弥漫出来。

他咬紧后槽牙，最后道："好，那你早点回家，注意安全。"

宋北走后，四周再一次陷入安静，周晏生看着秦湘平静的脸，心底第一次出现那种无法言说的慌乱。

可下一秒，秦湘便开口了："走吧，你应该会送我回家吧。"

秦湘这种无所谓的态度更是将他的心推上了风口浪尖，他好像很久都没有感受过害怕失去一个人的心情了。

上了车，周晏生顺利启动汽车。

二十分钟后，汽车停在秦湘家楼下，但车内的两人都没有开口说话。

周晏生偏头，盯着她的侧颜，缓缓开口："秦湘，我家那边有些事需要我回去处理。"

"——你到底是谁？"

秦湘忽然发问，一双平淡无波的眼睛看着他。

她想让他毫无保留地告诉自己一切，即便是身份悬殊到她无法成为那个可以和他并肩的人，也比三个月前他刚刚消失，自己像只无头苍蝇四处乱撞要好。

可惜，事情不如愿。

周晏生没有说话。

以前，不是这样的。

最起码他不会用这种眼神看自己。

秦湘无声地笑了，脸扭到一旁看向窗外。紫色的鸢尾花争相开放，花瓣落了一地。

周晏生的沉默足以说明一切，或许趁现在，周晏生还没有发现自己暗恋他，就应该把这段没有结果的关系扼杀在摇篮里。

"周晏生。"秦湘看向他，虽然面色平静，周晏生却从中看出了几分破罐子破摔的意思。

秦湘的声音很轻，语气缓缓："我只是一个普通小城里、普通家庭里的小孩，和你这种身在罗马的人不一样。我们之间有无法跨越的鸿沟，而且到现在，我也不清楚你来平芜上学之前的生活，学校同学眼里的你便是我所了解的你。我和他们唯一的不同，可能就是我们曾经是朋友。"

她似乎没有意识到，说出的话已经把自己放在一个很低的位置上了。

"如果你是天上飘的云，那我便是地上的泥粒子，我们是两个世界的人，而且在你朋友和许多人的眼里，我可能就是你在平芜的一个解闷的玩意儿。"

周晏生听出来了，这小姑娘是在为他们的关系做个了结。她放大了他们之间的不同，来告诉自己，他们不可能。

周晏生原本是想告诉她自己那三个月在京市发生了什么事，但他家的关系太过复杂，他不知道从何说起。

他承认，在她的面前，这是第一次因为他家里的情况而感到自卑。

秦湘在最后慢慢总结着："所以，即便是你不回京市，我们也不要做朋友了。"

后来，秦湘也不知道她那段话对周晏生有没有用，她在风里吹了半个小时，等彻底冷静后才上楼。

次日，秦湘一大早便到了学校，上了五楼，还没走到拐角便听到陈燃和李群杰那盖过上课铃声的大嗓门。

秦湘抬眸，陈燃怎么也来了？

秦湘走到教室后门，眼前的场景令她呆立在原地，久久无法回神。

班里和往常没什么两样，整齐有序的桌凳摆在教室里，她的位置是靠窗第四排，同桌一直是许婷，但现在换了个人。

周晏生吊儿郎当地倚在桌边，脸上是意坏的笑，身上穿着干净的蓝白校服，长腿随意地支在地面上，手里还拿着本书在转。

他应该是看到站在后门的她了，声音里含着笑："新同桌，你怎么才来？等你好久了。"

这好像是秦湘第一次在周晏生身上看到电视剧里的那种阳光少年气，干干净净，只是这样的他和以往大不相同。

秦湘猜想，也许是昨晚的话让周晏生听出了其他深意。

所以，他不是回来退学的，他是回平中继续上学的。

不得不承认，就算周晏生曾经不说一声就消失在了她的世界里，她因为他遭受了秦盛年的毒打、王曼雯的讽刺，但这一切都可以因为这个人回来了而烟消云散。

秦湘按捺住内心的叫嚣，坦然地回到自己的座位上，半个眼神都没给他，坐好之后便拿出语文课本，闷头学习。

陈燃看了周晏生一眼，似乎在问：生气了？

周晏生当即便笑了，还让他滚。

陈燃当下了然，周晏生这个样子大概是能把人哄好的。

其实周晏生也没底，他站在那儿盯着秦湘看了几秒才坐下，自顾自地拿出课本，学着她的样子，默写文言文。

秦湘看他太过安静，忍不住看了他一眼。

感受到她的眼神，周晏生左手支着脸颊，扬起眉梢，笑了："同桌找我有事？"

秦湘："……"

她觉得此时的周晏生像只开屏的孔雀。

"许婷呢？为什么你坐她这儿？"

周晏生抬手随意指了个方向："那边。"

秦湘蹙眉："学校规定不让男女生同桌，你怎么换过来的？"

周晏生无所谓地笑笑，话里听不出真假："找校长说的。"

秦湘不想理他，回过头继续学自己的。

那一整天，周晏生在学校都还算老实，下课后也没有像往常一样出去玩，反而一改常态坐在座位上学习。

秦湘都以为他彻底转了性子。

晚自习结束，宋北收拾好书包，准备和往常一样去车站和秦湘一起等车，即便那是他自己以为的"一起"，因为以往三个月在公交车站，他和秦湘没有说过一句话，只是昨天聊了几句，还碰到了周晏生。

他也没想到周晏生回来了，还成了秦湘的同桌。

班里的人走了一拨又一拨，宋北不死心，隔着大半个教室远远地望了秦湘的位置一眼，发现她已经走了，便急忙跑出教室。

教学楼前面是综合楼，两栋楼之间的距离不是很长。因着放学铃刚打响，学校里到处都是回家的高二生和回宿舍的高三学生，吵得像菜市场一样。

周围都是学生，但宋北却清楚地捕捉到了周晏生和秦湘的身影。

他跟了上去，走到公交车站才发现，周晏生大概是要送秦湘回家。

陈燃和李群杰也在，他们正和周晏生聊天，距离隔得有些远，他听不清他们到底在说什么。但他发现，无论是陈燃和李群杰闹得多欢，周晏生的视线始终在秦湘身上。

他不得不承认，周晏生和秦湘只是站在那儿，周围的人似乎就成了他们美好青春的背景板。

第八章

/

周晏生,你别怕

NASANNIAN

秦湘回到家。

"回来了?"秦盛年的声音从客厅传到玄关。

秦湘换了拖鞋,走到客厅,发现一家人都坐在沙发上,像是在等着她回家一样。

她一愣,还以为有什么好事发生,刚要开口问,便听到秦盛年说:"我给你安排好了,过段时间就转学到一中。"

这话一出,秦湘不可置信地看着他——她的姑父,一个和她没有血缘关系的爸爸。

"为什么?"

秦盛年面色沉重,身子靠在沙发上,手指有一下没一下地打着节拍:"哪有那么多为什么,你不去也得给我去。"

阮甄坐在他身旁,面上带着无奈,轻轻推了推他,大概是想让他好好讲话,后者却根本不在乎秦湘的感受。

阮甄叹了口气,看向秦湘:"高二是个分水岭,晚晚,你应该把心思都放在学习上,我和你爸都听说你在学校的事情了。"

中年女人的话没有像秦盛年之前那样直接挑破,而是在暗示秦湘,只有转学才能让秦湘把心思放在学习上。

秦湘皱眉:"我在学校的什么事?"

秦盛年听到这儿,火气直冲脑门。他猛地一拍茶几,茶几上的瓶子晃了晃,他指着秦湘破口大骂:"你不要脸我还要脸呢!你们学校那个公子哥儿回来了吧?你别以为我没看到是他送你回来的!

"我看就是因为你小时候被放养了,染上了那些街边小混混的恶习!这么小就敢不学好,敢早恋!

"等我这阵忙完,就带你去一中报到!"

撂下这句话,秦盛年套上制服,穿好鞋,气冲冲地出了门。他好像笃定,秦湘已经成了那种不好好上学的坏孩子,连句解释的机会也没给她。

客厅因为秦盛年的离开渐渐趋于安静,阮甄站了起来,眼底满是复杂地看着秦湘。

半晌,她留下一句:"你自己好好想想吧。"说完便回了卧室。

好好想想?秦湘细细揣摩这句话,想什么?在他们眼里,她不都已经成了那种坏孩子了吗?她以为阮甄最起码在血缘上是自己的姑姑,会帮她说话,但事实好像不是这样,在阮甄眼里,她已经和那种坏小孩画上等号了。

回到卧室,躺在床上,阮清已经开始住宿,晚上不回家,所以拥挤的卧室里只剩她一人。

窗帘大开着,清冷的月光洒下来,她有些胸闷,喘不过气来,家人像座大山压着她,把她压得快到了地下。

长长的书桌被一分为二,她和阮清的书本整齐有序地堆在上面,笔记本、中性笔、透明胶带、荧光笔都整整齐齐的,橡皮和2B铅笔也放在一旁,最

-195-

角落的美术刀安静地放置在那儿。

一种想法像是野草一样出现在秦湘的脑海里。

秦湘像是走火入魔一般，站起身，去够那把角落里的美术刀。

此时的她像个迷茫的小孩一样，找不到回家的路了，整个人陷入了梦魇。

就在她下定决心的前一刻，放在床头的手机响了。

秦湘如梦初醒般地回过神，手颤颤巍巍地一扬，美术刀掉落在地，发出清脆的声音。

电话是周晏生打来的。

秦湘像个没事人一样接起电话，声音很轻："怎么了？"

那头传来男生低沉好听的笑声："没事就不能找你了，秦晚晚。"

所有人都不知道，周晏生这个电话、这句话，在无形之中将秦湘从死神的手里抢了过来。

她的眼神飘忽不定，最后落在地上的美术刀上，语气漠然："不是。"

周晏生似乎被她的语气气笑了，说："我还真有事，你到窗边去看看。"

一个猜想在她内心形成。秦湘步子迈得很轻，站在窗边，看到了楼底下的一辆白车旁的高大身影。

几乎是瞬间，秦湘便哭出了声。

小姑娘细细的哽咽声顺着电话线传进周晏生的耳朵里，他愣怔："喂，怎么哭了啊。"

他看了看楼层高度，语气不像在开玩笑："你家就三层的高度，我让陈燃那小子给我送个长梯，我顺着爬上去，你给我把窗户打开，行吗？"

秦湘被他的话逗笑了，没好气地骂他："你神经病啊。"

周晏生语气忽然变得低沉："那你别哭了。"

其实周晏生一行人把秦湘送回家之后，发现了一家好吃的烧烤摊，他是想来问她要不要一起去吃，不过目前看来她应该是没心情了。

两人又聊了几句，周晏生便终止话题，让她赶紧睡觉。

秦湘躺在床上，看着天花板发呆，刚刚突然哭出来是因为有一股劫后余生的感受，如果没有周晏生的那个电话，她可能就会做出无法挽回的决定。

所以——

谢谢你。

周晏生。

短短一个晚上，秦湘想了很多，想和周晏生一起上学，一起读同一所大学，即便是她对周晏生一无所知。

午自习时，班里其他人大多趴在桌上午休。一到春天，学生的瞌睡虫便跑了出来，教室里一片沉寂，安安静静的。

周晏生一进教室便看到这样一幅场景。

放眼望去，教室里趴倒一大片，但是靠窗第四排的那个位置上坐着一人，后背挺得笔直，坐姿很好看，正拿着笔低头写着什么。

他放轻脚步走过去，小姑娘太过沉迷学习，没发现他已经坐到她身边了。周晏生第一次被人忽视得这么彻底，满脸不爽，想也没想地凑到她那边，用气音讲话："喷，你同桌都回来了？你看不到？"

秦湘被他吓了一跳，笔尖一颤，写错了一个字，抬眸瞪他。

周晏生被瞪了也不恼，反而笑了。他挪了挪凳子，和秦湘的距离又一下子缩短了。

秦湘蹙眉："你干吗？"

周晏生语气吊儿郎当的："这么努力学习啊？那要不要以后和我考同一所大学？"

秦湘动作一顿，垂下眼睫，没有开口说话。

突如其来的沉默惹得周晏生又开始不爽，他直接伸手抢过小姑娘手中的中性笔，拿在手里把玩，时不时地转几圈，眼神却一直锁在她身上。

秦湘叹了口气，不知道怎么和周晏生开口，关于自己要转学的事。

她抢回自己的笔，狠狠瞪了始作俑者一眼，故作凶狠道："你如果再这样的话，我就不和你做同桌了。"

话有些幼稚，把周晏生逗乐了，他毫不客气地笑出声，胸腔发出愉悦的颤动："行，我下次注意。"

可他看起来并不像是下次会收敛的样子。

"什么?"马欣欣音量一下子拔高,"转学去一中?!"
秦湘闷闷地说:"嗯。"
马欣欣:"就不能不去吗?"
秦湘一愣,那肯定是不行的,她无法左右秦盛年的决定。
瞅见秦湘那为难的表情,马欣欣当下了然,换了个角度问:"那你怎么想的?"
秦湘脑子很乱,整个人提不起力气来:"我不知道该不该告诉周晏生。"
马欣欣看好友这副纠结的样子,心疼了:"不想说的话就别说了吧。"
秦湘靠着栏杆,小臂懒散地耷拉着,低声喃喃道:"可是……"

周四晚自习结束后,周晏生照常送秦湘回家,今天其他几人有事没一起走。公交车站人头攒动,到处都是学生的聊天声,欢声笑语,热闹非凡。
气温回升之后,街边小贩瞧见商机,纷纷开始摆摊卖些小吃和饮品。
周晏生站在秦湘身旁,看向她,她倒是十分话少,从校门口走到公交车站的这一段路也不怎么开口讲话。
有些过于安静了。
其实秦湘一直在思考该怎么把自己要转学这件事告诉周晏生,直到周晏生把奶茶塞到她手里,她才回过神。
"想什么呢?那么入迷。"
秦湘慢吞吞开口:"没什么……那个——"
"秦湘?你要转学去一中了吗?"三米外,宋北的声音无比清晰地传进两个人的耳朵里。
完了,秦湘心想,下意识地看向周晏生。
果然,周晏生原本带笑的脸在听到宋北这句看似关心同学的话后,唰地变了脸色,嘴角绷紧,眼底带着不可置信地看向秦湘,半个眼神都没给宋北。
宋北见目的达成,语气多了些柔和:"你转去一中也好,毕竟我们很多初中同学都在一中,你还记得吗?以前我们班那个学习委员,他昨晚还问我了,打听你是不是要转过去——"

周晏生倏然看向他,狭长的眼睛溢出不耐烦,说出的话丝毫不客气,半点面子没给他留:"你有完没完?赶紧滚。"

这话谁听了都不好受,宋北也一样,但他见周晏生那略微恼火的表情,心里的那口郁气竟奇迹般地疏通了。宋北看了秦湘一眼:"那秦湘,希望你以后在一中好好的。"

宋北走后,周晏生后退一步,面上是装出来的平静,眼神却死死地盯着秦湘:"刚刚他的话是什么意思?"

秦湘张张口,不知该如何说,毕竟秦盛年让她转学是因为周晏生回了平芜。她本就没想好说辞,现在宋北一搅乱,更慌了,不知道该怎么圆上。

但她不知,自己的沉默在周晏生眼里完全是另外一种意思。

周晏生微微低头,碎发被风吹得乱飘,声音很低,语速很慢:"秦湘,你真的拿我当朋友吗?"

说完这句话,周晏生便头也不回地走开了,半点也不给秦湘讲话的机会。

秦湘愣怔在原地,手里他刚刚买的奶茶还冒着热气,他连句解释的机会都不给她的吗?

手中的奶茶要趁热喝,不然凉了再喝她会难受的。想到这儿,她便想插上吸管,可这时最后一辆公交车来了,她只好先收起奶茶,坐上车。车的角落有个位置,她顺势坐了过去,车辆起步,她的目光飘向窗外。

渐渐地,她走了神,公交车到了一个站点停靠在路边,广播里的标准女声将她拉回了神,手里的奶茶还没有喝,她撕开吸管的塑料袋,手握住吸管冲着上面的那层薄膜插下去,也许是吸管的质量不好,或者是奶茶的包装太过于结实,她竟然插不进去了。

她不信邪,手一起一落,几个来回,却怎么也无法把吸管如愿插进去。最后一次用力过猛,奶茶的薄膜被吸管完全刺破,弄出一个大口子,滚烫的奶茶顺着流出来,滴在她的手背上。

为什么,一杯小小的奶茶也欺负她。

方才在公交车站台强忍的热泪此刻再也忍不住了,她毫无形象地在公交车里哽咽出声,虽然不能算是号啕大哭,但那细细的哭腔也吸引了几个人的注意。

公交车到站点,上来一位老人家。老人家看到一个小姑娘在那儿不停地哭,不知道发生了什么,便走过去,递给她一包纸巾,语重心长地说:"小姑娘,你怎么了?"

秦湘猛地回神,嘴里连忙道谢,也发现自己到了站,把老人家搀到她的座位上才下了公交车。

泪委屈地掉着,像不要钱的珠子一样。公交车站台旁就是垃圾桶,秦湘走过去,"啪嗒"一声,一口都没喝的奶茶就这样被丢掉。

周五到了学校,秦湘发现周晏生没来学校,不仅如此,和他关系好的几个男生也都请假了。这样维持了两天,转眼到了周日,放学回家的时候,秦湘经过一个烧烤摊,是曾经她和周晏生、南栀,还有陈燃一起吃过的烧烤摊。

傍晚,日落正在进行,橙红色的光洒向这条小巷,枝繁叶茂的树枝轻轻飘动。

秦湘驻足,多看了几眼,刚想拿出手机记录下这幅美景,便听到一阵熟悉的声音。

"周老板请客,大家敞开吃哈。"

她猛地看过去,清楚地看到一伙年轻人坐在烧烤摊前吃串,一个女生坐在周晏生身旁的座位上,背对着她。

果然,南栀回来了。

南栀上个月和自己哭诉,她分手了,五月份想请假回平芜,不想待在陌生的城市。昨晚,秦湘刷到陈燃发的一条朋友圈,貌似是在为南栀接风。现在看来,南栀确实回来了。

秦湘手里拎着刚从超市买的东西,表情有些凝滞,不知道该不该上前和南栀打个招呼。正当她局促不安时,她对上了那双黑眸。

周晏生在那里是众星捧月的存在，秦湘看到——

男生放下筷子，眼神突然瞟过来。和往常不同的是，他的目光没有过多地在她身上停留，而是冷漠地移开视线，像是看到了不相识的陌生人。

这是自那晚两人不欢而散后，秦湘第一次见到周晏生。

在接触到周晏生那冰冷的眼神时，秦湘心底深处的酸涩再也忍不住了。

她不想继续了。

周晏生的眼神一直锁在秦湘身上，看到她惊慌失措地逃跑之后，他才明白，自己玩脱了。

他本来是自己在生闷气，想质问秦湘，为什么别人都知道她转学了，他却不知道。但现在，他发现，自己好像更加无法忍受秦湘刚刚跑掉的模样。

所以，他直接抛下了一桌人，独自去了秦湘家楼下。

夜色渐渐变深，周晏生安静地站在树下，盯着三楼的那个房间。

他掏出手机刚要打电话，却突然接到了京市的电话，看着手机上那无比熟悉的号码，他想也没想，直接挂断。

可那电话却不厌其烦地打过来，周晏生眉眼里夹着浓重的戾气，最后接通电话，语气不好，没有半点对那边的尊重："什么事？"

"什么时候回京市？"

周晏生嘴角勾着自嘲的笑："妈都死了，还让我回去干什么？"

"留学的导师马上从纽约过来，这是我费了——"

又是留学的事，周晏生直接挂断电话，动作利索地拉黑了那个号码。

他呼出一口浊气，忍了好一会儿，才拨通刚刚那个没来得及拨通的电话。

铃声响了很久，久到他以为对方不肯接他的电话时，电话被接通了。

"喂？你有什么事？"秦湘在看到来电显示是"遮阳伞"后便无法抑制住自己乱跳的心，最后还是接听了。

周晏生喉结滚动："晚晚，不去一中可以吗？"

秦湘静默半分钟，语气很轻："不——"

她的话没说完，周晏生手机便因电量不足自动关机了。

但那个"不"字,他清楚地听到了。

不行?

新的一周,由于秦盛年的任务还未结束,秦湘像往常一样去了平中。这几天,她发现周晏生一直在她身边待着,即使安安静静不讲话,但他身上那浓重的存在感却令人无法忽视。

但她不像以前那样了,她反而是躲得远远的,隐藏好自己的情绪,不再像以前一样,因为他无意间的一个动作,内心就激起千层浪。

可一切事情都会有转机,那天是周五,秦盛年的任务结束,晚自习秦湘请了假,打算回家一趟。

从学校出来,因为时间还早,她便决定走路回家。

金钥匙广场倒是和往常一样热闹非凡,跳广场舞的阿姨和锻炼的大爷一片祥和,红灯恰好亮起,秦湘止住了向前迈的步子。

时间有些长,足足有一百秒,她等得无聊,广场舞的音乐声吸引了她的注意,刚一回头,便看到了从一条幽深的小巷里走出来的周晏生。

秦湘察觉到此刻的他和往常不一样,眯起眼睛去瞧,这才发现,他脸上挂着伤。

可能是她的视线太过于强烈,周晏生竟然看了过来。

触碰到周晏生那冷戾的眼神后,秦湘心口一缩。

周五下午,周晏生久违地接到了爷爷的电话,得知那老头来了平芜,他请了假回了趟家。

结果一回家,他便看见了不想见的人。

周楚阳坐在周老爷子身旁,身边还站着他的特助。

周晏生当时就变了脸色,语气有些冲:"爷爷,您来就好了,干吗还带些无关紧要的人?"

周楚阳的架子摆得很足,除了身边的特助,还带了几个助理和保镖。

周霖最是无奈,亲孙子对周楚阳的态度让他感到无奈,但周楚阳做的那些混账事也让人没法给他好脸色。最后，周霖只好无奈地笑了："你这孩子，你爸怎么就是无关紧要的人了？"

周晏生冷笑："我爸不早就死了吗？"

这话一出，周楚阳气得想也没想，直接拿起茶几上的东西砸向他。

玻璃制的烟灰缸飞快地划过周晏生的额头，他偏头躲了一下，烟灰缸重重地砸在瓷砖上。

"砰"的一声，碎片飞溅，一小片的玻璃碴溅到周晏生的嘴边，不出两秒，他的脸上便见了血。

周晏生舌尖拱了拱嘴角，一股刺痛感传来，刺激着神经细胞。

父子兵戎相见这个场景不是周霖想看到的，老人家气得拿起拐杖打了周楚阳几下："你小子做什么？是不是想把你唯一的儿子也送下去见苏禾？"

提到苏禾，周晏生眸中多了几丝复杂的情绪，他平静地看着客厅内的一众人。

周楚阳的火气不比周霖小，他手指着周晏生，指给周霖看："您看您把他惯成什么样了？跑到这个破地方来读书，让他去留学，他也不肯。都是您惯的！"

周楚阳又把话锋直指周晏生："你不要忘了，在你十岁的时候，是你妈想带你去死的，如果当时我没有回家，你早和苏禾一起下地狱了！"

周晏生听到这番不正常的话后，忍不住笑了："那看来我还得感谢你？"

周楚阳张张口，被周晏生打断："行了，我没心情和你们浪费时间。"

周晏生抬手轻轻捏了捏嘴角的伤口，对周霖说："爷爷，赶紧带您的好儿子离开我这儿。"

周晏生抬了抬眉，看了眼食指上的血迹，吊儿郎当地开口："还有，下次别来了。"

因为周晏生幼时经历的创伤，导致周霖特别心疼他，所以此刻忘了来平芜的初衷，周霖狠狠地踹了周楚阳一脚，笑着说："留学那件事，你不愿意就算了。你爸，下次我也不带来了，你在平芜一个人好好的。"

周晏生扯了扯嘴角，懒散地说："慢走不送。"说完便去了楼上，不再管楼下的一群人。

他这种无所谓的态度把周楚阳的火又拱了上来,周楚阳面色很沉:"爸,留学这件事——"

周霖站起身,语气全然没了方才的轻松:"以后再说。"

一群人离开之后,客厅陷入一片安静。

周晏生回卧室补觉,做了个梦,梦境过于虚幻,虚虚实实,朦朦胧胧。

都是碎片式的场景,一会儿是他被抱进一个女人的怀里,一会儿是他被人殴打,再之后便是光鲜亮丽的女人被一个男人殴打。

梦到最后,他出了一身虚汗,从梦中惊醒。

窗帘紧闭,屋内一片漆黑,伸手不见五指,他喉间痒得厉害,下楼拿了瓶冰水,冰水顺着食道进了胃部,他这才渐渐清醒。

梦也许不是梦,而是他之前经历的事情,只不过是为了逃避,他才暂时性地将那些不堪的、破碎的、恶心的往事封存了。

他靠着料理台,微微低头,盯着虚无的空中。

"叮!"

放置在料理台上的手机突然亮了,他捞起一看,是陈燃发来了一个定位,这小子请假出去玩了,问他去不去。

他回复消息:去。

刚出门,他便在金钥匙广场碰到了秦湘。

他装作没看到她,带着满身的戾气,迈着略显急迫的步子,走进一条幽深的小巷。

果然,秦湘跟了上来。

秦湘起初是不想跟过去的,但周晏生的模样有些吓人,关键是他脸上还带着伤,她压下一切情绪,跟了上去。

小巷被枝繁叶茂的大树遮掩住光亮,这里宛若黑夜,只有昏黄的路灯照亮青石板小路。秦湘扶着墙,慢慢摸索着向前走。

周遭静且黑,她试探性地叫出声:"周晏生,你在吗?"

可惜,无人回应她。

秦湘抿了抿嘴唇,继续向前。

突然,一只骨骼分明的手倏地伸出来,在黑暗中准确无误地攥住秦湘细细的手腕,一个用力,把她拉到了一边。

周晏生眼皮耷拉着,声音慵懒:"你跟着我干什么?"

秦湘吓了一跳,看了一眼他脸上的伤,语气很轻:"疼吗?"

秦湘:"周晏生,你一定……很疼吧?"

这样温婉的话曾几何时,苏禾也对他说过,小时候,他和别的男孩打架,苏禾也用这样的语气安慰过他,但也仅仅那一次,之后便再也没有过。

他喉间一哽,往事不断地冲击在脑海里,有刚刚梦里的画面,也有一些他忽略掉的细节。

周晏生呼吸渐渐不畅,唇色苍白,好像有人拿刀抵在了他的心窝处,尖锐的刀锋快速隐入胸膛内。

秦湘终于发现他的不对劲。

眼前的周晏生和以往那个做什么事都游刃有余的人大相径庭,在她眼里,周晏生一直都是万能的,任何难事到了他那里往往都迎刃而解。

但现在,好像不一样了。

他好像陷入梦魇一般,黑暗将他吞没,反复折磨。

她看向他的脸,声音温柔却坚定:"周晏生,你别怕。"

周晏生原本以为自己已经跌入无尽的深渊,却不料,突然出现的一抹光亮,带他走出泥潭。那个声音很熟悉,软糯的同时带着力量。

冷意在退散,他感觉到自己被光和热包裹住,落差感消失得无影无踪,深不见底的地狱也在慢慢离他远去,直至再也无法接触到他。

睁开眼,一个小小的身影站在他面前。

路灯的作用微乎其微,但秦湘站在那儿,无数光晕从她周身散开,眼神坚定有力,目光闪烁,瞳孔里只有他一人。

周遭突然变得模糊,像电影慢镜头一般,只有她是清晰可见的。

那一瞬,世界变得荒芜,只剩一个小小的身影。

她就是他的救赎。

小巷外，金钥匙广场的一个角落。

周晏生坐在花坛的边缘，双腿懒散地支在地上，手肘支着大腿，任由面前的人捣鼓自己受伤的脸。

他眼睑耷拉着，周身透着说不出的阴郁，好似无比疲惫。

秦湘在他眉骨处贴上创可贴，处理掉一旁沾血的棉签，轻声开口："周晏生，你到底怎么了？"

"我有病。"

这句话吓到了秦湘，她顿了顿，发现他不是在开玩笑，声音忍不住打战，但还是安慰道："病是可以治好的。"

病是可以治好的。

以前从来没有人对他说过这种话，今晚他有了倾诉欲，缓缓开口，向秦湘讲述了他小时候的经历。

周晏生的父亲——周楚阳是那个圈子里的风云人物，年纪轻轻便名利双收，他的地位已经不用靠联姻来将自己的事业更上一层楼，因此娶了当时刚进入娱乐圈不久的苏禾，也就是周晏生的母亲。

若你以为他们的婚姻是花好月圆的爱情故事，那便大错特错了。

苏禾是在酒后和周楚阳发生了关系，怀有身孕后奉子成婚嫁入豪门。如果说苏禾倾慕周楚阳，那这也算是先婚后爱的话本子，但苏禾在遇到周楚阳之前已有喜欢的男人，所以她便觉得如果没有这个孩子，她便可以和心爱之人白头偕老。

但她万万没想到的是，周楚阳对她一见倾心。有了这个条件的加持，苏禾便半被迫半自愿地嫁入豪门。婚后，周楚阳对她百依百顺，这对新婚夫妻便过了几年的甜蜜日子。

可一切变化都是从苏禾那个前男友回国之后开始的。

苏禾抵挡不住思念，和前男友偷偷见了几次面。两人旧情复燃，维持了一年的关系，后来被周楚阳发现，周楚阳和那个男人在生意上有来往，便趁机搜罗证据，将那个男人以非法融资罪送了进去。

苏禾知道后，和周楚阳大吵了一架。周楚阳是个大男子主义，他喜欢的女人出轨还为了那个该死的男人和他吵架，他气不过，便第一次对她动手了。

从那之后，周晏生的噩梦便开始了。

周楚阳怎样对苏禾实施的家暴，苏禾便原封不动地用在他儿子身上。

狂风暴雪天，年仅五岁的周晏生被亲生母亲关在门外，周晏生哭着求饶都无法引来苏禾的一点点心疼。

后来，周晏生不希望周楚阳回家，因为周楚阳一回家便和苏禾吵架，吵完架便要动手打她。在周楚阳走后，苏禾就会把这些拳头变本加厉地送给他。

最严重的一次是周晏生十岁那年，他当时躲在屋里，麻木地听着屋内女人的哭喊声和男人的嘶吼声，还有数不清的拳打脚踢声，以及椅子砸到墙上的闷响。

那晚，周楚阳离家后，苏禾先是把自己遭受的一切复刻到周晏生身上之后，再拽着他的头发拖着他走进厨房，锁上厨房的门，打开煤气阀门。

她想带着周晏生去死。

苏禾始终认为，如果没有周晏生她就不会嫁到周家，就不会遭受这些非人的待遇。所以，她那晚对周晏生说了一句话，令当时年仅十岁的他铭记一生。

他的亲生母亲附在他耳边，轻声说话，像哄小孩一样："你的出生就是个错的。"

那句话对周晏生的影响极大，导致他出现了心理问题。

最后被周晏生的爷爷周霖知道后，周霖当即将周晏生接回家，给孙子请了心理医生。因为创伤太过于严重，且都是童年时期的阴影，周晏生出现了短暂的失忆。

有次，周霖回到家，发现自己的孙子一脸茫然地看着他，思考了好久都想不起来他是谁，周霖急忙叫来心理医生。

医生给周晏生做了一系列检查，最后提出催眠疗法，因为当时的周晏生心里只剩下那些不堪，记忆产生了混乱，不好的事情整日充斥在大脑里，所以他忘了周霖是谁。

而催眠疗法刚好相反，它可以帮助患者忘记不好的回忆，找回原本丢失的记忆，但有很多弊端，其中一点便是大脑皮质会对这种疗法产生依赖，也就是说，如果再经历一次类似的心理创伤，他的大脑会潜意识地做出判断，忘记创伤以及带来创伤的人。

当时周霖只想让孙子好好的，便接受了这个治疗方案。就这样，周晏生短暂地将那些不好的记忆封存起来。

但这种疗法不会一劳永逸，如果患者经常接触原本已经忘记的人或者去接触和被忘记的人有关的事物和地点，那治疗便失效了。

因为这样他会重新记起那些事情。

所以，他才说——

他有病。

会忘记人的怪病。

秦湘曾看过很多书，很容易和许多故事中的主人公共情，但现在得知周晏生的过往后，她好像失去了共情能力。

因为她无法想象，他曾经那段黑暗的时光是怎么度过的。

秦湘愣在原地，突然想起什么，喃喃道："所以你后来去拉萨待了两年，是为了治病对吗？"

周晏生声音低哑："医生带我去了拉萨，是为了换个环境，这样对治疗的效果更好。"

"所以，拉萨是你重获新生的地方，对吗？"

周晏生眼睑耷拉着："可以这么说。"

"我也想去拉萨看看，周晏生，我们做个约定好吗？等毕业后每年都去拉萨，可以吗？"

小姑娘的声音里带着怜惜，惹得周晏生眼眶发红，他的声音低到听不清："好。"

秦湘问他："那我们几月去啊？"

周晏生脑子里想的是管它几月，只要有你，便足够，随口说了个月份。

秦湘笑了，缓缓道："那说好了，年年六月。"

秦湘:"再告诉你个秘密,我不转学了。"

女孩的话接着荡在他耳边:"我想和你考同一所大学。"

原本秦湘今晚请假就是回家找秦盛年,她马上升入高三,从学习方面来讲,她已经熟悉了平中的教学方式,一中虽然是重点高中,但未必适合她。

从自身来说,她并不想重新接触新的环境。

秦湘那晚回到家,果然看到了归家的秦盛年,她生平第一次向秦盛年服了软,并做出保证,高二最后一次期末考试会进入年级前五。

就这样,秦盛年才勉强答应她不转学的请求。

转眼进入七月,本该是放暑假的日子,但准高三生要补课三周,学生们知道后叫苦不迭。

七月中旬那几天,平芜连续下了一周的暴雨,虽然是阴沉沉的天气,但秦湘倒是很开心。

也不知道为何,她生来就喜欢那些恶劣天气,极寒或是强降雨最好,她最喜欢阴雨连绵的天气,捧着奶茶窝在卧室里看书追剧,听着窗外淅淅沥沥的雨声。

就仿佛,世界静止了。

周五的晚自习,老师照例去开会,班里在做周测试卷,虽然是考试,但终究是非正式的小型考试,所以在交完卷之后,教室里便出现了交头接耳的声音。

秦湘遇到一道特别难的物理题,琢磨了十分钟都没有头绪,她四处看了看,老师还没回来,周围也有小声讲话的人。

教室的前后门都关着,还算安全。

她这样想着,刚一偏头,便对上那双漆黑的眼睛,一时愣在原地,连话都忘了说。

周晏生瞅见小姑娘那紧张兮兮的神情,笑了,神态自若地接过她手中的练习册:"哪儿不会?"

秦湘回过神，朝着那道题指了指。

……………

五分钟后，秦湘理清思路，做完那道题。

她瞥了眼周晏生，思考良久之后，状作不经意地问："下周日是你生日，你……想要什么生日礼物？"

周晏生身子凑过来，在她耳边低语："什么都可以吗？"

秦湘心一紧，茫然地问："你……想要什么？"

她这个月的生活费不多了……

周晏生笑了笑，微凉的薄唇此刻带了些温度，低哑的嗓音朝着她袭来："你选的都可以。"

——你想要什么？

——你选的都可以。

——因为是你选的。

那晚，秦湘回到家，思考了很久，到底该送什么生日礼物给周晏生。

房间里，吊在天花板上的大灯被她关了，只留着桌上发着暖黄光的小台灯。

秦湘把所有钱凑在一起，都不够周晏生脚下那双鞋的零头。

安静的房间里，搁置在心底的自卑，此刻如野草般生长，一簇又一簇，仿佛下一瞬便会将她吞没。

秦湘关了手机屏，把钱整齐地放进钱包里，随手关了台灯，趴在桌上。

次日，她起得很早，出卧室的时候阮甄已经不在家了，估计已经去上班了。

餐桌上放着两个信封，秦湘走过去，知道这里面装的是她和秦诚的生活费。信封一样厚，像往常一样，里面装着五百块钱。

秦湘把其中一个信封装进书包里，换鞋出了门。

到了学校，她先去了食堂，没有像往常一样把钱全充进饭卡里，而是只充了两百块，又把剩下的三百块揣进兜里。

那天下午的课结束后，她趁着其他人都在吃晚饭，请假独自一人出了学校，挥手拦了一辆出租车。

出租车在一家名为"特别"的店前停下，她下车后，急忙推门进去，把手里的草图递给店员，语气急切："你好，我想定制一把Fulton的雨伞。"

店员看过来，目光扫到她身上的平中校服，脸上带了些鄙夷，下巴扬起："五百，我扫你。"

她愣怔，并没有注意到店员的神情，手伸进兜里，紧紧地攥住钱包。

那时的她和无数同龄人一样，觉得手机支付很酷，用现金支付好像……不流行，毕竟那时候手机支付风靡全国，很多人出门都不带现金了。

店员似乎察觉到她的窘迫，眉毛紧紧地皱着，不耐烦地说道："快点！"

秦湘很快回神，长时间在家庭中被大吼大叫导致她已经麻木，并没有意识到"顾客是上帝"，她完全可以投诉这位店员。

她快速拿出钱包，拉开拉链，捏着三张一百元整钞，以及数不清的零钱，语气带着小心翼翼："现金可以吗？"

店员"啧"了声："可以。"

秦湘闻言，立马数了有零有整的五百元，递给店员："谢谢，请按纸上的样子做，我三天后来拿可以吗？"

店员把钱放回收银台里，让秦湘留下姓名和电话号码。

秦湘认真地写下自己的信息，漂亮的字体一如其人，让店员忍不住多看了她几眼。

回到学校后，她堪堪赶上晚自习，连去超市买面包的时间都没有，快速跑回教室准备上晚自习。

第一节晚自习没有老师讲课，班里此时正安静地上着自习，秦湘低头认真做题，但肚子里空荡荡的。

她怕肚子不知道什么时候会不受控制地叫起来，便一直喝水，让热水来短暂地麻痹饿意。

她刚喝完水，拧上瓶盖，身旁便传来一阵窸窸窣窣的声音。

她偏头看去，发现周晏生不知道什么时候偷偷溜出教室，现在一看就是刚回来，因为他手里还拎着一个塑料袋。

周晏生把袋子递给她，眉眼间透着不悦："没吃晚饭？"

秦湘心一紧，他怎么发现的？

这姑娘一放学便跑出教室了，连饭卡都没拿，那着急忙慌的样子周晏生看了还以为出了什么大事，刚想追出去，结果还没下楼梯，便被马欣欣拽住："晚晚她有事情要出去一趟，她让我告诉你，今天不用等她了。"

周晏生从塑料袋里拿出一杯热奶茶，慢条斯理地插上吸管，递给她，又撩起眼皮看她："吃吧，这么大了还不知道怎么照顾自己。"

这话烫得秦湘心口一缩，又透着四面八方的甜，她安静地接过奶茶，嘬了几口。

周晏生又拿出一个面包，撕开包装，刚想递给她，便被她制止："下课再吃，我现在不饿。"

热水和奶茶已经填满了她的胃。

夏天最后一个节气，大暑。

那段时间刚好处于三伏天，是一年中气温最高且又潮湿、闷热的日子。

气温太高，学校在七月二十一号正式给准高三生放了暑假，碰巧放假第二天便是周晏生的生日。

秦湘早已把那把遮阳伞拿到手，特地买了精美的包装纸认真仔细地把它包了起来。

那天一早，她便接到周晏生的电话，告诉她南栀和方达特地过来了，还带来了一群朋友。

周晏生的面子很大，他在各地的朋友来到平芜这个小县城，只是为了给他庆生。

周晏生带着陈燃一大早便接了秦湘出门一起吃早饭，顺带带上了秦诚这个拖油瓶。

吃过早饭，四人来到周晏生家里，一边布置生日派对，一边等其他人。

没过多久，门铃声响起，周晏生慢悠悠地去开门。

"周！想死你了！"一道男声随着大门的开启突然蹦出来。

秦湘认出那个男生是上次在冰岛见到的那位男主唱，他身后还跟着一群人，有些她见过，有些没见过，都是周晏生的朋友。

她站起身，跟在周晏生身后，眼神搜寻好久，都没有看到南栀。

有个没见过秦湘的人注意到秦湘，挤眉弄眼地问："周，新面孔啊，你不介绍一下？"

周晏生笑着应道："这是秦湘。"

这时，那位男主唱绕着客厅转了几圈，随手把礼物搁在茶几上，烫金的logo（商标）印在橘色礼盒上，无处不在彰显着高端华丽。

她默默地移开视线，余光注意到自己搁在椅子上的礼盒，顿时有些如坐针毡。

周晏生在一旁和几个男生闲聊，无一例外的，那些男生也纷纷把礼物都放置在那个男主唱送的礼物旁边，秦湘多看了几眼，几乎都是电视上随处可见的大牌。

"周，你什么时候用这个牌子的雨伞了？这个牌子的包装好土啊……你品位什么时候那么差了？"

秦湘听到"雨伞"两个字，顿时愣住，快速回头看了一眼。

那个男生手里拿着的便是那把秦湘特意定制的，等了三天三夜，之后又熬夜包装好的雨伞。

秦湘抿了抿唇瓣，脸色有些苍白，想开口说些什么，但双唇像是被她那名为廉价的自尊的胶水黏住了。

"啧，上次有人也送了我一把这样的伞，可实在太丑了，我就送给了我家阿姨。"

周晏生被朋友包围着，哪还有空管伞的事，随口敷衍道："是吗？那估计也是我家阿姨忘记拿走了。你扔在一边吧。"

这时，南栀带着一众她熟悉的人来了。因为人太多，周晏生直接把大家带到平芜最大的酒楼——静瑞安所。

客厅里趋于安静，窗外的蝉鸣声不绝于耳，树影斑驳，阳光洒进室内，餐桌上放着一个白色书包，书包旁安静地放置着一个被拆封的礼盒。

依稀可见的是，里面躺着一把白色雨伞，木质手柄处刻着几个不易察觉的小字：

生日快乐。

偌大的包厢内，坐了整整两大桌，落地窗外是平芜最繁华的商业街，这是这个小县城最拿得出手的一条街。

觥筹交错间，对话声清晰地传进秦湘耳朵里。

"周，你的留学申请准备得怎么样了？"

"必须去北美？没有第二选择？"

周晏生闻言，似乎不想聊这个话题："那么关心我干吗？"

秦诚听到这组对话，不动声色地看了眼他姐的方向，发现她的注意力似乎不在这上面，正和旁边的南栀姐聊天。

他松了口气，及时喊住周晏生，不着痕迹地带着一伙人换了个话题。

周晏生听到秦诚的话，挑眉："不错啊，有几分把握？"

秦诚最近和周晏生的关系亲近了不少，经常和他一起打游戏，学习上有不会的也经常虚心请教，在秦诚身上已经看不出之前那个问题少年的影子了。

秦诚"嘿嘿"笑："七八成吧？"

周晏生放下筷子："什么时候考试？"

秦诚乖乖回答："还早呢，过了农历的新年。"

周晏生点头，随口道："加油。"

秦湘听着他们的对话声，有些蒙，问秦诚："什么考试？"

南栀在一旁解释："一中今年多了个提前批，初三上学期的期末考试之后，排名全市前一百的有参赛资格，之后参加一中的考试，过了线便能在同龄人读初三的时候，提前进入高中，学习初高中的衔接课程，也就是你表姐的小奥班，专门为清华、北大输送人才的。"

这一桌的人几乎都是熟人，众人见状，纷纷提前恭喜秦诚："你小子不错啊，好好学习。"

陈燃也笑着说："争取和你姐成为校友。"

那年,阮清正在努力争取 Q 大的保送资格。

秦湘了解之后,点头:"现在真是令人刮目相看了啊。"

秦诚有些不好意思,挠挠头,不再多说什么。

午饭结束后,一伙人回了周晏生家,保洁阿姨已经上门打扫房间,她把餐桌上那个被拆封的礼盒和茶几上的各种礼盒一同放置在储藏室。

常年不见天日的储藏室也被打扫得一尘不染,只是,堆在角落的那个廉价的礼盒和其他高端礼盒格格不入。

雨伞被整齐地折叠好,安静地躺在伸手不见五指的储藏室内。

随着保洁阿姨轻轻地关上门,房间内最后一点亮光也消失不见。整个房间陷入一片黑暗。

第九章

/

千山万水的近，近在咫尺的远

NASANNIAN

八月中旬，高三生提前开学，结束了为期三周的暑假生活。

按照约定，高三全体学生住宿，不再有走读生。搬宿舍那天是个艳阳天，万里无云，天空蓝得发亮。

平中的大门敞开着，因为秦湘要搬被褥，所以家里借了辆面包车来帮秦湘装行李。

数不清的车辆拥入校园，各式各样的汽车，大部分都是街上随处可见的小汽车。

秦盛年把车停在了女生宿舍楼下，那天宿舍全天开放，家长也能进入，可以帮孩子把行李搬上楼。

秦湘收拾好自己的被褥之后，便带着阮甄下了楼，周围到处都是家长，乱糟糟的，很吵。

她注意到阮甄脸颊上的汗珠，跑去学校超市买了两瓶水和一包湿巾，又顶着头顶炽热的阳光跑回宿舍门口，递给阮甄。

阮甄笑着接过，目光四处游走，皱眉喃喃道："你爸和秦诚去哪儿了？"

秦湘乖乖回答道："刚才我爸说先把车开出去，不然一会儿就没法出去了。"

阮甄看了眼时间，"哎哟"一声，接着道："晚晚，妈先去找你爸了，今天我还有事。"

秦湘知道，那段时间父母投资了一个项目，正是忙得不可开交的时候。

她点头："那我送你到校门口吧。"

阮甄挥挥手："不用，你先回教室吧。对了，生活费够吗？"

秦湘："够用的。"

最后，在秦湘的强烈要求下，阮甄被秦湘送到校门口。校门口此时乱得像菜市场一样，车挤车，人挤人，都没有能通行的路，偏偏外面还出了一起交通事故。

"晚晚！"阮甄拉了拉秦湘的小臂，"你看看，那是不是你爸？"

秦湘有些近视，她从兜里掏出眼镜戴上，踮起脚去看。

十米外，两辆车堵在那儿，秦湘认出了其中一辆是周晏生的车，她移开视线去看另一辆车，才发现……

旁边的是秦盛年借来的那辆红色面包车。

顿时，她觉得一盆冷水从天而降，顷刻洒满全身。

阮甄没有注意到她不自然的神情，担忧地自言自语："坏了，不会蹭了人家的车吧？那车看着不便宜啊。"

阮甄急忙走过去，连身后的秦湘都没顾得上。

到了跟前，她们才发现，是道路太窄，两辆车无法同时通过，周围还挤着许多看热闹的大人小孩，所以才造成了堵塞的现象。

阮甄松了口气，多瞄了几眼那辆车，万幸的是，车身完好无损，一如既往的漂亮。

-217-

秦湘走过来便看到这一幕。

狭窄的胡同内,两辆车堵在路上,白色奥迪车和红色面包车形成鲜明对比。

不知道过了多久,红色面包车成功钻了出去,秦盛年把车开出胡同,给阮甄打了个电话,没说几句话,只是告诉她车停的位置。

阮甄挂断电话后,这才想起秦湘,回头远远望了几眼,在校门口旁边的一棵树下发现了她,随即招招手,示意她过来:"晚晚。"

秦湘只好过去,三步并作两步地小跑着,站定在阮甄面前。

她以为阮甄还有什么事忘了说,问道:"妈,怎么了?"

阮甄只是告诉她一声,自己要走了。两人道别后,秦湘对着阮甄的背影挥挥手,恰好路过一辆车,她立马闪到一旁。

那辆车刚巧停在秦湘旁边,豪车配着京市的牌照,秦湘忍不住多看了两眼。

紧接着,车上下来几人,秦湘几乎是一瞬间认出了是谁,他们是周晏生在冰岛的朋友。

"嘿,这不秦湘吗?"一男生捏着墨镜往下放,露出一双眼睛。

秦湘微笑以示回应。

气氛有些尴尬,好在周晏生及时出现,他把车停在校外,秦湘这才明白为什么这些人也来了,原来是给他当苦力来的。

几个男生把行李从后备厢搬出来,一齐抬进校内。

秦湘本想回教室,却被周晏生拽住。

她回头:"怎么了?"

周晏生盯着她的脸,看了两秒:"怎么没回我微信?"

秦湘早上着急出门,怕选不上一个好的床位,没看手机,她如实回答。

阳光越发刺眼,晒得头发丝都在发烫,额头的汗顺着脸颊的弧度滑落。

秦湘眼前突然出现短暂的一片黑,身形晃了下,周围的嘈杂声也消失了。

周晏生下意识拉了她一下。

秦湘用力眨眨眼,黑暗瞬间烟消云散,耳边恢复了往常的吵闹。

周晏生蹙眉，微微弯腰，视线与她齐平，眼里的担忧清晰可见："哪里不舒服？吃早饭了吗？"

秦湘乖巧地摇摇头。

周晏生二话不说，拉着她朝超市的方向走去。

进入超市，周晏生先是接了杯热水递给她，然后又去买了些面包回来，撕开包装递给她。

秦湘道过谢之后，安安静静坐在那儿吃着。

周晏生见她没什么事后便去外面接了个电话。两分钟后，秦湘看到他撩开透明门帘，走了进来，后面跟着他的一众朋友。

"周，我刚才搬的东西最多哈，你留学要不要考虑去冰岛？"

"滚啊，多搬了个什么？行李箱有轱辘，用你搬？"

周晏生懒得跟他们插科打诨，利用完劳动力毫不客气地开始赶人："搬完了？那可以走了，刚好帮我把车开走。"

他手一扬，车钥匙朝着几人飞过去，站在最前方的男生下意识地双手接住，脸上还蒙着，没反应过来。

"过河拆桥也不带这么快的吧？"

周晏生双手插兜，脚一勾，直接坐在秦湘边上的马扎上，虽然矮了一大截，但浑身的气场很强，不容忽视。

他吊儿郎当地说道："啧，你第一天认识我啊？"

几个男生走过来，随手拿了旁边的椅子坐在一边，有人环顾了一圈超市："这小卖部挺有年代感的哈。"

这群穿着简单、气质出众的富家子弟只是简简单单坐在那儿，便吸引了许多人的视线。

学校里有四个小超市，开学那天，他们所在的那个简陋的小超市营业额飙升，许多搬完行李的人纷纷跑来这里，就为了多看那几个帅哥一眼。

秦湘坐在角落里，尽量降低自己的存在感。

但这群人似乎没注意到周围人的目光，只是优哉游哉地聊天。

他们谈论的主题大多是股市和金融方面的专业知识，但一般人在外面这

样高谈阔论往往都会让人觉得这个人特别装。

只是这些人连同周晏生，聊那些普通高中生听不懂的话题时，就仿佛在聊游戏或者无比平常的事。

周晏生很少开口，几乎都是听着他们聊，但就算是这样，他也能一心二用，时不时从袋子里拿出吃的，撕开包装递给秦湘。

秦湘盯着手中被咬了几口的面包，喉间些许哽咽，脑海里莫名浮现出一些场景，眼眶渐渐泛酸。

搁置在矮桌上的热水还在冒着热气，头顶的风扇咯吱咯吱地转，超市里聚集的人有些多，空调的作用不是很大。

她盯着弥漫的热气，一时之间失了神。

一种极其怪异的感觉涌上心头，明明周晏生就坐在她身旁，但她却觉得，和他的距离在不知不觉中渐渐变远了。

那是一种特别诡异的感觉。

是近在咫尺的远。

只不过她那时不太想承认而已，但事实上就是如此。

特别是听着他和他朋友聊天的话题和姿态，那举手投足间上位者游刃有余的感觉，无时无刻不在牵动着她内心深处名为自卑的藤蔓。

她和他像是两座相邻的雪山，行人站在她这座雪山上，明明伸手便能触摸到他那座雪山，但回过神来才能发现，两座雪山之间的距离是那么远。

说白了就是自卑，在周晏生面前，她始终都把自己放在一个最低点的位置上。

或许。

周晏生给她的感觉就是。

千山万水的近，和近在咫尺的远。

从超市出来后，秦湘直接回到教室收拾没整理好的课本，桌面上积攒了些许的灰尘，她找了包湿巾，认真地擦起课桌来。

前桌是个女生，已经在座位上坐好了，因为今天没课，所以她正拿着手机在那儿玩。

教室里没几个人，大多数人都还在整理宿舍床铺，所以此刻的教室无比安静。

忽然，一道惊呼声从前排女生那儿传来，秦湘看了她一眼，又继续闷不作声地擦拭课桌。

前排女生突然转过身来，满脸羡慕地对秦湘说："你刚从超市回来吗？"

秦湘点点头。

那女生直接把手机举到秦湘面前，声音里带着抑制不住的激动："你居然认识这个小众歌手吗？我最爱听他的歌了！"

什么小众歌手，秦湘带着满心的疑惑去看递过来的手机屏幕，照片是偷拍的，上面的人即便是打了马赛克她也觉得眼熟，因为她的身影就在其中。

"就是他啊！在北欧一所大学留学的这个男生，他组建的乐队在那儿的华人圈子超火的，你居然和他坐在一起！啊啊啊……"

秦湘眯起眼去看，发现她说的那人是之前在冰岛的那个乐队主唱。

"啊啊啊！秦湘！你能不能帮我要个签名啊，我真的很喜欢他！"

秦湘听到这儿，面色犹豫："我和他不是很熟。"

前排女生听到这儿，满脸遗憾，但突然想起什么，满脸惊喜地开口："周晏生看起来和他很熟哎，要不，你帮我跟他说一说？好不好嘛，求你了，拜托！"

最后，秦湘抵不住对方的撒娇攻势，况且平时两人的关系还不错，她就答应了对方。

那天虽然没课，但晚自习照旧，老师在综合楼开动员大会，学生在教室里上自习。

秦湘给周晏生说了签名的事，周晏生听完后，满脸不爽，黑着一张脸："Jason 唱歌那么烂，你居然还要他的签名！"

秦湘眨眨眼，眼波里的无辜涌动。

最后，周晏生收敛起不耐烦，下课后给 Jason 打了个电话，要了张他的签名照。

-221-

Jason 的效率极高，第一节晚自习下课便让周晏生到校门口去拿。周晏生独自一人出了教室，走到校门口，和门卫说了几句，门卫便打开校门，笑呵呵地说："十分钟啊。"

　　周晏生出了校门才发现，这些人全来了，还是开着跑车来的。

　　车灯照亮整个胡同，四五辆车依次停在胡同内，完全把路堵死了。

　　Jason 下了车，戴着墨镜，穿着耍酷的衣服，吊儿郎当地走到周晏生面前："周，你什么时候成我粉丝了？"

　　周晏生笑着给了他一脚："谁是你的粉丝，那是秦湘让我要的。"

　　Jason 听到秦湘的名字，摘下眼镜，笑道："哟，看不出来，小姑娘还挺有品位。"

　　周晏生懒得理他："去你的，东西拿来。"

　　周晏生把签名照拿到手后，没了聊天的兴致，随手挥了挥："赶紧滚回北欧，下下周我放假，可不想在我家看到你们这伙人。"

　　Jason 被他这招卸磨杀驴气到没脾气了："行，我对你算是真心服了。"

　　周晏生哼笑，转身回了学校："爷回了，不送。"

　　他也不管身后的 Jason 对着他的背影咬牙切齿。

　　仅仅过了一节课，周晏生便把签名照给了秦湘，秦湘还有些发愣："这么……高效率的吗？"

　　周晏生一脸臭屁："废话，我一直高效。"

　　最后，秦湘顶着周晏生那灼人的目光，把那张签名照送给了前桌那个女生。

　　女生接触到周晏生那冷淡的眼神后，吓得不行，嘴里不停地道谢，签名照到手后立马扭回身子。

　　秦湘无奈。

　　四个星期后，高三生和刚刚开学的高一新生一齐放假。

　　这段时间，秦湘几乎是和试卷习题连在一起的，她把时间像海绵一样压缩，能挤一点便是一点。毫不夸张地讲，她有时候一天都不去一趟厕所。

黑咖啡和苦茶在她的桌肚和桌角随处可见，风油精更是必需品。吃饭也是囫囵吞枣般地吃，她已经不好意思让别人再帮她带饭了。

那时候，各科老师都能看到秦湘身上那股高三生的拼劲儿，她和任课老师的关系都不错，很多老师都在劝她现在刚进高三，不必这么拼命。

这话放在别人身上，那势必会说老师是放弃了那个学生才会这样，但对秦湘来说真不是。她已经因为低血糖晕倒过两次了。

因为还处于夏末，气温居高不下，所以她趁中午别人吃饭的时间去洗头，但时间紧，洗完头再吹个半干，午自习便开始了，因此她又趁着别人午睡的时候，吃一些不会散发味道的食物，边吃边背英语词典。

她那段时间的用功人人都能看出来，她知道，自己和周晏生的差距很大，要用绝对的努力才能追上他。

好在苦尽甘来，一切努力都是值得的。

平芜市全体高三生在放假前举行了一次大型摸底考试，所有人都必须参加，包括一些体育生和艺术生。

考试成绩出来之后，秦湘毫无意外地取得年级第一，竟然把周晏生都超过了。

秦湘班级排名第一，年级排名第一，全市排名第三。

放假那天阳光很好，她手里拿着市教育局颁发的荣誉证书回了家，一家人都很高兴，和和气气地吃了顿饭。

进入高三之后，时间过得飞快，眨眼间，平芜送走秋天，迎来初冬。

那几个月在秦湘的青葱岁月里占得比重很大。

那时候，短视频平台迅速席卷市场，在高中生和大学生之间风靡许久，许多小众歌手层出不穷。也是在那段时间，新型网红取代了旧版网红，占领市场热潮，成为年轻人的喜爱。

网络上，社会摇和喊麦渐渐隐入尘烟，不再出现在大众面前。

相反，许多"技术流"网红掀起了一股热潮，与之一道同行的还有慢动作、手势舞、变装视频等。

后来,许多年过去之后,大家都在怀念那个2018年的夏天。

2018年的夏天也被全网公认为最好的夏天。

几乎每天中午,她和马欣欣一起吃午饭的时候,马欣欣嘴里都在哼着新歌。

马欣欣是艺术生,声音好听,秦湘权当是听音乐放松大脑了。

十一月初,一场受到各界高度关注的电竞比赛如约而至,那天碰巧是个周六,高三生放假的日子,是很难得的两天假期。

放假当天,秦湘回家之后,一直在补作业,周晏生特地在放学前约她下午去他家看电竞比赛。

秦湘起初没想答应,但后来被好多人说服了,到最后也就迷迷糊糊地答应下来。

大约下午三点,她就被周晏生叫了出去,秦诚也跟着一起去了周晏生家。到了那儿,秦湘一进客厅,那场面简直令她呆愣在原地。

原本偌大的客厅,此刻被挤满了人,大多是平中的男生,一时之间,满满当当的,比他过生日那天人还要多。

大屏幕的液晶电视此刻播放着游戏直播,比赛还未开始,但在场的男生似乎提前紧张起来。

秦湘被周晏生带着,一一掠过众人,坐在长沙发的一角。

途中,有人和周晏生打招呼,他心情似乎不错,脸上始终挂着笑容回应。

直到坐下之后,秦湘才有机会和他说上话:"怎么这么多人啊?"

周晏生回她:"今晚有比赛,之前在学校里,大家约好的,一起来看。"

秦湘点头,"哦"了一声,便安静乖巧地坐着,不再吭声。

也是,周晏生向来随和,人缘又好,虽然面上高冷,但他不缺朋友。况且,这个比赛貌似是许多男生感兴趣的。

但她从没打过游戏,也没听说过这场赛事,导致她听了那些陌生的英文有些蒙。

估计是周晏生怕秦湘对比赛没兴趣,感到无聊,他索性把南栀叫过来陪她，最后马欣欣也跟着一起来了。

秦湘看了眼两人，怪不得当时周晏生说下午去接她的时候，马欣欣一直在旁边撺火。

客厅内很吵，临近三点半的时候才堪堪安静下来。

"国际惯例，比赛前立个Flag（目标），IG要是赢了，我倒立洗头。"

好不容易安静下来的客厅因为这句话成功破防，男生之间的躁动又开始了。

"我！我穿女装围着平芜跑一圈！"

"……"

南栀一脸无语："好幼稚啊，好歹是高三学生，怎么一个个的这么疯？"

马欣欣接话："这比赛多重要啊，我都忍不住想立一个了。"

南栀睨她一眼。

一边的男生喊了声周晏生，吵着闹着让他这个东道主也要立个Flag，在这种比赛前，绝大多数男生都会这么热血、这么疯。

周晏生笑骂道："你们想立就立，扯上我干吗？"

"不行，你必须来一个！"

"周老板尿了啊？"

周晏生想逃都逃不了，他推开挤在面前的一众男生，被磨得没了脾气："行，立。"

他指了指窗外的车库，身上那股嚣张狂妄的气息再也无法掩盖，指尖正对着的是辆黑色跑车。

周晏生清了清嗓子："IG赢了，我举着队旗开着那辆车绕着平芜转二十圈。"

他挑眉，顽劣到无极限："怎么样？"

客厅内的气氛被推上高潮，那些男生像打了鸡血似的，纷纷乱吼起来，明明比赛还未开始，他们却如此嚣张，仿佛要准备履行那些目标。

秦湘趴在沙发背上，看了这群人一眼，碰巧对上周晏生投来的视线。

他的笑容肆意又轻狂，身上那股少年人的劲头再也挡不住。

刹那间，秦湘在嘈杂的吵闹声中再一次清晰地听到了心跳的律动。

"怦怦怦"，好像下一刻就要蹦出来。

浑身被滚烫的血液充斥着，皮下的温度无比燥热，心跳比任何一次都要快速。

周晏生身上的顽劣、嚣张、肆意、轻狂一如既往。

在他身上，希望始终蓬勃生长。

在他身上，始终贯彻着青春勇无畏。

他也始终——

往前冲，向上迸发，向阳盛开。

起初，秦湘只以为他们在比赛前吼一吼，没想到的是，比赛进行的过程中，屋内的鬼哭狼嚎更离谱，最后对比赛没兴趣的几位女生也不再捂耳朵了，面色平静，看似是认命了。

令她出乎意料的还有周晏生，以往他给人的感觉就是又跩又冷，结果他看比赛的状态也比别人冷静不到哪里去。

他倒是不像其他男生那样疯狂，最后，敌方的水晶被推掉的时候，他也像其他人一样击掌拥抱在一起。

那晚到最后，一群人浩浩荡荡地出门吃饭，场面盛大到秦湘觉得有些丢人。

也是那阵子，火爆的短视频平台上的一个视频突然点击破百万，视频里，一辆跑车沿着平芜郊区的街道，足足转了二十圈。

车上方，熟悉的亮眼队旗熠熠生辉。围观的人很多，但没人知道跑车内的富家公子哥是谁。

进入十一月，平中率先让学生提前开始适应高考的模式，每次考试都按着高考的要求进行。

所以，平中也顺势整顿放假制度，从最初的两周放一次假改为四周放一次，在 2019 年新年到来之前，硬生生地安排了四次大型考试。

2018 年的最后一天，平中正式给高三生放假，假期同样是两天。

跨年夜那晚，平芜下了场好大的雪，大到什么程度呢？

第二天，平芜的暴风雪这个话题上了热搜。

放假当天，秦湘回家先冲了个热水澡，之后换了身新衣服。

室外的暴风雪在晚上八点渐渐转为小雪，街道上的路况并不太好。她盯了两秒，狠下心，拎起提前装在牛皮纸袋里的围巾，出了门。

暴雪夜的冷风声不绝于耳，那尖锐的呼啸简直丧心病狂，鹅毛般的大雪在空中摇曳起舞，树枝都在随风乱动。

路上的积雪很厚，外加上街道上几乎没什么车辆，硬生生地整出了世界末日的感觉，天地间宛若一个破碎的、割裂的存在。

秦湘费了九牛二虎之力才截到一辆出租车，二十分钟后，车子终于慢吞吞地到达目的地，安安稳稳地停在平芜的富人区——平都西苑。

秦湘推开车门，抱紧怀里的纸袋，进了小区内，快步走进周晏生家的小院内。周晏生告诉过她他家的密码，所以此刻她轻车熟路地打开房门。

房门发出轻微的电流声，门锁被打开发出"啪嗒"一声，她推门而入。

客厅离玄关有段距离，里面传来男女混杂的对话声。

秦湘轻轻蹙眉，动作放到最轻地换了粉色棉拖鞋，牛皮纸袋也从怀里转到掌心中。

"周，我特地回来找你，你对我就这么冷淡？"

是一个女孩的声音，嗓音透着娇俏。

"还有，你选好去哪所学校留学了吗？"

"还没。"

秦湘听出来是周晏生在讲话，他的声音淡淡的，听不出什么情绪。

她不知道该如何形容听到对话声之后的心情，整个人愣在原地，一动不动，像是一座安静的冰雕。

"啧，你确定不把留学的事情告诉秦湘？"

客厅内不止两个人，秦湘能分辨出那是陈燃在和周晏生讲话。

"没必要。"周晏生的声音有些冷，最起码比刚才要冷。

秦湘心里有些发慌。

没必要什么？

留学的事情没必要告诉她吗？

那晚，秦湘硬生生地在玄关站了足足十分钟，他们的对话声全被她听到了。

玄关很冷，室外的冷气从房门最底部的缝隙里钻进来，直冲着她。

秦湘等了很久，都没等到周晏生的澄清。

一阵冷风将她吹醒。

秦湘在心底问自己：

你还没看清吗？

你和他们，和周晏生不是一路人的。

高三大型考试肉眼可见地增多，秦湘的心思全扑在学习上，很少关注其他事情。因为同桌是周晏生，她曾动过申请调换座位的心思。

她为了保住分数和名次，牺牲了太多，身体的抵抗力也降低了不少。从前一年都很少发烧生病的她，现在竟然开始三天两头地感冒。

没人提醒的时候，她经常忘了吃药。

而那段时间，周晏生也不知道在忙什么，经常性地请假，几乎每周都有两三天的空缺。

很多次，秦湘桌上堆满试卷，她做完题便看看身旁的空位，好像在不知不觉间，两人的距离变远了。

她的心里装的都是现在，和周晏生聊的话题也大部分都是考试或者高考。但周晏生似乎在准备别的东西。

有一回，她在食堂撞见他和其他男生一起吃饭，因为她在他们身后，所以没人注意到她。她清楚地听到了陈燃和他的对话声。

听倒是没听懂，因为字里行间都透着她未曾涉及的领域。

秦湘的感冒断断续续地持续了两个礼拜。

这两周，周晏生一次都没回过学校，但陈燃还在，虽然不知道周晏生最近在忙什么，但是她觉得有些话也该跟周晏生说清楚了。

她特地在放假前一天问过陈燃,得知周晏生还在平芜后,她便顶着暴风雪又去了趟周晏生家,怀里还抱着她上回没送出去的围巾。

秦湘敲门,来开门的是陈燃,见到她回头喊客厅里的人:"周老板!有人来了!"

他喊完就不管不顾地去了厕所。

客厅里除了周晏生还有一些他的朋友,众人一听有人来了,立马起了好奇心,纷纷赶在周晏生之前站起身,一窝蜂地到玄关来看。

面前一下子拥入这么多人,秦湘有些不适应。

现在,她觉得自己像动物园里的猴子,被一些高高在上的人围观着。

她站在原地,不知该如何是好。

此时的她像个局外人。

"愣着干吗?还不走?"

周晏生适时地站出来,他身上穿着宽松的家居服,双手插兜站在这群人身后。

这群人见状纷纷起哄往外走。

这群人走得很快,连同陈燃,不过三两分钟,偌大的房子就只剩秦湘和周晏生了。

"还站那儿干吗?进来。"周晏生撂下这句话,步子慢悠悠地走回客厅。

秦湘感受到胸腔里的酸涩,拎好围巾,朝着客厅走了进去。

两周不见,周晏生还是那么潇洒不羁,头发更短了,贴着头皮,他吊儿郎当地坐在沙发上,拿着遥控器换了几个台后,发觉秦湘没有半点开口的意思,他手一扬,索性扔了遥控器,目光冷冷地扫过来。

"你怎么来了?"

秦湘:"我……给你织了围巾。"

周晏生闻言,扬起眉梢,声音渐渐愉悦:"是吗?我看看。"

秦湘安静地把围巾从纸袋里拿出来,围巾是墨绿色的,纹理清晰,是那种很保暖的款式。

她把围巾递给周晏生。

周晏生起身接过，揉了一把毛茸茸的围巾，笑了："手艺不错，谢了。"

秦湘一直沉默着坐在沙发的一角，眼神轻飘飘的，大脑好像在放空。

周晏生的注意力貌似全在围巾上，半个眼神也没给她。

之后长达半小时的时间内，客厅仿佛一直处于静止状态。好半晌后，秦湘才开口，她的声音有些沙哑，一听就能听出来感冒还没好透。

"你……是要去留学吗？通知书已经下来了对吗？恭喜你。"

周晏生动作一顿，嘴角的笑渐渐收了起来。

周晏生抬起眼皮，直勾勾地盯着她看了好半晌，语调很慢："你什么意思？"

秦湘闭上眼，轻声开口："我觉得……我们根本不是一个世界的人。"

空气凝滞了几秒，片刻后，周晏生倏地笑了："然后呢？"

秦湘的话只是在讲她主观上的看法，但现在有人开了这个头，她不得不顺着说下去了。

她慢吞吞地抬头，语调软绵绵的："我觉得，我们好像根本没必要做朋友。"

周晏生冷笑："好啊。"

秦湘是真的没想到他答应得这么迅速，连考虑的时间都不用，几乎是在她说完后的一瞬间，他便同意了。

周晏生的痛快，出乎了她的意料。

原来这段时间都是她在作茧自缚。

是她自作多情了。

很多个因为他而难以入眠的夜晚，现在想想，她好蠢。

周晏生站起身，直接把围巾扔给她，穿着拖鞋上楼，他好像突然想起了什么。

"行了，没事就滚吧。

"还有，以后你也别来了。"

第十章

/

她看不清自己的未来了

NASANNIAN

周晏生上楼之后,站在楼梯拐角处。楼下玄关传来门锁的声响,他顿时松了口气。

这两周,他回了一趟京市,敷衍了周楚阳后就急忙返回平芜。

周楚阳擅自帮他处理好了留学的一系列事情,他之前参加过雅思托福考试,周楚阳便拿着准备好的资料,帮他申请了许多大学。

收到录取通知书后他是怎么做的?

他当着周楚阳的面,毫不犹豫地给撕了,却换来秦湘的一句"我们不适合做朋友"。

暴雪虽然停止,但平芜的冬风还在继续呼啸,树枝被风晃得不成样子,许多小树无法抵御寒风,硬生生地被风刮倒了,发出惹人心慌的声音。

周晏生偏头，扫了眼窗外的场景，白雪与黑夜交织，麻雀落在枝头，雪簌簌地往下掉。

他后悔了。

几乎是一瞬间，他转身下楼，快速走到玄关处，随手拿起车钥匙，披了件黑色长风衣便出门了。

他很急，动作透着慌乱，车钥匙好几次都没对准插孔。

抵达秦湘家附近后，周晏生下了车，却没进小区，而是在小区外的一条小巷口等着。

他就安静地站在那儿，好像感觉不到冷一样，身上的那件爆款风衣根本没有御寒作用。

小区附近住着很多商贩，即便是暴风雪的天气，也有很多从农贸广场收摊回家的。

街对面恰巧经过一对父子，父亲看起来四五十岁，身后拉着一个餐车，儿子则十岁的模样，身高还不到父亲的肩膀，但他却走在餐车后，用力地帮忙推。

那是个上坡，不算陡，但因为路滑，也不太好走。

周晏生皱眉，刚想过去帮忙，身后便传来一道惊呼声。

他愣在那儿，不为别的，只是那声音很熟悉。

周晏生回头，小巷深处一片黑，什么也看不清楚，而刚才的那声响也不再继续，一切仿佛只是幻觉。

他转回身，身后的小巷又出现声音了。

这次他确定，他没有听错。

声音是秦诚发出的。

最后，周晏生看了眼小区门口的方向，转过身，向着黑暗处走去。

张武朝着秦诚的脸啐了口："看不出来，你这小白脸还挺牛啊，明天还要去参加一中的招生考试？"

张武的小弟接话："张哥，你跟他废什么话？"

张武踩在秦诚胸膛上的脚重重地碾了碾："臭小子，劝你识相点，把钱交出来吧。"

秦诚后背贴着雪,一片冰凉,他费力地开口:"张武,你是不是屄了?有本事单挑!"

张武闻言,愣了一下。

秦诚趁着这个当口,甩开他的脚,迅速站起身,在张武身后一个过肩摔把他撂倒:"去你的,屄包!"

张武带了五六个人,其他人见状,纷纷围了上来。秦诚虽然个高,但以一敌多那是痴人说梦。

没五分钟,他便被重新摁在地上,嘴角处还见了血。

"张武,你是不是有毛病?为什么老缠着我!"秦诚皱眉问。

张武笑了,拍了拍他的脸:"我就是看你不顺眼,怎么办?"

秦诚服了,翻了个白眼。

张武是这一带的混混,没事就爱勒索住在附近的学生,美名其曰收保护费,秦诚也是受害者。前两年,张武犯事被抓,关进去教育了一段时间,但出来后还是死性不改。

"吃了两年牢饭还没让你长记性吗?"秦诚厌恶地说。

这句话戳到了张武的痛处,张武急了,手下力道加重:"你小子,别太猖狂。"

秦诚笑了:"你以为我会怕你?继续吃牢饭吧你!"

秦诚无所谓的态度配上嘲讽的语气,一下子把张武的自卑搅了出来。张武直接上手又给了秦诚一拳,双手揪着秦诚的衣领,恶狠狠地说:"你有种再说一遍。"

秦诚被打得偏头,嘴角突突地疼,但年轻小伙普遍火气重,他梗着脖子开口:"行,听好了,继续吃牢饭去吧你!"

张武彻底被惹恼:"还傻愣着干吗,都给我上!"又放话,"明天你还想考试?我打得你进不了考场。"

"你想打得谁进不了考场?"

一道冰冷的男声从一旁传来。

这声音竟然奇迹般地叫停了这场乱斗。

秦诚费力地抬起眼皮,一脸吃惊:"生哥,你怎么在这儿?"

周晏生走过来,扫了一眼几人。他伸手揪住张武的衣领:"说来听听,你想弄死谁?"

张武呼吸不过来,脸上黑红黑红的,双手扣住周晏生的手腕,可无奈对方力气大到不可想象,话连不成句子:"你……给老子……松开……"

秦诚被周晏生的模样吓傻了,他看到周晏生那双黑如磐石的眼睛没有任何温度,像是在看一群死物。

想到这儿,他颤颤巍巍地支着墙站起来:"生哥,你放开他,一个小混混,犯不着你这样。"

确实,张武都快翻起白眼了,他的几个小弟也都和秦诚一样吓傻了,他们平时都是小打小闹,哪见过这种场面。

周晏生垂眼,瞥见秦诚那张带了些惶恐的神情,他松了手,张武直接摔倒在地。

周晏生看到这一幕,冷笑,走过去,朝着秦诚伸出一只手:"还能站起来吗?"

"能。"

秦诚手附上去,借着力道直起身。秦诚看了眼站在一旁目光直直地看向周晏生的张武,两人隔着几米对视。张武整个人趴在地上,他的小弟也不敢过去扶他。

秦诚注意到张武的眼神,觉察出不对劲,但就是说不上来哪里不对劲。

周晏生帮秦诚看了看身上的伤,又想起刚才几人的对话,他问:"一中的考试是在明天?元旦啊?"

秦诚碍于安全考虑,和周晏生换了个位置,他回答:"嗯,一中向来这么卷。"

周晏生低头笑了,再抬头,眼前闪过一道银光,他心口一缩,几乎是下意识的动作,一把推开站在眼前的秦诚,自己迎了上去。

秦诚还没反应过来,耳边就传来一声隐忍的闷哼,紧接着,血腥味弥漫空中，夹杂着独属冬意的冷。

"张武！"

有人失口大喊。

"砰"的一声，秦诚身侧那抹高大的影子轰然倒塌。

秦诚不可思议地转过去。

雪地上，开了朵鲜艳的红花。

张武整个人像丧心病狂一般，紧紧攥在手里的水果刀突然抽了出来，再一次地向着方才的位置捅了进去。

秦诚反应过来，一把推开张武，狠狠地踩在他的胸口上，瞥眼看向一旁。

周晏生跪伏在那儿，手捂着腹部，一股股的鲜血落在雪地上，他脸上的血色眨眼间消失殆尽，面色苍白，唇色近乎透明。

"生哥！"

秦诚急忙掏出手机拨打急救电话，另一只手按着伤口处，想要止血，可那血水却像是没有尽头一般，拼了命地往外涌。

"生哥，你别怕，我打了120了，救护车很快就来。"

秦诚眼尾猩红，猛地抬头，哪还有张武那几个小弟的身影，他们早跑了。

周晏生没觉得怕，只是浑身的力气都被抽走了，天地间已经模糊一片，困意上头，他强撑着最后一点意识，用尽余下的力气说道：

"别告诉你姐。"

秦诚的眼泪瞬间涌了出来，他低骂一声，余光瞥见张武整个人躺在雪地上，脸上挂着放松的笑。

电光石火间，他懂了，刚才的不对劲从何而来。

是张武，张武那种状态分明是电影里演的那种已经走到穷途末路、不计后果的人。

救护车来得很快，救护人员也迅速把周晏生抬上担架，那时候，周晏生的意识尚未消失，他偏头。

秦诚立在担架旁，全部注意力都放在周晏生身上，救护人员站在周晏生脚边，踩着脚轮刹停它。

在场几人都面朝着救护车，只有周晏生面对着小巷深处的黑暗。

也没有人注意到阴暗的角落，张武已经悄无声息地站起身，一步一步走近救护车，他像个囚徒，垂落在身侧的手里还捏着一截锋利的树枝。

只有周晏生发现了。

也是那时，他浑身冰冷，血液仿佛不流通，瞳孔急速缩小，眼前的重影像是老电影一般快速掠过。

以前，秦湘总是在他耳边碎碎念，说秦诚的成绩现在都要超过她了，她要更加努力，但话里话外都在为弟弟的成绩感到自豪，为他的努力感到高兴。

一个念头钻入他的脑海里，生根发芽。

不能让秦诚受一点伤，他明天还要参加考试。

如果秦诚不去考试，秦湘会伤心的。

张武扬起手臂的那一瞬间，他攥着秦诚的手借力坐了起来，再一次地挡在他身前。

树枝刺过来的时候，全世界好像都停了。

秦湘出了周晏生家后，步行离开平都西苑，路上的积雪很厚，深一脚浅一脚。

太冷了。

她双手凑到下巴处，不停地哈气来获得丝丝暖意。

白色雾气从她口中出来之后眨眼间消失不见，最后，她实在受不住冷，还是从那个纸袋里拿出墨绿色的围巾，一圈又一圈地给自己围上。

想起明天是秦诚考试的日子，她路过一家文具店，便进去帮他买了备用文具，兴许是运气好，出门后便看到一辆出租车。

半个小时后，因为不方便掉头，司机把车停在了小区门口对面。

秦湘付了钱，下车后发现那条昏暗的小巷内停着一辆救护车和一辆警车，两种警报声交相呼应，吵得周围许多邻居出门看热闹。

秦湘不喜欢挤进人群围观，毫不犹豫地转身进了小区。

那天晚上，秦盛年和秦诚回家的时候已经是半夜了。

秦湘睡到一半被尿憋醒，她起身去了趟厕所，刚从洗手间走出来，便撞上刚回家的父子俩。

她有些疑惑，但又想起秦诚这段时间几乎每晚都学到凌晨，困意使然，她只是和两人打了声招呼，之后就回了卧室。

如果她再仔细一点，就能闻到两人身上的血腥味和注意到两人看到她之后明显变得不自然的表情。

第二天，全家人送秦诚去考试。路上，秦诚紧张得满头冒汗，秦湘觉得好笑，忍不住打趣道："你怎么回事？别待会儿进考场吓得尿裤子。"

开车的秦盛年不动声色地看了眼后视镜，给秦诚使了个眼色，意思是让他放松点。

考试进行了两天，那两天秦湘全家都把注意力放在他身上。

两天后，考试结束，秦诚走出一中的校门，给留下来等他的阮甄和秦湘打了个招呼，声称自己和同学约了一起吃饭，急匆匆地跑了。

阮甄忍不住笑了，之后开车载着秦湘回了家。

三天假期过得很快，平中开学那天是一月四号的下午，秦湘到了教室才发现，周晏生没来上学，不仅如此，他书桌上的所有物品都被搬走了。

这已经不是第一次了，秦湘也习惯了他这种突如其来的人间蒸发。

阳历新年过后，秦湘的学习状态保持良好，只是，身体似乎出了点问题。

那一周，很多人患上了流行性感冒，秦湘的身体抵抗力向来差，所以也不幸中招。

只是她的症状相对其他同学来说更加严重。

周日那天，也就是一月六号，秦湘请病假回家。

现在真相大白，阮甄在血缘上虽然是秦湘的姑姑，但长久以来的养育早已滋生出不可磨灭的亲情，阮甄一直都细心，即便是秦湘现在开始住校，她也在秦湘放假的那段时间看出秦湘身体的变化。

也是赶巧撞上病毒高发期，她便想着带秦湘去做一次体检。

秦盛年处于休假状态，平芜的路况不太好，他索性开车带娘俩去。

他有私心，本来想带着两人去市医院，但通往市医院的那条路出现车祸，最后只好放弃那条路，转而驱车驶往中医院。

中医院是平芜的一家三甲私立医院，许多医疗设备比市医院不知先进了多少倍，这也是当初秦盛年让爷爷在中医院治疗的原因。

阮甄提前在网上预约了体检套餐，所以进了医院后的一切事情格外顺利。中医院很空，秦湘在排队等检查的时候，听到前面的人在八卦什么。

"哎，住院部九楼怎么被关了啊？那不是VIP病房吗？"

"啊，我也听说了，就是不知道为什么。"

秦湘站在那两人身后，目光闲闲地落在报告单上。

队伍里，两人前方突然有一个戴着口罩的男人加入了她们的对话。

他的声音压得很低："我有一朋友是这儿的实习护士，她前几天和我说，是有位富二代在咱们这儿受伤了，还没脱离生命危险，所以一直住在这儿。"

那两个沉浸在八卦世界的人被这个戴着黑色鸭舌帽和口罩的男人打断，其中那个红发女人实在按捺不住好奇心，凑过去问那个全副武装的男人："富二代为啥会在咱们这个小地方受伤？"

"不是，好像是在街上碰上打劫的小混混了！"

这些话传入秦湘耳朵里，但她没在意。

抽血化验结束后，秦湘马不停蹄地进行之后的肝胆超声检查，之后便是心电图等一系列非空腹可做的检查。

一般来说，体检结果都是一周后来取，但秦湘先去普通内科做的血型检查，这项检查只需要等半小时就能出结果。

血型检查报告是阮甄拿的，她去拿报告的时候，秦湘正坐在一楼大厅，和秦盛年一起等她。

又过了半个小时，还是迟迟不见阮甄的身影，秦盛年坐不住了，起身去了取报告处，果不其然在那儿看到了阮甄。

秦盛年快步走过去："怎么了？"

阮甄盯着报告单上那个"AB型"发呆，没听到秦盛年的话。

她这副失魂落魄的样子令秦盛年有些许的不安，他从阮甄手里抽走报告单，看了几眼，没看出什么毛病，忍不住碰了碰她："怎么了？"

阮甄回神，抬起头，眼眶里装满泪水："我哥和嫂子都是 O 型血，不会生出 AB 型血的孩子的……"

这话像天方夜谭一般，在秦盛年脑子里轰地炸开。

"你记错了吧。"秦盛年听到这个消息，下意识地不相信。

阮甄摇头，语气无比认真："我哥从嫂子走了之后就变得郁郁寡欢，连阮清都送去了外婆家，当时我怕他出什么问题，特地带他做了个检查，当时也是我拿的报告，报告单上写得清清楚楚，他是 O 型血。"

"那可能你嫂子不是吧。"秦盛年还是不信。

阮甄皱眉，陷入回忆："嫂子怀孕验血，我和她一起去的……"

空气陡然变得安静，他们站在一个拐角处，周围拿了报告的人都纷纷离开，没人留意这对夫妻的状态。

"你是说……晚晚不是你哥和嫂子的孩子？"

秦盛年的嗓音透着说不清道不明的沉重，他刚要继续开口："那——"

"做个亲子鉴定吧。"阮甄忽然打断他。

也是在那时，她豁然开朗，为什么过去十几年，许多人都说晚晚的长相随她，她当时不在意，觉得侄女长得像姑姑也不少见。

但放在现在，这种条件下，一切好像有了答案。

秦盛年没想到她居然这样说，不可置信地问："你说什么？"

"晚晚出生那年，中医院初建成，市医院那时收费高，咱们和嫂子都去的中医院，但中医院那会儿的设施哪有现在好？那时候中医院拉不到投资，但因为收费低，很多孕妇也都直奔中医院。

"后来有一年，出了一件抱错孩子的事，中医院口碑受损，还上了报纸。这些，你都忘了？"

秦盛年再听不出来阮甄的意思就愧当那么多年的人民警察了，往事浮出水面，他面上布满层层凝重："我懂——"

"——晚晚？！"

阮甄率先在拐角发现秦湘，下意识地惊呼出声。

秦盛年愣在原地，双腿像灌了铅，动弹不得。

他们的对话，完完整整地被秦湘全听到了。

秦湘站在原地，眼神虚无，落在墙角，她的眼里没有温度，没有冷暖。

以前，她觉得父亲那样苛待她，仅仅因为她不够优秀。

所以，她拼了命地学习，只为了证明自己。

后来，她才得知，并不是因为她不够努力，而是因为她不是父亲的亲生女儿，她只是被调换的那一个，不受宠的孩子。

但现在，老天好像给她开了个玩笑。

从秦盛年和阮甄的对话里，她猜出了个大概。

不过就是，她和表姐阮清在十九年前被抱错了，后因一位算命道士的话，她和阮清阴错阳差地被"物归原主"。

也就是说，秦盛年和阮甄，不出意外，是她的亲生父母。

回想以往十几年，她为了得到秦盛年的父爱，拼了命地努力学习，学到低血糖昏迷，学到头晕眼花，学到鼻血流不止。

但这一切在当时只被秦盛年说成"你是女孩子，就要肯吃苦，只有吃最多的苦，才能成功"。

他会为她因为学习变得消瘦，因为熬夜刷题影响视力，因为把吃饭的时间挤出来背英语单词从而低血糖到晕倒数次感到骄傲。

她的所有努力被亲生父亲用来称赞苦难。

她的努力从没得到过奖赏。

有的只是秦盛年口中的"我们要以苦为乐，以苦为荣"。

就这样，在一次又一次的思想禁锢中，她渐渐忘记了上学前的自己。

童年的不幸，青春期的破碎。

渐渐地，她忘却了时光洪流前的她。

十几年前。

秦湘也只是一个吃到糖就会开心一整天的小女娃，吃一次肯德基能开心大半年的小女娃。

她好想回到那个自己还不需要懂事的时候。

她好怀念，好怀念小时候的自己。

"晚晚，你是不是都听到了？"阮甄及时开口。

秦湘回神，往前走了几步，虽然是笑着的，但那笑容说不出的苦涩。

"嗯，爸妈，今天的检查完了吧？我们回家吧？"

秦湘看起来并没有因为这件事而变得不同，只是更加沉默了而已。

一家三口出了医院，秦湘平静地提出了刚才阮甄的想法："去做亲子鉴定。"

中途，秦盛年驱车回家拿了户口本和秦湘的出生证明，之后便驾车前往平芜亲子鉴定中心。因为秦盛年职业特殊，接触过这类单位，所以流程进行得很快。

结果要等三个工作日，日子是在体检结果出来之前。

那三天，家里一切照常，日子要照旧过。

秦湘只请了一天的假，所以在当天下午便返校继续上课。

她看起来很平静，外在情绪上并没有什么波动。

出结果那天，秦盛年刚好结束休假，所以是阮甄去领的报告单。

明明已经有了心理准备，但看到那白纸黑字的时候，阮甄还是恍惚了一阵。

鉴定意见那一栏印着工整的楷书：

支持标记为"秦湘"的样本中DNA与标记为"秦盛年"的样本中DNA的来源者之间存在生物学亲子关系。

秦盛年那晚回家后，看到了放在餐桌上的文件，打开一看，里面写得很清楚。

晚晚是他的亲生女儿。

一时之间，报告单被他紧紧地攥在手里，那个身形高大的男人慢慢蹲在地上。

许多老旧场景出现在脑海里。

八岁的晚晚,眼神满是羡慕地望着别的小女孩怀里的芭比娃娃。

十三岁的晚晚,因为成绩不理想,手被他打得通红,但她强忍着眼泪,不让它流出眼眶。

十五岁的晚晚,在家长会上,呆愣地看着其他同学和家人的和睦。

十七岁的晚晚,因为常年将她和阮清做比较,自此变得不自信,郁郁寡欢,性格被磨得失去棱角。

过往十多年,他都干了什么。

他都是怎么对待亲生女儿的。

秦盛年,你真愧为晚晚的父亲。

体检报告单在一周之后通知去取,当时留的电话是秦盛年的,他接到电话便立即请假,驱车前往中医院。

到了那儿,他没有先去拿报告单,反而是直奔住院部九楼。

两周前,秦盛年在平芜派出所接到报警电话后立刻出警,到了现场才得知是秦诚被小混混堵了,挨了顿揍,那个混混头子气急败坏地想要拿刀捅伤秦诚。

但被周晏生挡了下来。

周晏生的手术很成功,已经脱离危险期,昏迷了整整一周,上周末才醒过来。

周晏生的病房有人看守,秦盛年不敢上前,也没脸上前。

人家是替他儿子受的伤。

秦盛年得知他恢复得不错,便离开了。

从住院部出来之后,秦盛年转头去了前楼,去拿秦湘的体检报告单。

秦盛年上了车,随手把报告单放在副驾驶座上,医生的话不停地回荡在耳边,令他久久无法回神。

"从你女儿的CT扫描结果来看,她的胰腺出现异常组织,这个地方阴影过大,我怀疑是肿瘤,但是否良性,还需要她来做进一步检查。"

"但希望你提前做好心理准备,因为胰腺癌有家族聚集性的病例,从你父亲的病史来看,你女儿患有胰腺癌的概率很高。"

…………

"——盛年!"

阮甄去推他的肩膀:"你从医院回来就这样一副魂不守舍的模样,到底怎么了?"

秦盛年偏头看着妻子耳后的白发,恍如隔世,原来他们都不再年轻了。

医生的话像魔咒在脑海里不断打转,他喉间哽咽:"晚晚……"他拼命发声,却怎么也说不出那几个字。

阮甄第一次见到秦盛年如此失态的模样,心慌得不行:"到底怎么了,你倒是说啊。"

"医生说……晚晚……可能是胰腺癌,恶性肿瘤,和爸一样。"

恶性肿瘤……胰腺癌?

"怎么可能,晚晚才十几岁,那么小的孩子怎么可能得这种病呢?中医院以前都能出现抱错孩子的事情,这个肯定也是医生误诊的。"

阮甄不相信,甩开秦盛年站起来:"不可能的,我再去医院一趟。"

"阮甄!"秦盛年抱住她,"医生的话已经很委婉了,你别这样,医生让我们带着晚晚去做病理活检。"

"你走开!"阮甄朝着他怒吼,"你向来不喜欢晚晚,一定是你瞎编的!"

"阮甄——"

"啪"的一声,阮甄甩给秦盛年一巴掌,眼睛里的红血丝清晰可见,她像个泼妇一般大吼:"我才不信我家晚晚得病了,她还那么年轻,成绩在市里排名第三,大好前程应有尽有,老天爷不可能会让她得病的!"

她渐渐失了力气,双目无神地盯着地面,低声喃喃道:"我家晚晚命苦,明明是我的亲生女儿,却被医院抱错了,又因为你们听信那个算命的话,导致我从没好好对待我家晚晚。

"晚晚连最起码的父爱和母爱都没感受过,你现在说她得病了,我不信!

"我不信……我不信。"

刺耳的手机铃声打破了一切混乱,秦盛年看到是秦湘的老师打来的电话,急忙接听。

"秦湘家长吗？我是她的班主任,她今天……"老师似乎觉得有些难以开口,"她今天吃饭的时候晕倒了,听同学说晕倒之前一直流鼻血,止都止不住,现在我们在去往中医院的救护车上。"

老师的电话像压死骆驼的最后一根稻草。

这个家,彻底地支离破碎了。

阮甄和秦盛年赶到医院的时候,秦湘已经被推出诊疗室了。

老师也不明白为什么把秦湘转到了肿瘤科,但看到秦湘的父母之后,便说自己学校还有事,告知后回了学校。

秦湘全程都处于昏迷状态,仅仅过去一周,她瘦了不少,脸颊凹陷进去,皮肤变得蜡黄,嘴唇发白,已经没有当初那个秀丽的模样了。

以前那个在元旦晚会上翩翩起舞的小姑娘距离她已经很远了。

秦盛年忍着哽咽,听从医生的话,给秦湘做了病理活检,只有这样才能看出肿瘤是不是良性。

检查结果还没出来,秦湘就醒了。

她浑身都在冒着汗,叫嚣着无法忍受的疼痛,头脑昏沉沉的,腹部传来一阵又一阵的疼痛,她清醒了不久,便又睡了过去。

睡觉途中,她的鼻血也在流,吓得阮甄一直陪在她身边,寸步不离。

病理检查结果三天后才能出来,那几天,秦盛年按照司法程序,递交书面申请,打算辞职。可他毕竟是老警员了,派出所的人手本来就不够,所长知道后,调动所内举行了自愿筹款。

秦盛年得知后,当晚去看了所长,这个拿了两个三等功、一个二等功的老警员,在所长面前下跪,抛弃了所谓的男人的脸面和尊严。

最后,所长没批准他的辞职,但所内筹款已经足够秦湘前期的治疗费用了。

出结果那天,平芜起了场大雾。

秦湘也变得清醒，眼神由原本的混沌变得清澈起来。

亲子鉴定的结果，以及她的身体状况，她全知晓，表面上，她没有任何的情绪波动，像是坦然地接受了这些事实。

无非是，从小被自己的亲生父亲因为血缘关系苛待，后来又真相大白。

无非是，年纪轻轻患上无力回天的恶性肿瘤。

她的未来，像窗外的大雾一样，被蒙得看不清了。

她看不清她的未来了。

窗外的雾始终无法消散，一切的一切都看不清，病房内安静一片。

吃过午饭后，秦湘躺得浑身难受，她想去住院部的小院里转一转。

阮甄打算陪她，但她拒绝了。

"妈，我想一个人静静。你放心，我不会想不开的，只是个胰腺癌中期，一切都会好的。"

秦湘说。

一切都会好的。

她这样安慰自己，但真的会好吗？

阮甄给她披上厚实的羽绒服，又给她拿出雪地靴，连带着把毛绒围巾和针织帽给她戴上。

一层又一层，完全看不出她羽绒服里的病号服。

出了门，秦湘漫无目的地走着，嘴里泛苦，她索性朝着餐厅的方向走，餐厅一角有个小超市。

她走了进去，买了两根草莓味的棒棒糖，剥去外包装，球形糖体放在嘴里，在口腔中泛起了一圈圈甜意，暂时盖住了那阵阵苦涩。

眼前飘着的大雾，令她失了神，有些恍然。

她想起和周晏生的初见。

明明才半个多月没见到他，她却觉得，和他一起上学像是上辈子发生的事。

小院面积很大，停车坪上停着一排清一色的黑色豪车。

周围的氛围格外压抑,积雪落了些许天都未融化,还添上了不少霜。

小县城的医院不比大城市人多,电视上演的那种患者家属对着墙虔诚祷告的场景秦湘没有看到,她轻叹口气,低头无所事事地跳起了格子。

高考前的压力一下子离得她好远,还有些不适应。

她觉得没劲,路没劲,棒棒糖没劲,雾没劲,生病没劲,高考没劲,活着没劲,死了更没劲。

遇见周晏生……

也没劲。

她不知道该说自己是幸运的,还是不幸的。

她一个已经走在人生道路末路的人,遇到了那个曾给她带来希望的人。

下一个拐角处,一个熟悉的高大身影,就站在她面前。

是周晏生。

周晏生依旧穿着深色衣服,黑色短款羽绒服,黑色长裤,棕色马丁靴。

他还是那个意气风发的样子。

他的头发变长了,好像瘦了点,还是那双漆黑的眼睛,五官轮廓端正。

以前,周晏生每次安安静静地盯着她时,她总是率先移开视线,然后问他,看我干什么。

现在,两人隔着五米的距离对视。

周晏生的眼神依旧毫无波澜,整个人看起来很平静。

秦湘以为自己也可以像他一般镇定,但当周晏生朝她走过来的时候,她忽然发现——

那颗心,依旧为他怦怦加速跳动。

周晏生以为秦湘知道了那晚的事,心里有些慌,率先走过去,低声道:"晚晚,你——"

"好巧,你是生病了吗?"秦湘兀自打断他的话。

周晏生有瞬间的慌乱,但被他及时遏制住了。

原来,晚晚不知道他替秦诚挡了刀而住院的事情啊,这样也好,省得她伤心。

周晏生笑了："我没生病，来看人的。"

他忽然想到什么，急忙问："你呢？你……生病了？"

秦湘抿唇，沉默三秒，慢慢道："我是来做体检的。"

她说谎了。

她其实都快死了。

周晏生点头，眼神直勾勾地盯着她，才发觉这姑娘瘦了不少，皮肤好像也变成了更加健康的小麦色。

"晚晚，上次在我家，我说的是气话，我还是想和你做朋友，你原谅我好吗？

"我不会出国留学，我会像我们约定的那样，一起考同一所大学，等到那时候，我有很重要的话想跟你说！

"对了，我们还约定了去拉萨，每年六月都要去，这些，我们都一起去实现好吗？"

周晏生慢慢把心里话说开，一瞬间，压得他喘不过气的重担消失了，他满怀期待地看着眼前的女孩。

秦湘却只是安静地看着他。

秦湘这态度，周晏生心里没底，他见她不吭声，下意识地当她默认。

"周晏生，对不起，我不能跟你考同一所大学了。"

周晏生如遭雷击，他蹙眉，眼里满是不可置信："你说什么？"

秦湘垂下眼睫，不再去看他，忍着腹部的痛，重复了一遍。

周晏生紧紧盯着她。

那双澄澈的眼睛里，没有不舍，没有泪水，一如既往的干净。

周晏生眼尾猩红，他的声音变得有些沙哑："为什么，你讨厌我了吗？"

多么可笑，曾经这个拒绝了无数女孩的男生，现在卑微如尘埃般，眼眶发酸地问她：你讨厌我了吗？

以前的周晏生众星捧月，浪荡不羁，离经叛道，从没在感情的路上被绊过脚。

秦湘坦然地回视他，语速很慢："我从来没有讨厌过你。"

周晏生的眼睛又亮了亮。

秦湘的声音有些哽咽："但是，我早就说过，我们不是一个世界的人。"

"为什么？"

"因为我们身份不同，你是众人眼中的天之骄子，要什么有什么。你知道吗？每次和你一起出去玩的时候，我都会万分小心，怕自己用餐方式不对，走路姿势不对，丢人。"

"你还记得那把黑色的遮阳伞吗？"

周晏生因为她这句话陷入回忆，但怎么想也想不起来是什么。

"那是我在今年你过生日时送你的生日礼物，本来想当天告诉你的，但后来看到你朋友送你的礼物能买几百把我送你的那把遮阳伞。

"而且，你可能忘了，你朋友说，他家保姆用的才是那种伞。虽然这话没什么，但我真的很难受。

"那把伞花了我一个月的生活费。"

周晏生张了张口，但什么话也没说出来。

因为他忘记了。

"你还记得吗？之前有一次，平芜下了一周的雨，把学校淹了，你蹚水背我过去，鞋因此脏得不成样子，我当时问你，你说，脏了就扔了呗。

"那双鞋是因为我变脏的，我想还你一双一模一样的，但你知道吗？我在网上查到价格之后，呆住了，因为那价格是我家半年的生活费。"

太阳出来之前，雾是没办法消散的。

周围很安静，没有任何嘈杂，他们像是掉落在一个平行时空里。

"我喜欢和你做朋友，可我怎么努力也无法跨越我们之间的距离了。我这次真的累了。"

以前，她总觉得他们的距离再遥远也没有关系，因为她也在努力地追赶周晏生的脚步。

但现在……她没有时间了啊。

她真的累了，腹部到现在还在隐隐作痛，她都看不到自己的未来了，更何况他们两个的未来。

雾不会散了。

即便太阳出来，雾也不会散了。

她这次什么也看不清了。

周晏生手下的力气也在不知不觉中消散，秦湘后退一步，吸吸鼻子，胡乱地用手背抹掉眼泪："我生活在泥潭里，和你是不一样的。"

周晏生的心被一万根银针密密麻麻地扎进去，他不死心地问道："那我们的约定呢？不是说好了每年六月去拉萨吗？不是你说的吗？要和我考同一所大学？"

秦湘一愣，随即反应过来："我可能要失约了。

"如果你愿意，那就去和别人一起完成我们未完成的约定吧。"

她也不想放手的。

可她必须承认。

承认他们两个人之间的线就是断了。

天有情亦无情。

天有情，安排了一个人曾温暖了她的青春。

天无情，被救赎的代价是生命。

"到此为止吧，周晏生。

"很高兴遇见你。"

秦湘忍不住多看了他几眼，明知道和他不是同路人，也知道和他没办法走到结局，但还是想拖延一会儿，想多和他待一会儿。

但也就仅仅看了两三眼，之后便转身离开了。

走之前，她把脖子上的围巾摘下来，踮起脚，一圈又一圈地帮他围上。

周晏生呆愣在原地，仿佛还在细细琢磨秦湘的眼神是什么意思。

那个姑娘的身影就这样，渐渐隐入雾中，直至消失。

回了病房，刚巧碰到阮甄接热水回来，阮甄注意到她脖子上的围巾不见了，诧异地问："晚晚，围巾呢？是不是落在外面了？"

秦湘愣神，喃喃道："弄丢了。"

阮甄没说什么，只是一条围巾而已，她让秦湘躺回床上，一会儿会有医生来。秦湘乖乖脱掉羽绒服，这才想起来，因为羽绒服没有衣领，所以阮甄才帮她戴的围巾，现在围巾给了周晏生，病号服的衣领就露了出来。

眼前忽然浮现出周晏生那失魂落魄的模样，她安慰自己，不会的，他应该没有注意到。

但为什么还是那么想哭，她翻过身去，背对着阮甄，拎起被子蒙上头，无声地哭了出来。

为什么会是她啊，她真的想不通，为什么她那么年轻会得上这种病，为什么是她。

人真的太脆弱了，经不起老天的推敲。

秦湘真的想不通了。

今天被告知是恶性肿瘤的时候，她明明忍住没哭，明明已经提前做好心理准备了，为什么在知道自己命不久矣的时候，还是想哭呢。

她明白，即使没有这个病，她和周晏生也无法走到一起的。

可她就是难受。

她不想得病，不想化疗，不想剃光头，她怕疼，怕黑。

人生要是有说明书就好了。

这样，她就不会那么疼了。

还有，她的生命要是长一点就好了。

她多想陪他去到那个他们一起畅想过的未来。

枕边的手机突然振动了一下，秦湘擦了擦眼泪，伸出一只手，把手机拿进被窝里。

强烈的光亮起，她眯起双眼，缓了好久才适应，仔细去看手机屏幕上的字。

遮阳伞：我们生活在阴沟里，但依然有人仰望星空。

遮阳伞：遇见你，我也很高兴。

——"很高兴遇见你。"

——"遇见你，我也很高兴。"

肿瘤科那一层很安静，单人病房也很寂寥，周围没有任何声音。

秦湘看到这两条消息，目光顿住了。

但紧接着，最后两条消息也发了进来。

遮阳伞：因为，人是为活着本身而活着的。

遮阳伞：我要你好好活着。

时间的齿轮顷刻间转动，停在了高三第一次放假那天，她在家晕倒的那天，家里被催债的人上门的那天。

——"你说，人为什么要活着啊？"

——"因为，人是为活着本身而活着的。"

她的每一个问题，都得到了答案。

可是这一次，她可能要失约了。

对不起啊，我的遮阳伞。

我可能无法做到好好活着了。

那三年。

是秦湘这一生最浓墨重彩的三年。

第十一章

/

生命的终点不是死亡,而是遗忘

NASANNIAN

京市的一家私人疗养院内,偌大的病房里,一位年轻男人安静地躺在病床上,他的面容格外安详,像是陷入沉睡般。

室内装修基调略显沉重,暗色系的桌椅上摆着几件老旧的小玩意儿。

窗外飘着鹅毛大雪,几年难遇的暴风雪降落京市,即便是建筑隔音效果好的情况下,那呼啸的风声还是传进了屋内。

"嘀——嘀——嘀——"

心电监护仪发出持续不断的平缓声音,仪器上监视着病床上那个年轻男人的身体机能。

慢慢地,男人缓缓地动了动手指,片刻后,终于睁开了双眼。

紧接着,护士发现后,急忙叫来医生为这个年轻男人诊断。医生为年轻男人检查了身体各部位，循循善诱地问了激发大脑运作的问题，最后松了口气，露出一个笑容。

"要多让他每天呼吸新鲜空气，等过两天天晴了，可以带他去外面晒太阳，现在来看，问题基本上没有了，但也要再观察两天。"

医生公事公办地讲着注意事项，站在他对面的几个男人连连点头。

送走医生后，陈燃急忙回到病床前，刚要发问，却看到周晏生的眼神，顿时愣住了。

"他就像是睡了一觉，现在估计还没醒神。"李群杰说。

陈燃给周晏生递了杯水，声音颤抖地开口："晏生，你还记得我吗？"

周晏生喝完那杯水，喉结不断滚动，他的声音嘶哑得很："陈燃，你脑子坏了？"

陈燃松了口气，一个大男人眼眶倏地红了："认得我就好……"

李群杰也忍不住上前："我呢？"

看着眼前这张陌生的脸，周晏生努力回想，可怎么也找不到能和这张脸对应的记忆，他手捂住头，皱眉："你是？"

心理医生说得不错，他确实都忘了。

陈燃早在周晏生醒来之后，便拨打了周晏生心理医生的电话，告知他周晏生已经醒了。

心理医生到达之后，照旧为他做着之前进行过三次的检查，最后像个老朋友地问："讲一讲吧，你睡着的这些日子，都梦到了什么？"

周晏生没有忘记心理医生的存在，他缓缓诉说着："我确实做了一个很长很长且无比真实的梦，梦里我读高中，别的不太记得了，只记得认识了一个女孩，和那个女孩有了短暂的接触，但之后……"

心理医生在他面前招招手："继续说，那个女孩怎么了？"

"她死了。

"死在了我的怀里。"

周晏生指腹揉着太阳穴，皱眉问道："我睡了多久？"

"不到三年。"

陈燃走到窗边。窗外的雪停了,世界一片雪白,银装素裹,华丽又令人失神。

紫檀木桌上工整地摆着几个老旧的物件,一把黑色遮阳伞,伞柄处刻着小小的字体,还有一个黑色小皮筋。

周晏生撑着身子坐起来,众人见状急忙上前扶他。待他背靠床头时,周晏生察觉到几人脸上的凝重,倏地乐了:"逗我玩呢?还睡了不到三年?怎么可能?"

安静的屋内没人反驳他的话。

房门突然被推开,一位身材高大的男生走进来,他看到周晏生睁开眼后的模样,眼眶倏地红了:"生哥……"

周晏生盯着来人,蹙眉:"哪位?"

秦诚愣在原地,原来陈燃哥说得不错,生哥是真的忘了那三年在平芜发生的事情。

"生哥,我——"

心理医生兀自打断秦诚的话,神态轻松地对着周晏生讲:"你还记得你睡前发生的事情吗?"

周晏生微微低头,像是陷入了回忆:"当时我和陈燃去了拉萨,我记得我自己一人上了山,下山之后正准备拍照,便没了意识。"

他像是想起什么似的:"我不会是因为高反晕倒的吧?可我以前去过那么多次了,都没严重到休克的地步。"

屋内几个大男人像是彻底放弃了挣扎。

陈燃偏头看向窗外,神色晦暗不明。

看来周晏生是真的一点也想不起来了,可他真的不明白,周晏生那么爱秦湘,怎么会把她忘了。

周晏生抬手捏了捏眉心,突然,余光注意到了什么:"这是什么?"

心理医生顺着他指的方向看过去,在他的无名指上看到了那个暗青色的文身:Z&Q。

这个文身被秦诚看到,他再也忍不住,走过去,一把撩起周晏生的衣摆："生哥，文身是你上大学的时候文的，这里的疤你看到了吗？是五年前……你为了救我帮我挡的，你真的什么都不记得了吗？"

秦诚的动作令在场所有人始料未及，率先反应过来的还是李群杰，他上前，手上一个用力，直接扣着秦诚出了房间。

心理医生观察着周晏生的表情，发现他这次的遗忘并不似作假。

心理医生叹了口气："你先休息，尽量不要让自己陷入回忆。"

陈燃和心理医生出了房间。

屋内重新落入一片宁静，周晏生手搭在膝盖上，盯着腹部的疤痕失了神。

走廊——

"你是说，他还会有可能记起之前的事情？"陈燃惊喜地问道。

"按照他以往的病史，早在2018年的夏天，他不也曾因为一个女孩想起了自己曾经的经历吗？

"只是后来那个女孩去世这件事对他的影响太大，才导致他昏迷了三年。按照以往来说，根本不会昏迷这么久的。他是无法接受那个女孩去世的事实，便自己潜意识地把这一切都说成一场梦，这也算是一种自我疏解、自我治愈的方式。

"临床上也有过这种案例。"

陈燃静静地站着，陷入了沉思。

"那要怎么样才能让他想起之前的事？"秦诚年轻，想问的话脱口而出。

"这是心理创伤，作为他的医生来说，我并不建议你们用这种方法。但这件事刚好可以成为他突破这种病的契机，只是风险太大。"

李群杰问："您能说得更详细点吗？"

"周晏生的童年时期经历的创伤，外加初中被同学欺凌的经历，这两件事都让他陷入了一种循环，也就是说，如果这种循环无法打破，他以后如果再遇到重大影响身心的创伤，也会潜意识地选择遗忘那件事。

"你们可以通过旧物唤醒，故地重游的方式让他回忆起之前在平芜发生的那三年的事情。"

"但您说的风险是？"李群杰问。

- 255 -

"成功的话,这种恶性循环会被彻底打破。失败的话,他的小脑会受损,智力有百分之七十的可能退回到儿童水平。"

李群杰:"那百分之三十呢?"

"这……"

陈燃看了眼心理医生的表情,猜了个大概。

无非是一觉不醒,成为永远的活死人。

陈燃接上心理医生未讲完的话:"我懂了,只是这件事得看他本人的想法。"

李群杰看了陈燃一眼,按照周晏生的想法,他或许会同意吧。

周晏生这人,向来不懂得珍惜生命。

但李群杰实在是无法理解这个病症,那句话说得果然没错。

你知道吗?

或许。

生的对立面并不是死亡。

而是遗忘。

时间回到五年前。

秦湘虽然病重,但还是参加了2019年的高考,后来她选择了冀省医科大学的临床医学专业,即便她的分数超出许多。

老师劝她选择京市的协和医学院,她没有听从老师的意见,坚持去了本省的医科大学。

大学的生活始终平淡无波,她没有参加军训,没有住校,也没有认识一个新朋友。

她一直都是一个人。

大一的冬天,她在社交网站上看到过周晏生的动态,也从中得知了周晏生去了英国留学,头发染成了金色,还是一如既往的帅气。

也不知道他有没有交新的女朋友,但大抵是没有的,因为那时候,即便是她不会主动问起关于周晏生的近况,也会有人向她转述。

她也知道了，周晏生貌似在学习上很努力，他提前修满学分，但一些选修课的课程没有结束，他也从未回过京市。

就这样蹉跎了两年，医院还是发了病危通知书，她也彻底告别校园，重新回到了医院。

每年六月去拉萨的约定。

她没忘。

2021年六月，周晏生提前完成国外的学业，和陈燃一路向西，到达拉萨。

他这次回国之后便决定常驻国内。

这两年他拼了命地学习，只为了能脱离周家，单枪匹马地奋斗。

因为她之前说过，他是富家子弟，她会自卑。

但现在他想着，他不靠家里人，和普通年轻人一样从底层做起。这样，他们之间的距离就消失了。

只不过，这一切都是他的想法。

他怎么也没想到，等他的不是久别重逢，不是破镜重圆，而是阴阳相隔。

得知秦湘也在拉萨完全是个意外，陈燃短暂地起了高原反应，发了高烧，两人只好停止旅行，去了当地医院。

陈燃病好的那天，周晏生久违地看到了一个熟人。

周晏生是真没想到能在这儿看到秦诚，他大跨步走过去，朝着他的方向挥手："秦诚。"

秦诚面上凝重，并没有注意到他。

他看到秦诚身后忽然走出来一人，是秦盛年，秦诚的父亲。

两人在一间病房前驻足，不一会儿便一同朝着楼梯的方向走去。

周晏生蹙眉，他们怎么在医院，是有人生病了吗？

最后，他还是忍不住，满心疑虑地走过去。

隔着门上的透明玻璃，他成功地看到了里面的人。

病床旁的桌上，放置着大大小小的仪器，病床上躺着一个年轻女孩，她的身上插着各式各样的管子。

周晏生平静地移开视线，他觉得自己可能病得不轻，竟然觉得病床上的那个女孩是秦湘。

他转过身，沿着走廊走，前方是医院的电子钟，红色的数字在黑色背景上格外显眼。

倏地，许多被他忽略的旁枝末节快速在脑海里飘过。

高三那年冬天，两人在平芜中医院分别的时候，秦湘戴了一条围巾，走之前把围巾戴在他脖子上，那时他刚出院不久，长时间穿着病号服产生视觉疲劳。

但好像，晚晚羽绒服内的衣领很像医院的病号服，他当时只是以为她体检，医院让换上的，并没有往深处想。

她转身走的时候，特地多看了他一会儿，现在想想，那眼神分明是不舍。

而他呢，当时脑子里全是那姑娘的话，并没有注意到她那眼神是什么意思。

怪不得她说，他们不可能了。

原来当时的那句话是这个意思。

周晏生站在原地，身后突然传来一阵杂乱无章的脚步声，他愣住了，挣扎了三秒钟，最后还是回头了。

果然，他看到秦诚和秦盛年奔向病房的身影，连同几个穿着白大褂的医生。

他心慌了，像是丢了什么东西，用力抓，却怎么也抓不住。

周晏生迈着慌乱的步子，快步跑到那个病房前，好几次差点跌倒。

病房内，他看到秦湘的家人站在一侧，医生双手拿着除颤仪，站在病床旁试图用电击来抢救，医生的神情无比严肃，手下动作镇定有序。

他看到，那个瘦小的身影不停地在床上跃起，又被狠狠抛下。

医生最后收起仪器，对着秦湘的家人说了什么，之后那三人就像是没了主心骨一样，不停地哭。

医生走后，病房趋于安静。

周晏生站在门外，眼神像是无法聚焦一般。

不可能的，明明他都已经完成了国外的学业，明明他已经准备独自创业，明明一切都在向好的方向发展，明明……这次他就是来接晚晚的。

之后的场景他不记得了，他只记得是秦诚发现了他的存在，把他叫到了病床前。

秦盛年他们三人都和秦湘说了些话，现在，他们把空间留给这两人。

周晏生立在原地。

"……周晏生？"

房间内突然响起一道虚弱的女声。

周晏生丢失的魂魄像是被找了回来，他半蹲着身子，伸手去触碰床上的人，但因为恐惧，力道放到最轻。

秦湘没想到自己在弥留之际居然看到了魂牵梦萦的人，她眼前已经变得模糊了。

她……这是到天堂了吗？她已经死了吗？周晏生是来墓地看她了吗？

秦湘已经没有一点力气了，她觉得自己浑身轻飘飘的，但还是扯扯嘴角，露出一个笑。

"周晏生……你别哭啊，全世界那么多人，我最不想看到你哭。"

秦湘想伸手摸他的脸，却发现自己怎么也抬不起手。

周晏生发现她的动作，慌乱地捏住她的手，贴在他脸上，他惊恐地发现，这姑娘的手冰凉冰凉的，即使现在是夏季。

他慌了："晚晚！"

秦湘知道他想说什么，她的笑容格外安详："我……好疼啊，周晏生，你帮我吹一吹好不好，我可能快死了。"

周晏生不知道要帮她吹哪个部位，胡乱地吹着："不要，我不要你死。"

秦湘笑了，发出轻轻的声音。

眼前的这个姑娘唇色已经不正常了。

周晏生喉间哽咽，费力地说："晚晚……你能不能不要死。"

"你能不能……不要走，能不能不要留下我一个人……我也不是万能的，我怕一个人，我怕孤独，我需要你陪着。"

秦湘指尖动了动,轻轻地戳着他脸上的肉。

"晚晚……你能不能带我走?"

"求求你了,带我走吧。"

他的膝盖卑微地跪在地上,喉间发出极度悲伤的哀鸣。

"求求你了……带我走。"

带我走。

带我走吧。

他像个六神无主的小孩,不断地呢喃着"带我走"。

兴许是秦湘感受到了他的悲伤,她皱眉说:"不行,我想让你好好的。"

周晏生死死地盯着她:"晚晚,你太自私了,为什么要留我一个人。"

可惜,秦湘什么都听不到了,眼前是苍茫一片,宛若仙境,耳边顿时安静。

世界彻底地暂停了。

所有的所有消失前的一瞬,她无意识地发出一声:

"周晏生,你来看我了吗?"

心电监护仪倏地发出刺耳的声音,黑色背景上只剩一条笔直的线。

病房忽然拥入了许多人,有医生,有秦盛年、秦诚、阮甄,还有陈燃。

四四方方的房间里顿时变得格外拥挤,兵荒马乱,各种声音齐齐喷涌出,哭号声、捶墙声交织在一起。

整个世界格外吵。

周晏生毫无意识地被人拨到一边,他眼神虚无地盯着床上那块凸起,耳边什么都听不到。

直到医生说出死亡时间的那一刻,他才意识到,秦湘死了。

死在了他的怀里。

秦湘把他抛下了。

他被秦湘抛弃了。

最后,一整块平整洁白的布盖在那个女孩身上。

肉眼凡胎能看到的,只有布上的不规则凸起。

一切回归平静后,秦湘的遗体被带回了平芜,葬在了她的老家。

她变成了一座矮小的坟，与泥土共眠。

最终，世界会将她除名，彻底地将她遗忘。

秦湘的身份证和户口本都会在一个月内被注销。

自此，世界上不会再有这么一个人。

她走得干干净净，像是从未来到过这个世界一般。

出殡那天，周晏生盯着这个场景，觉得格外眼熟。

殡仪馆的旁边是一条乡间小路，狗尾巴草胡乱地生长，他盯着远处的一点，以往的场景在脑海里回放。

当初，秦湘的祖父在这里出殡，地点相同，当时他不远万里跑到这个小村庄，只为了看那姑娘一眼。

或许，命运在那时便埋下了悲剧的种子。

秦盛年给了周晏生一个U盘，并告诉他，是秦湘留给他的。

周晏生在仪式举行到一半的时候，找了一家网吧，电脑开机后，他成功看到了U盘里的内容。

是一个五分钟的视频，画质不太好，像是老旧DV机拍出来的一样，年代感很足。

镜头对准秦湘，她先笑了笑，胡乱地讲着："现在是2021年6月6号，我在去往拉萨的火车上，忍不住给你写了一封告别信，现在念给你听。"

秦湘的背景是在火车上，她特意找了两截火车车厢的连接处，站着念完那封信。

信中写——

我亲爱的遮阳伞：

你还记得我吗？

千言万语都想对你说，提笔却不知从何说起，只能用很老套的开头。

当你看到这封信的时候，我大概已经在另一个世界了。现在是晚上十二点，火车的硬座很难受，我的高原反应现在还不太严重，可以承受。火车上的气味有些难闻，让我有些头昏脑涨，空调吹得我有些冷，睡觉的呼噜声吵得无法入眠，火车发出的隆隆声钻入耳朵里，总之是很难受。

　　但火车的硬座票价优惠，学生票半价，说这些也没什么用，你大概永远也没有坐过长达二十小时的火车硬座。

　　火车上的感受难耐，我腕表上显示我此时的身体各项指标已经到达可承受的极限。但你说过，拉萨曾是让你重获新生的地方，所以我很好奇，也很向往。

　　换句话说，关于你的一切，我都向往。

　　你曾对我说要死在热爱和自由里。

　　我确实向往你那样的自由，而且最主要的是，我的热爱也是你。

　　从一而终，从未改变。

　　我的上腹已经开始疼了，真的好疼啊，周晏生。

　　生老病死是每个人都要经历的，只不过我运气不太好，提前了而已。

　　我真的真的有很多话想和你说，但现在好像没机会了，所以写了这样一封告别信。

　　我是秦湘。

　　忘了我吧，周晏生。

　　你要平平安安的，未来的某一天，我可不想在下面看到你。

　　人间太苦了。

　　下辈子不想来了。

　　周晏生盯着画面定格的最后一帧，低头喃喃："我努力。"

　　我努力试一试，但结果可能并非你所愿。

　　我可能无法将你遗忘。

　　到时候，你可别怪我。

　　所有仪式结束后，周晏生扯过秦诚，问："你姐什么时候确诊这个病的？"

　　秦诚想了想，慢慢道："就在你们高三那年，元旦之后不久，当时你刚出院。"

-262-

周晏生抿了抿唇。

也就是说，他的猜想是对的，那天看到秦湘时，她已经被确诊这个病了。

但，如果他细心一点，是不是秦湘就不会……离世了。

如果他能发现秦湘那时生病了，是不是，秦湘就不会离开他，他就会带着她好好治病。

越想，越是有无数的愧疚和自责迅速生长成大网，将他笼罩，憋得他无法呼吸。

慢慢地，他浑身没了力气，失去了意识。

"——生哥！"

时光快速掠过，周晏生成为植物人，昏迷了三年的时间。

周围人的变化很大，秦诚也考入了理想的大学，陈燃和李群杰准备考研，南梔成为一名舞蹈老师，马欣欣就职于一家国企，宋北进了省研究所，阮清早已成为 Q 大的研究生。

好像大家都有一个好的归宿。

周晏生刚醒来那年，陈燃发现了一封手写信，一直以来困扰他的谜题解开了。

原来，被周晏生遗忘，是秦湘的遗愿。

也是，周晏生那么爱她，怎么会轻易将她忘记。

又渐渐过了几年，秦湘这个名字彻彻底底地隐入尘烟。

提起秦湘，大部分人的脸上带着茫然，努力回想却怎么也没法在脑海里搜索到这个人。

好像，整个世界，都已经忘了她。

那年。

秦盛年一家所在的小区准备拆迁，他分到一大笔拆迁费，搬家那天，平芜刮了一阵猛烈的风，好在他们成功搬离了此地。

但最后也不知是谁忘了将一间卧室的窗户关上，使得狂风顺利钻入，窗帘都在狂舞，屋内被刮得一片混乱。

一本旧的高中必修二语文课本遗落在窗台上，风迅速地吹起，课本像是被人翻开般地晃动，发出"呼啦呼啦"的声音。

士之耽兮，犹可说也。女之耽兮，不可说也。

这行字的旁边，有一个被人胡乱勾抹过的痕迹，从那一页看，是无法看出被勾抹的字是什么。

风像是有了生命一般，突然发挥了作用，它轻轻地吹，那一页被掀了过去。

阳光透过发黄的纸张，尽管那三个字被人刻意地勾抹掉，但依稀可以看出来，那是三个字：

周晏生

风继续吹，课本被用力合上，却在扉页停了三秒，空白处写的名字大约是这个课本的主人，字体与方才那三个字的字体完全相同，娟秀有力。

空白扉页上写着：

秦湘

那时，秦湘已经去世十年。
提起这个陌生的名字，没人能想起来她是谁。
因为——
生命的终点不是死亡。
是遗忘。

番外一

/

她走后的那十年

NASANNIAN

1

2021 年夏。

马欣欣刚从秦湘的葬礼上出来，得知秦湘得病是在高考前。

那段时间，秦湘都没有去过学校，电话也打不通，短信也没人回，周晏生和陈燃几人也回了京市。

她和南栀去了趟秦湘家里，撞上拎着饭盒出门的秦盛年，从他口中才知晓，秦湘生病了，很严重很严重的病。

本来她们想跟着秦盛年一起去医院的，但秦盛年说，秦湘暂时不想让同学知道她的病情。

最后，她们只好原路返回。

但没想到，秦湘居然参加了高考，成绩出来后，她都替秦湘高兴，分数虽够不上清华、北大，但京市的学校可以放心挑选了。

只是，秦湘没有选择京市的学校，反而是在本省的医科大学就读。

那时，她天真地以为秦湘的病会好。

得知秦湘死讯的那天，她在学校里上课，当天订了返冀的飞机票，在省会城市落脚后，直接换乘高铁，最后坐了回平芜的大巴车。

北方农村举行葬礼大概是三天，这三天都要吃席的。每天晚上都会有打麻将的大人，看着一个个在秦湘葬礼上欢声笑语赢钱的"大人"，她心里一阵干呕。

出殡那天，天空下起一阵小雨，雨势不大，但路面上也有许多小水坑。

乡间小路格外清新，没有压抑的感觉，几个小孩站在不远处，吭哧笑着跳小水洼，无忧无虑，脸上的表情稚嫩，一阵欢声笑语渐渐将她包围。

盯着那个场景，她才渐渐缓过神来。

秦湘死了。

她的好朋友死了。

才二十出头的年纪啊。

马欣欣眨眨眼，眼眶稍显酸涩，那一瞬间，她突然想起，自己高中的时候，艺考成绩出来后，她还被校长表扬了。

因为她取得了京市一所重点高校的通知书，所以只差文化课成绩了。但当时有许多文化生眼红她，开始编派她，说她学艺术是走捷径，是差生才会选择的路。

她玻璃心严重，常常因为别人的话否定自己。

那段时间，她陷入瓶颈期，不想上学，极度厌世，觉得整个世界都不会好了，大家都看不起艺术生。

她心虚啊，因为她知道自己文化课成绩不好才选择走艺考这条路的，只是她运气好才被录取。

后来，是秦湘慢慢开导她，慢慢帮她缓解的。

秦湘温和地告诉她："运气也是实力的一部分，如果我们一直听别人的话,那岂不是很累吗?而且,你为艺考付出的心血,我可是都能看到的。别听那些人乱讲。"

那好像是她第一次听到这个乖巧听话的短发女孩讲出这样的话。

但现在……秦湘不在了,那个曾温暖了她青春的人彻底地消失了。

这个认知渐渐清晰,一股极大的空虚感包裹住她。

她忍不住,拐进一条小巷哭了起来。

那种哭法,让许多过路人纷纷驻足。

第二年的清明节,她买了一束百日菊,去看望秦湘。

百日菊的花语是想念远方的朋友,友谊天长地久。

马欣欣和秦湘的友谊,天长地久,亘古不变。

2

第一次遇见秦湘,是在一年级。

当时在平芜的一个小村庄的小学里,那时候学生人数少,一年级分成甲班和乙班。宋北和秦湘都在甲班,秦湘当时还是班长。

他运气好,和秦湘成为同桌,虽然时间只有一周。

他从小性子懦弱,别人让他干什么他都听。

有一次,家里人给了他五块钱,让他中午在学校吃饭,结果还没到中午,他的钱便被高年级的男生抢了。

那天中午,他饿着肚子,后来也不知怎的,放学前,秦湘头发乱糟糟地回到教室,脸上带着土,浑身脏兮兮的。

她坐在他旁边,手里攥着一张五块钱的纸币,递给他,什么话也没说。

他愣住了,因为怕钱被他弄丢,家里人特地在上面写了名字。

而现在,秦湘手上那张纸币上写着"宋北"两个字。

可能是秦湘等得着急了,她直接攥过他的手,把钱塞给他,明明她自己被搞得那么狼狈,反而还凶巴巴地说:"拿好了,以后有人再抢你的钱,告诉我,我帮你要回来,听到了吗?"

他傻乎乎地点头。

秦湘可能觉得他傻吧，"扑哧"一声笑出了声，背上小书包，朝他挥挥手："明天见。"

可第二天等来的却是她转学的消息，她没有回学校，课本是家长拿回去的。

他是从老师嘴里知道她转学的，因为班长转学，班里要重新安排班长。

后来，许多在家上小学的学生都因为平芜的教学资源出众，把村里的孩子送去了平芜的初中，他爸妈帮他选的学校是五中。

开学那天，他看着校门口的分班表上的"秦湘"失了神。

他格外高兴地去了新教室，他真的看到她了，她还是那个齐下巴的短发，还是一如既往漂亮。

他鼓足勇气上前跟她打招呼，但她那茫然的表情令他意识到，她不记得他了。

初中那三年，他发现，秦湘变了好多，她不再是小时候那个张牙舞爪，什么事情都不怕的小姑娘了。

她的性格变得温暾，渐渐地，有点像小时候被欺负的他了。

后来他发现，她没有变，她还是那个菩萨性格的小天使。

班里一个女同学被人欺负，只有她站了出来，那个时候，看着她莽撞的样子，他仿佛看到了小时候的她。

她没变，但这次她不是他一个人的小菩萨了。

中考失利，他拒绝了家里把他送到平芜一中——重点高中的想法，反而去了平芜普通中学，平芜中学。

他知道，他赌对了，以他的成绩，成功和她分到一个班。

再后来，他发现，她开始频频关注一个叫周晏生的男生，那个男生据说是京市人，是个十足的富二代，二世祖，成天不学无术。

第一次考试，那个男生交了白卷，他在心里嗤笑对方。

第二次考试，那个男生一跃成为年级第一。

他慌了。

因为不久前，他清楚地看到了秦湘看那个男生的眼神，分明和之前他看她的眼神相同。

她喜欢周晏生。

这个想法一出现，再加上周晏生傲人的成绩，优越的外貌，加分的家庭背景。

他知道，自己比不上人家。

嫉妒的种子一经埋下便不可抑止地疯长，破土而出，生根发芽，隐隐有了长成参天大树的迹象。

所以，他才会在成绩出来那天中午，当着全班的人质疑周晏生的成绩是作弊得来的。

但所有人都在帮周晏生，就连秦湘也不愿再看他。

那一瞬间，他好像回到了小时候，成为被人孤立的那个人了。

可老天还是垂怜他的，高三冬天那段时间，周晏生常常请假不来学校。

他以为他的机会来了，但万万没想到，秦湘得了绝症。

他输了，他和秦湘永远不会有可能了。

因为周晏生那时都不知道秦湘生病了，这么大的事她居然都瞒着周晏生。

他比不上，永远也比不上那个人。

秦湘的葬礼，他没参加，他一次也没去平芜看过她。

大学毕业后，他进了位于省会城市的省研究所，家里安排了相亲，那个女孩也是短发，只因为这个原因，他便同意了。

结婚前，他想着，要跟过去做个了断，最后独自一人回了平芜，费了好大的劲才知道秦湘被葬在了她和他的老家了。

他买了一束向日葵，看着墓碑上那个短发女孩的照片，渐渐失了神。

那个，他喜欢了十五年却不敢说出口的女孩。

向日葵的花语是沉默的爱，和他很像。

他是个胆小鬼，一直都是。

从小到大。

但是现在他要继续新生活了，人不能总活在过去，是时候将回忆打上发条了。

再见，秦湘。

这世界有那么一个人，活在他飞扬的青春。

3

　　秦湘去世的第一年，大家都还记得那个性格温暾、不善言辞的女同学。提起她，大家心里都在惋惜遗憾，关系好的同学都会对她的死感到难受。

　　秦湘去世的第三年，许多人对秦湘的死渐渐麻木，甚至是无感，只会唏嘘，年纪轻轻的人居然死了。

　　那年，周晏生刚摆脱困扰他三年的梦境。

　　秦湘去世的第五年，人们渐渐忘记了这个年轻女孩的存在，同学聚会提起秦湘，大家脸上率先出现的表情是茫然，好像根本想不起这个人是谁。

　　那年，周家给周晏生安排了不下二十场相亲，但都被他拒绝了，有人不解，问他为什么拒绝许多出身名流、长相身材丝毫不输娱乐圈艺人的名媛。

　　其实，周晏生也找不到原因。

　　他只知道，梦中的那个人，好像再也回不来了。

　　她走了，什么也没有留下。

　　只留下了一个心愿：忘了她吧，周晏生。

　　周晏生数十年如一日地前往拉萨，履行那个约定。

　　"那就说好了，年年六月。"

　　他会独自一人上山，挂上一百米的经幡，撒下隆达，心里默念：

　　"对不起啊，晚晚，我做不到。"

　　我没法忘了你。

　　我忘不掉。

　　这次，他不再做遇到创伤就忘记的胆小鬼了。

　　秦湘去世的第十年，平芜一跃成为超一线城市，大众都知道，有个科技新贵，领导着平芜的商业，这才使得平芜的GDP年年上涨。

　　那位科技新贵的身份大家无从得知，只知道他是平芜中学，那所平芜最普通的高中的一名优秀毕业生。

平芜中学也在那几年发生了翻天覆地的变化，许多毕业生回母校看望老师的时候，都感叹道："想当初我们上学那阵，平中可是连一个像样的操场都没有啊，现在高楼每年都在翻建，真是今非昔比。"

没有人知道，每年的六月中旬，平芜一个村落的田野里，一座矮小的墓碑前，都会站着一个身材高大的男人，怀里捧着一束白山茶。他总是笑着说：

"晚晚，我来看你了。"

后来啊，那个男人数十年如一日地来看那个女孩，他始终孑然一人，最后孤独终老。

没有人知道，他是如何孤独地度过漫长的余生的。

许多年后，他成了一个小老头，身子挺不直了，但还是照旧捧着一束白山茶来到那片田野。

漫山遍野的花在每个盛夏开放，美景年年有，只是本该是两个依偎的身影，变成了一人一坟。

她永眠。

他永念。

那个小老头佝偻着背，皱纹沟壑在脸上，弯曲的脊柱上粗糙的质感，和墓碑上的老旧照片形成鲜明对比。

墓碑上的那个女孩的笑容，依旧如十九岁那般美好。

她不会有白发，不会长皱纹，不会中年发福，不会经历婚姻的一地鸡毛和柴米油盐。她会完完整整地站在他的青春里，一如当年。

所以，这或许也算一种解脱。

那是她在世界上的最后一抹痕迹。

只有她的墓碑证明，原来这个世界上，曾经有位姑娘，名叫秦湘。

她于2021年离世。

世人渐渐将她遗忘。

可他不能忘。

你知道吗？

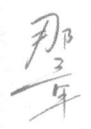

生命的尽头不是死亡。
而是遗忘。
但有没有一种可能。
爱能战胜一切。

番外二

晚晚，我来看你了

NASANNIAN

2021年夏，Q大。

九月开学季，国内最高学府的绿荫校道上人来人往，单车铃铛声和笑语声交杂在一起。

上午十点，秦湘被楼下的喧嚣和手机振动声吵醒。

"晚晚，昨晚几点回的宿舍？"

电话是阮清打过来的，今年秦湘读大二，阮清也是如此。

"要我说，你干脆辞了那个家教算了，Q大的学生竟然去给一小学生做家教，是不是有点大材小用了。"

听筒里除了阮清的声音，偶尔还会夹杂着几道低沉的男音。

秦湘知道，那是阮清的男朋友陈燃。

秦湘刻意忽略掉那边陈燃的声音，手撑着床板，坐起身，习惯性地点开那条微信置顶，一如既往地空荡，那个人还是没有消息发来。

点开对话框，洋洋洒洒地全是绿色气泡，对方没有一条回信。

"晚晚，你到底有没有在听我讲话？"阮清在那边讲了一大堆，发现秦湘这边没有一丁点的回应。

秦湘回神的时候才发现手机屏幕上落了几个豆大的泪珠，她又哭了。

她轻咳两声，胡乱地抹去脸上的泪痕，把手机上的泪水也擦拭干净，刻意等声线平稳之后才开口："我听着呢，还是算了吧，哪有什么大材小用。"

阮清知道秦湘下定决心做什么事情后，一般很少有人能改变她的想法，所以没再继续劝说，而是换了个话题："西郊那边新开了家水族馆，你不是前几天还老说想去吗？之前说想去拉萨，去完拉萨之后又想去水族馆。"

她的话很多，讲的都是一些细碎的事情，但"水族馆"三个字让秦湘思绪放空。

六月，她去了拉萨。

只因为一个荒唐的梦，一个男生死在了她的梦里。

醒来之后，她觉得自己的眼睛有些难受，头顶的白炽光耀眼夺目，然后就是一周的低烧不退，直到去了一趟拉萨，低烧竟然奇迹般地退了。

上周，她又梦到那个男生了。

她梦到他成了被玻璃困住的池中鱼，浴缸中的小鱼是彩色的，五颜六色的，只有它是灰色的，旧旧的，雾蒙蒙的。

那个梦结束之后，她没有生病，像往常一样，可是她心里却升起了一股执念，一股要去梦中地瞧一瞧的执念。

"晚晚？晚晚？"

阮清再一次听不到回应，蹙眉叫她："你在宿舍别动，我去找你。"

宿舍里空荡荡的，只有秦湘一个人。

Q大的学生即便是周末也会泡在图书馆里，大部分人用网络上的话来说就是每个人都是妥妥的时间管理大师。

秦湘也不例外，昨天她去做了一天的家教，晚上去了自习室学习，直到门禁时间即将到的时候她才回宿舍，这也是为什么阮清问她昨晚几点回宿舍的原因。

她这人，一旦开始投入哪件事情，就会忘了时间。

之前有一个周六，她结束家教回学校的时候，在地铁上看文献，坐过了十几站，等地铁到达终点站时，她才回神。

这种事情已经不是第一次了，她经常会忘记一些事情，忘了和别人的约定，忘了下节课是什么课，忘记了很多重要的事情。

但她记得一件事情，那就是拉萨有个人在等她。

六月六号那天，秦湘坐上了去拉萨的火车，旅程长达二十个小时。

她想不起出发去拉萨那天发生的一切了，这些都是阮清后来告诉她的。

"那天阳光很刺眼，学校没有放假，不是休息日，你那天课排满了，晚上还要去实验室，你导师那天发了好大一通脾气，结果你不声不响地就走了。

"你临时买票，坐了二十个小时的火车硬座，直达拉萨。我给你打电话的时候，你没有接听，是坐在你对面的女孩帮忙接通的。对方说火车上信号不太好，你靠着窗户睁着眼睛在发呆，眼神很空洞，很吓人，电话响了足足半分钟，车上的乘客有人已经看了过来，她才迫不得已接通的。

"她一直在叫你，结果你没有反应，最后叫来了乘务员，但你还是没有清醒，像是被梦魇困住了一般。你知道你最后是怎么清醒的吗？

"火车停靠在下一站，乘务员叫了救护车，把你抬上担架之后，当担架员要下火车的时候，你突然醒了，问现在是什么时间，是在哪里。之后，你就嚷嚷着要回火车上，不能下车，嘴里一直念叨着我要回拉萨。

"再然后，我和陈燃就去了拉萨找你。

"到了那儿，你说你什么都不记得了，回神之后就已经在拉萨的火车站门口了，也没带行李，只带了一把雨伞，一把黑色的遮阳伞，像个累赘一样的遮阳伞。"

其实秦湘隐隐约约察觉到自己的身体出现了问题，但是她去医院体检，检查报告上面显示一切正常，去看心理医生，各种检查结果显示都是正常的。

她没有精神失常，她没有得病，她是好好的。

"晚晚，你没事儿吧，刚刚一直不讲话，我以为你出事了。"

宿舍的门突然被人从外面急急地推开，阮清进来之后把包随意一甩，脚上还穿着拖鞋。

阮清大二开始就搬出宿舍，在学校附近的公寓里住着，和陈燃一起，所以是从校外回来的。因为今天是新生报到的日子，校园里满是人潮，一路上，她都被人注视着。

因为阮清身上的睡衣和拖鞋。

秦湘慢慢回神，眼神开始聚焦，最后落至一个虚无的点上。

"我没事儿。"

秦湘捂着额头："昨晚可能没睡好，所以今天状态不太好，刚刚你打电话的时候，我想了点别的事情。"

阮清靠着她的衣柜，紧随其后地问："什么事情？"

秦湘下了床，避开了她这个问题，而是说："下午去一趟西郊吧，你不是说那里开了一个水族馆吗？清清，我想去看看。"

这些年，秦湘想一出是一出，阮清都随着她。

她从小和秦湘一起长大，知道秦湘从小受到的委屈和不公平待遇，知道秦湘从小就没有感受过家人的爱，所以现在秦湘说什么，她也会尽量实现。

那天中午吃完饭，两人从食堂出来的时候，秦湘忽然仰头盯着头顶炙热的阳光，喃喃道："清清，要不然我们回一趟平芜可以吗？"

食堂门口人声嘈杂，阮清起初还以为自己听错了，她"啊"了一声："你刚刚说什么？"

却不料，秦湘摇了几下头，有些茫然："我刚刚有讲话吗？"

阮清愣在原地，盯着秦湘这个样子，一时之间有些害怕。

因为她清楚地听到了秦湘刚刚在讲话，也听到了"平芜"两个字，她心里突然生出一个可怕的想法："晚晚，你说你想回平芜吗？"

可下一秒——

"平芜是哪里？"

秦湘又开始忘记一些事情了。

只不过阮清是真的没想到,她这次居然忘记了平芜。

明明气温很高,周围很热,可阮清却陡然觉得后背发凉,她轻咳两声:"晚晚,你还记得我是谁吗?"

秦湘听到这话,露出一副不解的神情:"当然啊,清清,你怎么了?不是要去西郊吗?水族馆什么时候开门?"

阮清松了口气,还好她记得。

阮清艰难地露出一个笑容:"好,水族馆周末全天二十四小时营业,我们现在去?"

"好。"秦湘说。

西郊新开的那家水族馆很偏僻,导航根本不显示那家的定位。两人是打车过去的,司机师傅带着她们兜圈兜了很久才到达目的地。

奇怪的是,明明这是一家新开的水族馆,可店门口却长满了半人高的野草,最上方的牌匾上写着三个歪歪扭扭的大字:遮阳伞。

这家水族馆的名字真的好奇怪。

阮清提前在网上买了票,到了门口把电子票根出示给店员,她们很顺利地进去了。

水族馆很大很空荡,整体色调是属于深蓝色的,正中心摆着一个巨大的鱼缸,里面很多彩色小鱼游来游去。

秦湘是跟在阮清身后走进来的,眼前这一幕跌进她眼中的时候,那一瞬间,她还以为自己回到了前几天的那个梦境中。

继续往前走,她有些分不清现实和梦境了。

太像了,一切布局和光线都完美地和梦境重合,没有一丝不同的地方。

现实世界像是完美地复刻了一遍梦中的场景一样。

世界静止一片,整个水族馆只剩下细细又持续不断的水流声。

这种声音很轻,虽然耳边一直有这种声音,但不会让人觉得吵。

"哒哒"几声紧随其后,能让人清晰地分辨出来是脚步声。

这家水族馆是新开的,在网络上没有什么宣传。

虽然今天是休息日，但毕竟它的位置很偏，周围五公里之内没有地铁站，所以今天水族馆目前为止似乎只有秦湘和阮清两个客人。

两分钟前，阮清去了洗手间。

洗手间的位置离观赏区很远，而且不容易找到，所以是店员带她去的。

秦湘还以为是阮清回来了，所以回头看，却没想到看到了一个意料之外的人。

一个无数次出现在她梦中的人。

和她相隔三米远的鱼缸旁站着一个高大的身影。

他逆着光，穿着纯黑色短袖和同色系裤子，一双黑色运动鞋。

不知为何，秦湘这一刻忽然想哭，眼泪猝不及防地顺着脸颊滑落，滴滴砸在地板上，没有声响。

她无声地落泪，同时脑子里涌现出了很多其他的记忆。

平芜中学、文理分科、生日聚会、六月的拉萨等等，无数个不属于她的记忆势不可挡地钻进了她的大脑，那些回忆像是走马灯一样不停地翻转重复循环，像是永动机一般。

回忆到最后是这样一个场景——

那个穿着一身黑的少年，逆着光，站在自己面前，笑着说："那说好了，年年六月。"

而现在，梦中的场景和眼前的一切慢慢重合，像是两块相同的拼图一样。

秦湘不敢走上前，害怕自己此刻处于梦境中，她害怕自己一上前，面前的人就会消失。

但她更害怕的是忘记他，她是真的不想忘记眼前这个人。

等等……忘记？忘记他？

眼前的男生忽然走上前，目光柔和又闪烁，说出的话也是匪夷所思："晚晚，你终于来到我的梦里了。"

什么意思？

终于来到我的梦里？

她是不是还处于梦境中？

-278-

秦湘浑身发凉："你——"

刚讲出一个字，她便落入了一个温凉的怀抱中，这个怀抱非常轻，以至于让她觉得自己没有被抱着。

那种感觉就像是自己是个透明人一样，就像是她本不存在这个世界一样。

男人声音哽咽："晚晚，我忘不掉你，对不起，你的遗愿我无法实现了。"

遗……遗愿？

"晚晚，你的那封信我看过了，你说让我忘掉你。但是我真的做不到，你是不是因为我无法完成你的遗愿，所以从来没有进入过我的梦里？"

秦湘听得很迷糊，她不明白他的话是什么意思。

正当她陷入沉思的时候，水族馆内忽然刮起了一阵狂风，风卷着鱼缸中的水跳出。

一时之间，整个世界变得分外诡异。

这个变动吓得秦湘连忙紧闭双眼，再睁开的时候便到了一片田野中，看着是那样熟悉的田野。

她眯眼瞧着，才发现这是自己老家所在的那块田野地。

小时候的夏天，她经常和阮清来这里乘凉。

可刚刚自己不是还在水族馆吗？怎么一睁眼就到了老家的田野地。

"晚晚，我来看你了。"

一道熟悉的男音忽然响起，惹得秦湘朝着声源地望过去，眼前的这一幕让她止住了呼吸。

大片的田野里有一座矮小的墓碑，墓碑前站着一个身材高大的男人，他穿着一身黑衣，身形像个高中生，但由脸上的皱纹能看出这人的年纪不算小了。

他没有发福，除了脸上不可逆的皱纹，其他地方都和梦中的那个男生一模一样。

秦湘蹙眉，一步一步走上前，终于看到了墓碑上的字：亡女秦湘之墓。

她刚喃喃地念出这几个字，便发觉自己飘到了半空中。

随后时间如白马过隙，每年夏天，这个矮小的墓碑前都会站着一个男人，从少年到中年再到老年。

而她呢，还和照片上的那个女孩一样。

她没有变老，没有长白发，没有长皱纹，也不会中年发福，不会经历婚姻的一地鸡毛。

她一直在这里，在这里等着一个叫周晏生的人。

原来，原来她也不想让周晏生忘记她。

秦湘回神的时候已经泪流满面了，她拼命大喊："周晏生！"

可惜无人回应，她已经不在这个世界上了。

可是她听说过一句话：

生命的尽头或许不是死亡，而是遗忘。

但这个世界上总有一个人十年如一日地记住她。

这是不是可以说她仍存在于这个世界里。

时间回到秦湘去世的第十年，平芜早已成为超一线城市，市中心的布局和十年前截然不同，但平芜的某个小村落的那片田野地依旧保留原样，丝毫没有改变。

清晨七点，阳光洋洋洒洒地落进窗内。

周晏生的生物钟罕见地没有运作，因为他昨晚梦到晚晚了，做了一个梦中梦。

在梦里，晚晚依旧是那个十八岁的小女孩，正值青春年少。

而他已经到了而立之年。

晚晚在梦中说她后悔了，他还记得她最后的那句话。

那天不是休息日，周晏生却驱车前往那个小村落，像往常一样把车子停靠在村边，步行进入那片田野地。

盛夏时分，蝉鸣声不绝于耳，头顶烈日当空。

等他走到墓碑前的时候，早已满头大汗，西装衬衫汗津津地搭在后背上，但他仿佛丝毫没有察觉到一般。

秦湘昨晚在梦中朝他大喊："周晏生，你来看我吗？"
他现在将怀里那束白山茶放在碑前，笑容淡淡：
"晚晚，我来看你了。"

Those three years